KB158606

웃음과 비탄의 거래

마크 트웨인 산문선

웃음과 비탄의 거래

정소영 엮고 옮김

세상을 이해하고 살아내는 방식, 유머

마크 트웨인은 1906년 저작권법 관련 의회위원회에 연사로 출석했을 때 이미 자신의 트레이드마크가 된 흰색 정장을 입고 단상에 올랐고, 백발의 머리와 수염으로 머리부터 발끝까지 새하얀 그 모습만으로 좌중을 압도했다고 한다. 그것은 가히 '명사'에 어울릴 만한 등장이었는데, 트웨인은 젊은 시절부터 그런 명사의 인기를 누리고 있었다. 우리에게는 주로 『톰 소여의 모험』과 『허클베리 핀의 모험』의 작가로 유명하고 당대에도 그 두 작품으로 그의 유명세가 더욱 올라가기는 했지만, 트웨인은 잡지에 글을 싣기 시작한 지 얼마 되지 않은 1865년 발표한 「캘러베러 카운티의 이름난 뜀뛰기 개구리」로 하루아침에 유명인사가 되어 평생 미국 대중의 사랑을 받았다.

「캘러베러 카운티의 이름난 뜀뛰기 개구리」는 미국 남부의 유머 전통을 잇는 문학 장르인 '스케치'라는 형식의 글인데, 요즘 식으로는 '콩트'와 유사하지 않을까 싶다. 젊은 시절 트웨인은 주로 이러한 '스케치'나 그와 비슷한 문체의 여행기로 큰 인기를 누렸다. 이후 소설을 비롯하여 다양한 장르의 글로 유명세를 이어갔지만 무엇보다 직접 청중을 앞에 두고 들려주는 유머 넘치는 강연이나 인터뷰로 인기가 많았으니, 지금 우리는 '소설가' 트웨인을 당연하게 여기지만 아마 당대의 트웨인은 책을 쓰는 '스탠드업 코미디언'에 더 가까웠을지도 모른다.

스케치와 단편소설과 여행기로 유명해진 트웨인은 『톰 소여의 모험』과 함께 유머 작가를 넘어 본격 소설가의 반열에 들게 된다. 특히 1884년에 출간된 『허클베리 핀의 모험』은 명실공히 미국의 삶과 정신을 담아낸 위대한 미국적 소설로 인정받았고, 이후 여러 작가들에게 큰 영향을 끼쳤다. 무엇보다 여전히 문어체가 주도하던 소설 문체에서 탈피하여 방언까지 동원한 구어체를 구사함으로써 소설의 언어를 획기적으로 바꿔놓았다.

19세기 중반까지 미국 문학의 본거지는 보스턴을 중심으로 한 동부였는데, 이후 서부 개척이 마무리되면서 각지에서 고유의 환경과 생활을 담아낸 사실주의적 작품의 생산이 활발해졌다. 다양한 삶을 핍진하게 담아내는 소설이 번창할 조건이 마련된 것이다. 과장된 유머가 가득한 「페니모어 쿠퍼의 문학적 과오」는 이전 세대의 비현실적 '낭만' 소설과 달리 실제 삶을 담아내려 했던 이러한 사실주의 흐름을 대변한다. 이 글에서 트웨인이 제시한 소설의 열여덟 가지 (꾸며낸) 규칙의 요지는 결국 소설이란 있을 법한 인물과 있을 법한 사건을 다루고 실제의 언어를 구사하여 생동감을 주어야 한다는 주장이다.

하지만 트웨인의 작품세계의 주요 특징을 든다면 아무래도 '사실주의'보다는 '유머'일 텐데, 그것은 그의 많은 글이 장르를 특정할 수 없는 '유머 이야기'이기 때문이기도 하다. 「이야기하는 법」에 따르면 미국의 유머는 영국의 코믹이나 프랑스의 위트와 다르고, 내용보다는 말하는 방식이 핵심이라는 점에 가장 큰 차이점이 있다. 유머는 이야기를 하는 사람이 전혀 우스운 티를 내지 않고 사뭇 진지하게 이야기를 한다는 특성이 있고, 따라서 유머러스한 효과는 단지 내용만이 아닌 이야기꾼의 진지한 말투와 내용 사이의 불일치에서 생겨난다.

우스운 이야기를 하면서도 뭐가 우스운지 전혀 모르겠다는 태도를 보이는 이 '순진한' 인물이 트웨인이 주로 활용하는 화자다. 많은 작품에 1인칭 화자가 등장하지만 그 화자를 트웨인과 동일시해서는 안 되는 이유도 거기에 있다. 어린 소년 허클베리 핀이나 아예 제목에 명시한 『숫보기의 외국여행』의 숫보기는 물론이고, 트웨인의 모든 화자는 어떤 식으로든 독자와 청중에게 익숙한 면들을 인식하지 못하거나 무시한 채로 말하고 행동한다. 그런 식으로 특정한 상황을 익숙한 맥락에서 떼어냄으로써 일반적으로 당연시하는 사회적 관습이나 통념을 새로운 시각으로 보여주고 그 허점이나 모순을 드러내는 것이다.

트웨인의 풍자는 가벼운 인간적 약점에서부터 심각한 정치 사회적 사안까지 세상살이의 온갖 면모를 소재로 삼는데, 특히 노예제도는 언제나 신랄한 풍자의 대상이었다. 「어린 시절」에서 회고하듯이 트웨인은 자신이 어렸을 때에는 노예제에 반감이 없었다고 말한다. '최남부(Deep South)'라 불리는 대농장 지역과 달리 중남부인 미주리주의 한니발에서는 백인이 흑인노예와 가족처럼 지내는 분위기였고 아이들도 흑인 백인 가릴 것 없이 또래들과 스스럼없이 어울렸기 때문이다. 게다가 당시엔 누구도 노예제를 문제 삼지 않았고 교회에서는 늘 노예제가 신의 뜻이라고 가르쳤다. 그럼에도 어린 트웨인은 흑인과 백인 사이에 간극이 존재한다는 사실을 알았고, 특히 어릴 적 어머니의 말씀은 그의 마음에 노예제의 비인간성을 깊이 새겨놓았다. 헉 핀이 도망노예 짐과 함께 도망가기로 결심하며 던진, "좋아, 그럼 지옥에 가지 뭐"라는 순진한 대사에는 사실 여러 차원의 풍자가 담겨 있는 것이다.

이 책에 실린 여러 글에서 잘 나타나듯이, 트웨인에게 기독교는 또 다른 풍자와 비판의 대상이었다. 트웨인의 기독교 비판은 교리 자체와 관련된 것부터 현실에서 기독교가 행하는 역할까지 여러 차원에 걸쳐 있다. 현실적인 측면에서는 기독교가 노예제를 신의 뜻이라며 옹호했던 일이나 아시아에 대한 미국의 제국주의 침탈에 적극 가담했던 일이 특히 트웨인의 분노를 샀다.

미국인이라면 누구나 그랬듯이 트웨인도 처음에는 신분제와 왕정을 유지하는 구세계 유럽에 비해 미국의 민주주의가 우월하다고 믿었고, 그 민주주의를 다른 나라에 전파하는 일 역시 그 나라를 위한 일이라고 보았다. 하지만 미국이 필리핀에서 자행한 원주민 학살을 신랄하게 비판하는 「모로 학살에 대하여」가 확실히 보여주듯이, 아시아로 진출하는 과정에서 제국주의적 특성을 드러내는 미국을 보며 트웨인은 과연 미국이 민주주의의 수호자인지 의문을 가진다. 게다가 제국주의의 식민지 지배란 근본적으로 미국 본토의 노예제와 마찬가지의 노예제를 해외에 심는 일인데, 선교라는 명목으로 "기독교 국가 미국이 총알이 아니라 성경과 황금률로" 다른 나라를 침탈하는 기독교 역시 트웨인에게는 제국주의 공모자였다.

다른 한편 기독교는 근대적 사고, 근대의 과학적 지식과 어긋난다는 문제도 있었다. 『지구에서 온 편지』나 「아담의 독백」에서 창조설과 노아의 방주의 비현실성을 꼬집는 이유는 당시 미국에서 기독교는 단순히 개개인의 신앙 생활에 그치지 않는 인식체계와 관련된 세계관이었기 때문이다. 특히 청교도에 뿌리를 둔 미국 사회에서 기독교적 세계관의 영향력은 전반적이고 지속적이었다. 기독교의 창조설은 한편으로는 우주와 자연계를 인간중심적으로 해석하면서 다른 한편으로 인간을 나약한 존재로 상정하는 기묘한 이론으로, 당시 과학적 세계 인식과 기술의 발전에 걸림돌이 되었다. 중세 기독교적 인간관과 대비되는 고대 그리스의 인간관을 재발견하면서 서구의 르네상스가 발흥하고, 근대적 발전과 그것을 뒷받침한 근대과학이 기독교적 세계관에 맞서면서 시작된 것도 우연이 아닌 것이다. (그런 격렬한 도전과 싸움을 통해 서양이 세계의 근대적 발전을 이끌었지만, 어떻게 보면 인간중심주의를 근본적으로 재고하기보다는 다른 형태로 강화시킨 반쪽일 뿐인 싸움이라 오늘날 우리가 인류의 절멸을 걱정해야 하는 상황에 처하지 않았나 싶다.)

찰스 다윈의 『종의 기원』이 출간된 것이 1859년인데, 지금까지도 학교에서 진화론을 가르치는 것에 대한 반발이 일부 남아 있을 정도이니 미국 사회에서 기독교적 세계관이 얼마나 큰 영향력을 행사해왔는지 추측할 수 있을 것이다. 트웨인이 『지구에서 온 편지』를 생전에 출간하지 않았고, 그의 사후에도 딸의 반대로 1962년에야 처음 세상에 모습을 보인 것도 그런 상황과 무관하지 않을 것이다. 트웨인은 진화론에 관심이 많아 다윈과 직접 만난 적도 있는데(다윈도 트웨인의 작품을 좋아했다고 한다) 그에게 진화론은 무엇보다 기독교 세계관의 토대를 허물 수 있는 과학적 진리였다. 『아서 왕궁의 코네티컷 양키』에서 민주주의와 과학기술을 당대 미국 사회가 아서 시대보다 우월한 두 가지 주요 특성으로 내세웠다시피, 트웨인은 당시 과학지식과 하루가 멀다 하고 쏟아져 나오는 수많은 발명품에 관심이 많았다. '페이지 활자식자기(Paige typesetter)'를 비롯하여 여러 발명품과 기계에 투자했고, 그러다가 책과 강연으로 벌어들인 돈을 탕진하고 경제적인 어려움에 처하기도 했다.

19세기 후반에 미국 사회는 경제적 발전을 이루며 엄청난 풍요를 누렸지만 동시에 배금주의와 계급 갈등으로 인한 사회적 문제도 격화되었고, 그런 현실을 보며 말년의 트웨인이 인간 혐오주의와 염세주의에 빠졌다는 평이 적지 않다. 실제로 1893년에 출간된 소설『바보 윌슨』을 비롯하여 말년에 쓴 글들은 예전과 달리 냉소와 분노가 느껴지며, 그것이 세상에 대한 절망에서 비롯되었다고 볼 수도 있다. 특히 인간이란 자유의지가 없는 존재로 기계와 다를 바 없다고 주장하는『인간이란 무엇인가』는 그런 견해를 뒷받침하는 듯 보이기도 한다.

『인간이란 무엇인가』의 어조가 풍자나 반어적이라기보다 사뭇 진지하고, 젊은이에게 인간의 본질을 가르치는 노인이 트웨인의 분신으로 여겨져 노인의 견해가 트웨인의 견해와 같다고 볼 수도 있다. 하지만 트웨인이 이 책을 익명으로 출간했기에 자신의 특유의 유머를 일부러 감췄을 수도 있고, 노인의 입장이 그대로 트웨인의 입장이더라도 트웨인에게는 세상과 인간에 대한 단 하나의 입장이 존재한 적이 없었다는 사실을 기억할 필요도 있을 것 같다. 또한 이 책에 번역해 실은 '교육' 부분에서 알 수 있듯이 여기서 트웨인이 뜻하는 바는 인간의 자유의지란 어디까지나 '연계'(혹은 '상황')와 '기질'이 허락하는 범위에서만 가능하다는 것이다. 게다가 '연계'와 '기질'을 요즘 식으로 '환경'과 '유전'으로 바꿔 읽으면 지금 우리에게는 당연한 말로 들리기도 한다.

사실 『인간이란 무엇인가』에서 주목할 만한 점은 인간이 본질적으로 자기만족을 추구하는 존재이므로 '이타심'이란 허울 좋은 거짓이라는 주장이다. 이기심과 이타심으로 인간 본성의 선악을 규정하던(지금도 기본적으로 그런 것 같다) 관례에 비추면 인간은 본래 이기적이라는 이 주장은 곧 인간 본성이 악하다는 주장으로 이어지고, 다시 트웨인이 인간을 혐오했다는 주장으로까지 나아갈 수 있다. 하지만 일단 자기만족의 추구(프로이드의 쾌락 원칙을 떠올려보자)와 이기심은 서로 다른 개념이고, '교육' 편에서 노인이 무엇보다 반대하는 것은 자기희생을 통한 선행이라는 관념이다. 선행도 궁극적으로는 자기만족에 기여하는 것이고, 그 점을 속이지 말고 확실히 하는 것이 본인과 이웃 모두에게 도움이 된다는 것이다. 마지막에 반복하여 강조하는바, 남을 위한 선행이 자기만족임을 깨닫고 그렇게 될 수 있도록 수양하는 일은 어쩌면 자기희생보다 더 어렵고, 무엇보다 자기희생처럼 불건강하지 않다.

모든 인간은 자기 안에 전 인류를 담고 있다. 아무리 작은 부분도 빠지지 않고. 나도 어느 것 하나 빠지지 않은 전 인류다. 난 지금까지 엄청난 관심을 기울여 내 안의 인류를 열심히 연구했고 많던 적던 모든 인류에게서 찾아볼 수 있는 모든 자질과 모든 약점을 내 안에서 찾아냈다.

『지구에서 온 편지』에서 신이 인간을 창조하면서 여타 동물과 달리 모든 자질과 기질을 집어넣었다는 설명과 통할 위 대목은 트웨인의 인간관과 그의 유머를 간결하게 정의한다. 기독교의 선악 이분법에서 대표적으로 나타나는 도덕 관념이 '처참한' 이유도 바로 인간이, 곧 개개 인간이 그렇게 복잡한 존재이기 때문일 것이다. 트웨인은 수많은 상황에서 수없이 많은 다른 면모를 보이는 그 복잡한 존재를 평생 탐구하면서 동시에 그 어떤 존재도 자신과 별개라고 여기지 않았다. 그렇기 때문에 그에겐 자신을 대변하는 1인칭 화자까지 조롱의 대상으로 아우르는 유머러스한 풍자가 필요했을 것이다. 또한 그렇기 때문에 그의 풍자는 불의를 저지르는 권력자에게는 가차없을지언정 대부분 민중에게는 동료의식과 연민을 보였다. "연민은 살아 있는 자에게, 질투는 죽은 자에게(Pity is for the living. Envy is for the dead)." 결국 트웨인은 죽은 자를 부러워할 만큼 인간 세상에 환멸을 느꼈지만 여전히 개개 인간을 향한 따뜻한 마음을 잃지 않았던 것이다.

　계층 간, 세대 간 격차를 비롯하여 여러 차원에서 차별과 갈등이 점증하는 지금 우리 사회를 트웨인이 본다면 뭐라고 할까. 그렇게 우리의 삶이 격렬한 싸움터가 되면서 풍자적이거나 반어적인 면이 발붙이기 점점 힘들어지는데, 또한 그래서 세상살이가 더 힘들어지는 거라고 말하지 않을까. 스스로를 객관화하는 자기인식과 타인을 향한 여유로움에서 나오는 유머야말로 부조리한 세상을 이해하고 고단한 삶을 이어갈 수 있는 힘이고, 그것이 바로 지금 우리에게 가장 필요한 삶의 태도 아니겠느냐고 말이다.

MARK
TWAIN

목차

1부 나의 문학 조선소

마크 트웨인의 몇몇 소설집은 아름다운 삽화를 실은 것으로 유명하다.
그중 손꼽히는 삽화들을 골라 이 책에 게재한다.

아래 소개하는 에드워드 C. 켐벨(Edward Windsor Kemble), 대니얼 C. 비어드(Daniel Carter "Uncle Dan" Beard), 프랭크 T. 메릴(Frank Thayer Merril), 트루 W. 윌리엄스(Truman W. "True" Williams)는 19세기 미국을 대표하는 당대 최고의 삽화가들이었다.

1부 나의 문학 조선소

The Adventures of Huckleberry Finn, New York: Charles L. Webster and Co., 1885.
painted by Edward Windsor Kemble.

2부 인간이란 무엇인가

A Connecticut Yankee in King Arthur's Court, New York: Charles L. Webster and Co., 1889.
painted by Daniel Carter "Uncle Dan" Beard.

3부 조언들

The Prince and the Pauper, New York: Harper and Brothers, 1899.
painted by Frank Thayer Merrill.
and Short Stories, painted by Truman W. "True" Williams.

내 인생의 전환점

1

내가 제대로 이해한 거라면, 잡지 『바자』[1]가 몇몇 필자에게 요청한 건 제목에 쓰인 주제로 글을 써달라는 것이었습니다. 살면서 어떤 계기를 만나 내가 내 삶의 이력에서 가장 **중요하게** 여길 만한 조건이 처음 마련되었는지 묻는 질문이지요. 그런데 거기에는, 아마 의도한 것은 아닐 테지만, 그 전환점이 **그 자체**만으로 새로운 조건의 창조자였다는 의미 역시 함축되어 있습니다. 그러면 그것만 따로 떼어내어 지나치게 부각하고, 너무 큰 공로를 떠넘기게 됩니다. 사실 그것은 중요한 결과를 만들어내

1　여성 패션 전문지인 *Harper's Bazaar*. 1867년 창간 당시에는 *Harper's Bazar*였다가 1930년에 *Harper's Bazaar*로 바뀌었다. (이하 이 책의 모든 주석은 옮긴이의 것이다.)

는 데 공헌한 일련의 전환점, 그것도 아주 길게 이어지는 연쇄의 **마지막** 고리일 따름입니다. 무수한 선임자 가운데 가장 보잘 것없는 존재와 비교해봐도 딱히 더 중요하다고 볼 수 없죠. 그 기획의 진행을 위해 무수한 선임자들이 정해진 날짜에 주어진 각자의 몫을 했고, 이는 모두 다 필요한 일이었습니다. 그 가운데 어느 하나만 빼내도 기획 전체가 틀어져서 **어떤 다른** 결과가 나왔을 겁니다. 세상 사람들이 '이러이러한 일이 내 인생의 전환점이 되었다'는 말을 즐겨 하는 것은 알지만, 그런 말은 해서는 안 됩니다. 연쇄의 마지막 고리라는 자리 덕에 가장 **두드러진** 고리가 되었다고만 인정해야 하는 거죠. 진정한 중요성의 측면에서는 앞선 고리보다 나을 바가 없다고 말입니다.

아마 역사에 기록된 가장 명성 있는 전환점은 루비콘강을 건넌 일일 것입니다. 수에토니우스[2]는 이렇게 적었죠.

군대를 이끌고 루비콘강의 강둑에 이르렀을 때 그는 잠시 그 자리에 멈춰 섰다. 이제 그가 내딛으려는 걸음의 중대함을 마음속으로 곰곰이 따져보고는 주위를 둘러싼 군인들을 향해 몸을 돌리고 이렇게 말했다. "우리는 여기서 물러설 수도 있다. 하지만 이 작은 다리를 일단 건너게 되면 우리가 할 수 있는 일이란 무기를 들고 끝까지

---

2 Gaius Suetonius Tranquilus. 로마의 역사가, 전기 작가

싸우는 일밖에 없다."

그것은 대단히 중요한 순간이었습니다. 그리고 크건 작건 카이사르에게 일어난 과거 사건은 모두 그 지점으로 이어졌죠. 단계별로, 연쇄적으로요. 그것은 **마지막** 고리였습니다. 그저 마지막 고리였고 다른 것보다 대단하지도 않았죠. 하지만 실제를 부풀리는 안개 같은 우리 상상력으로 그 사건을 되돌아보면 해왕성의 궤도만큼이나 거대해 보입니다.

독자인 여러분은 그 고리에 **개인적으로** 이해관계가 있을 테고 그건 나도 마찬가지입니다. 누구나 다 그렇겠지요. 그 전환점은 여러분 삶의 연쇄를 이루는 하나의 고리였고 내 삶의 연쇄를 이루는 하나의 고리였으니까요. 카이사르가 심사숙고하는 동안 함께 숨을 죽이고 기다려봅시다. 당신의 운명과 내 운명이 그의 결정에 달려 있으니까요.

카이사르가 주저하는 사이 이런 일이 벌어집니다. 고상한 풍채와 기품 있는 면모가 눈에 띄는 어떤 인물이 근처에 나타나더니 자리에 앉아 피리를 불기 시작한 거죠. 목동들만이 아니라 군인들도 그것을 들으려고 우르르 몰려왔는데, 그 가운데에는 나팔수도 몇 있었습니다. 그러자 그 남자가 한 나팔수의 나팔을 낚아채더니 강가로 달려갑니다. 째지는 나팔소리로 요란하게 전진을 알리며 강 건너편으로 나아갑니다. 이에 카이사르가 이렇게 외칩니다. "신이 내려주신 징조와 적의 사악함이 우리를 부르는 곳으로 가자. **주사위는 던져졌다.**"

그렇게 카이사르는 강을 건넜습니다. 그리고 이후 전 인류의 미래를 바꿔놓았죠. 하지만 그 낯선 인물 역시 카이사르의 삶에 존재하는 연쇄의 한 고리였습니다. 알맞춤한 고리이기도 했고요. 우리는 그의 이름을 알지도 못하고 그에 대한 이야기는 전혀 듣지 못하겠죠. 아주 우연하게 등장했고 우연한 사건처럼 행동했으니까요. 하지만 그는 우연한 사건이 아니라 **자신의** 삶의 연쇄에 따라 불가피하게 그 자리에 있었습니다. 그러다가 카이사르가 결단을 내릴 수 있도록 정신이 번쩍 들 만큼 요란하게 나팔을 불어낸 후 피리를 불며 역사의 통로를 걸어 내려갔죠.

그 낯선 인물이 그 자리에 없었다면! 하지만 그는 거기에 있었고 카이사르는 강을 건넜습니다. 그래서 그런 결과가 나왔고요! 그렇게 엄청난 사건들, 그 각각은 **인류** 삶의 연쇄의 한 고리입니다. 각 사건이 다음 사건을 만들어내고 그것은 또 그다음 것을 만들어내고, 그렇게 계속되죠. 공화국의 멸망, 제국의 건설과 붕괴, 그 폐허 위에서 기독교가 일어나고 그 종교가 다른 지역으로 퍼져 나가고 그렇게 계속되죠.

각각의 고리가 정해진 시간에 정해진 장소에 자리를 잡았고, 아메리카 대륙의 발견도 그 가운데 하나입니다. 미국 독립 혁명도 그렇고, 영국인들과 다른 이민자들의 유입도 그렇고, 그들이 서부로 이동한 일(내 조상도 그 무리에 있었습니다)도 그렇고, 그들 일부가 미주리에 정착한 것도 그렇고. 그 결과 **내가** 생겨 났습니다. 난 루비콘강을 건넌 일에서 생겨난 불가피한 결과였 기 때문이지요. 만약 나팔을 지닌 그 이방인이 멀찍이 떨어져 있었다면 (물론 그는 정해진 고리라 그런 일은 일어나지 **않았겠지만**) 카 이사르는 강을 건너지 않았을 겁니다. 그랬다면 어떤 일이 벌어 졌을지, 우리로서는 도통 추측할 수도 없습니다. 단지 실제 일 어난 일들이 일어나지 않았으리라는 것만 알 뿐이죠. 물론 그 대신 그만큼 굉장한 일이 일어났을 수는 있지만 우리로서는 그 일의 성격과 결과를 추측할 수는 없습니다. 하지만 개인적으로 나와 관련이 있는 내용을 추측해본다면, 내가 지금 **여기**에 있 지 않고 다른 곳에 있으리라는 것이죠. 아마 흑인이 되었을 수 도 있지만, 그건 알 수 없는 일이고. 좌우간 난 그가 강을 건너서 기쁩니다. 예전에는 그 일에 관심을 가진 적이라고는 없었지만, 진심으로, 고맙고 기쁩니다.

2

내 삶에서 가장 중요한 면이라면 문학적 면모겠지요. 문학 을 직업으로 삼아온 지도 40년이 넘어가니까요. 살면서 무수한 전환점이 있었지만, 나를 문학계로 이끈 연쇄에서 마지막 자리를 차지한 고리가 전체 연쇄에서 가장 **두드러진** 고리입니다. 마지막 고리라는 **그 이유 때문**이죠. 앞선 고리보다 더 중요한 건 아닙니다. 루비콘강 사건을 빼면 그 밖의 다른 고리들은 별로 두드러져 보이지 않아요. 하지만 나를 문필가의 길에 들어서게 한 요소로서는 다들 같은 크기입니다. 루비콘강을 건넌 일까지 포함해서 말이죠.

어떻게 문단에 발을 들여놓게 되었는지는 나 스스로 잘 알고 있으니, 그 결과를 가져오기까지 이어진 단계들을 이제 들려드리지요.

루비콘강을 건넌 일은 첫 번째 단계도 아니고 최근 단계도 아니었습니다. 첫 단계를 찾으려면 카이사르 시대 이전으로 거슬러 올라가야겠죠. 하지만 지면 관계상 몇 세대만 거슬러 올라가 내 어린 시절에서 시작할까 합니다.

내가 열두 살 되던 해에 아버지가 돌아가셨습니다. 계절은 봄이었죠. 곧 여름이 왔고, 그와 함께 홍역이 돌았습니다. 한때는 거의 매일 한 명씩 아이들이 죽었어요. 마을 전체가 공포와 고통과 절망으로 망연자실했습니다. 병에 걸리지 않은 아이들은 전염되지 않도록 집에 갇혀 있었죠. 어느 집에서도 환한 얼굴을 찾아볼 수 없고 음악 소리도 들리지 않았죠. 노래라고는 엄숙한 찬송가뿐이고, 들리는 목소리라고는 기도 소리뿐이었어요. 뛰노는 일은 허락되지 않았고, 시끄럽게 떠들거나 웃는 것도 허락되지 않았죠. 다들 발뒤꿈치를 들고 괴괴한 적막 속을 유령처럼 돌아다녔습니다.

난 갇혀 있었어요. 내 영혼이 그 끔찍한 삭막함에 절어 있었 죠. 공포에도요. 매일 낮이고 밤이고 별안간 오한이 들며 뼈까 지 시려와 몸이 덜덜 떨릴 때가 있었고, 그럴 때마다 난 속으로 이렇게 말했죠. '아, 걸렸구나! 나도 죽겠지.' 이런 비참한 상황 에서는 산다는 것이 의미가 없었고, 마침내 난 차라리 어떤 식 으로든 병에 걸려 삶을 끝내겠다고 결심했죠. 집에서 빠져나와 어떤 이웃의 집으로 갔어요. 내 놀이동무가 홍역에 걸려 심하게 앓고 있는 집이었죠. 기회를 틈타 친구의 방으로 몰래 들어가 친구 곁에 누웠습니다. 친구 엄마가 그런 날 발견해 집으로 돌 려보냈고, 난 다시 집에 갇혔습니다. 하지만 병은 옮았어요. 어 른들도 그건 어쩔 수 없었으니까요. 거의 죽다 살아났죠. 온 마 을이 관심을 보이고 걱정을 하면서 매일 내 소식을 물었습니다. 하루에 한 번도 아니고 몇 번씩이나. 다들 내가 죽을 거라고 믿 었죠. 하지만 열나흘째 되는 날 상황은 사람들의 기대와 어긋나 게 진행되었고 그러자 다들 실망했죠.

이것이 내 삶의 전환점이었습니다(첫 번째 고리였죠). 왜냐하 면 내 상태가 나아지자 어머니는 날 학교에 보내지 않고 인쇄공 견습생으로 보냈거든요. 말썽쟁이였던 내 버릇을 고쳐보려 애쓰시다가 홍역 사건을 겪은 후 결국 노련한 사람에게 나를 맡기기로 하신 것이죠.

그래서 난 인쇄공이 되었고, 결국 나를 문필가의 길로 이끌게 될 연쇄의 고리들을 하나씩 밟아가기 시작했습니다. 길게 뻗어가는 길이었지만 당시에 난 알지 못했죠. 그리고 목적지가 어디인지, 목적지가 있기는 한지도 몰랐기 때문에 무심했습니다. 또 만족스러웠고요.

젊은 인쇄공은 일을 찾아서 여기저기 많이 떠돌아다닙니다. 필요가 명령하면 다시 일을 찾는 식으로요. 여기서 주목. 필요는 **상황**입니다. 상황은 인간의 주인이고요. 그래서 상황이 명령하면 따를 수밖에 없습니다. 따지고 들 수는 있죠. 그럴 권리는 있으니까. 하지만 그 권리는, 땅으로 추락하는 와중에 중력에게 따지고 들 수 있는 고결한 권리와 마찬가지라 전연 소용은 없습니다. 그냥 **따라야** 하는 거죠. 난 상황이 이끄는 대로, 상황이 명령하는 대로 십 년 동안 떠돌아다녔습니다.

그러다 마침내 아이오와의 한 도시에 닿아 그곳에서 몇 달간 일했습니다. 당시 내 흥미를 끌었던 책 가운데 아마존에 관한 책이 있었어요. 그 책에는 파라(Para)에서 시작해 마법의 땅을 관통하여 강의 수원(水源)인 마데이라까지 올라가는 기나긴 여행이 맛깔나게 서술되어 있었죠. 새와 꽃과 동물이 모두 박물관에 전시해도 될 만큼 신기하고, 악어와 원숭이가 마치 동물원에 있는 것처럼 편안하게 사는 낭만의 땅, 열대의 경이로움이 사치스러울 만큼 풍부한 땅이었어요. 또한 코카[3]에 대한 놀라운 이야기도 있었습니다. 경이로운 효력을 가진 관목의 열매인데, 얼마나 대단한 자양강장제인지 마데이라 지역의 삼림지대에 사는 원주민들은 가루 형태의 코카 한 자밤이면 다른 음식을 먹지 않고도 하루 종일 산을 오르내린다고 했죠.

난 아마존 강을 따라 상류로 가고 싶은 열망에 불타올랐습니다. 온 세상에 코카를 공급하는 장사를 해보고도 싶었죠. 이후 몇 달 동안 그런 꿈에 부풀어, 파라에 가서 그 훌륭한 물건을 구해 순진한 세상을 놀래줄 방법을 찾아보려 했습니다. 하지만 모두 허사였어요. **계획**이야 원하는 대로 맘껏 할 수 있지만, 마법사인 **상황**이 나서서 그 문제를 처리해주지 않는 다음에야 중요한 일은 전혀 생겨나지 않거든요. 마침내 상황이 나를 도우러 나섰습니다. 이런 식으로요. 정작 본인에게는 득이 될지 해가 될지 모르겠지만, 상황의 주도하에 누군가가 50달러 지폐를 길에서 잃어버리게 됩니다. 그리고 내게 득이 될지 해가 될지 모르겠지만 상황이 시키는 대로 내가 그 돈을 주워요. 난 돈을 주웠다는 광고를 하고는 바로 그날 아마존으로 떠났습니다. 이것이 또 다른 전환점, 또 다른 고리입니다.

---

3 열대 관목으로 거기서 코카인을 추출함.

상황이 그 마을에 사는 다른 사람에게 50불을 주며 아마존으로 가서 코카 장사를 하라고 명령을 하고 그 사람이 그 명령에 따르는 일도 가능했을까요? 아니, 내가 유일했습니다. 다른 바보들도 있었지만—수두룩했죠—내 부류가 아니었던 거죠. 나 같은 부류는 그때 나뿐이었습니다.

상황이 강력하기는 하지만 혼자 일을 벌일 수는 없습니다. 동업자가 있어야 하죠. 그 동업자는 인간의 **기질**입니다. 타고난 성향 말이죠. 기질이란 본인이 만들어내는 것이 아니라 **타고나는** 것입니다. 인간은 그에 대한 권한도 없고 그것이 하는 일에 대한 책임도 없습니다. 본인이 바꿀 수도 없죠. 어느 부분이든 바꿀 수도 없고, 수정할 수도 없습니다. 수정해봐야 일시적일 뿐이라 그렇게 지속되지 못합니다. 기질은 눈동자 색깔이나 귀의 생김새처럼 영구적입니다. 푸른색 눈이 어떤 특이한 빛을 받아 회색으로 보이기도 하지만 그런 특이성이 사라지면 본래의 색을 되찾는 것처럼 말이죠.

어떤 상황이 누군가는 억지로 움직일 수 있지만 다른 기질의 사람에게는 전혀 소용이 없을 겁니다. 상황이 카이사르의 발 앞에 지폐를 던져주었다 한들 카이사르는 기질상 아마존으로 떠날 사람이 아니거든요. 그의 기질이 그 돈으로 다른 뭔가를 하게 만들기는 하겠지만 그 일은 아닌 거죠. 돈을 주웠다고 광고를 하게 만들 수도—그런데 **잠깐**. 그건 모르겠네요. 뉴욕으로 가서 뒷돈을 주고 행정부에 들어가게 할 수는 있었겠죠. 그렇게 되었다면 자기 차례가 되어 트위드[4]가 나섰을 때 새로 배울 것이 일절 없는 결과를 낳았을 테고요.

자, 상황이 자본을 조달해주었고 내 기질은 그 돈으로 무엇을 할지 알려주었습니다. 때로 기질은 멍청이 당나귀이기도 합니다. 경우가 그렇다면 기질의 주인도 그럴 테고, 사는 내내 그렇겠지요. 교육을 받고 경험과 연줄을 쌓으면 얼마간은 인물이 나아지고 격이 높아지고 세련되어져서 다들 저자가 노새가 되었나, 그렇게 생각할 수도 있지만 그것은 착각입니다. 인위적으로 잠시 노새가 되었을지 모르지만 근본적으로는 여전히 당나귀이고 계속 그럴 겁니다.

나는 기질상 일을 **벌이는** 사람이었습니다. 일단 벌이고, 그다음에 생각하죠. 그래서 난 생각하지도 않고, 물어보지도 않고 아마존으로 떠난 것입니다. 벌써 50년도 더 지난 이야기죠. 그동안 내 기질은 전혀 달라지지 않았어요. 손톱만큼도. 일단 벌이고 나중에야 생각하는 바람에 벌을 받은 적이 수없이 많고, 그것도 아주 호된 벌을 받았는데도 그런 고통조차 아무 소용이 없었어요. 여전히 상황과 기질이 시키는 대로 일을 벌이고 그다음에 생각하죠. 생각은 언제나 격렬하게 합니다. 내가 그런 식

---

4 William M. Tweed, 19세기에 뉴욕주와 뉴욕시를 주름잡았던 민주당 정치인.

으로 생각을 할 때면, 귀가 안 들리는 사람도 내 생각을 들을 수 있을 정도죠.

난 신시내티를 경유해서 오하이오와 미시시피로 내려갔습니다. 뉴올리언스에서 파라로 가는 배를 탈 계획이었죠. 뉴올리언스에서 알아봤더니 파라로 가는 선편은 없다고 하더군요. 게다가 지금까지 그런 선편이 있었던 적이 없다고 하더라고요. 난 곰곰 생각했습니다. 경찰관 한 명이 다가와 뭘 하는 거냐고 묻기에 그렇게 말해주었죠. 그는 내게 길에 서 있지 말라고, 사람들 오가는 길거리에서 생각에 빠져 있는 게 다시 눈에 띄면 잡아넣겠다고 하더군요.

며칠 지나자 돈이 다 떨어졌습니다. 그때 상황이 또 다른 인생의 전환점―새로운 고리―을 들고 다시 나를 찾아왔어요. 남쪽으로 내려가는 길에 도선사 한 사람과 친분을 맺었더랬는데, 그에게 강에 대해서 알려달라고 졸랐던 거죠. 그가 그러마고 했고 그렇게 난 도선사가 되었습니다.

곧 또 다른 상황이 찾아왔어요. 이번에는 남북전쟁이었고, 그것이 문필가라는 직업세계 쪽으로 나를 한두 단계 더 띠밀었습니다. 전쟁으로 배의 운항이 중지되어 생계가 막막해졌거든요.

상황이 새로운 전환점과 새로운 고리를 들고 나를 구하러 왔습니다. 신생 지역인 네바다의 주지사 비서직을 맡게 된 형이

와서 일을 좀 도와달라고 했던 거죠. 난 그 제안을 받아들였습니다.

네바다에 도착한 내게 상황은 은광 열풍을 제공했고, 그래서 난 한몫 잡기 위해 광산에 들어갔습니다. 그때 내 생각이 그러했죠. 하지만 사실 상황의 계획은 그것이 아니었습니다. 나를 문학 쪽으로 한 단계 더 보내기 위한 것이었죠. 난 재미 삼아 끄적거린 글을 버지니아시티의 잡지 『비즈니스』에 보냈습니다. 서당 개 삼 년이면 풍월을 읊는다고, 십 년 동안 인쇄공으로 일하며 좋은 문학 나쁜 문학을 수없이 접하다 보면 각자의 지적 능력에 따라 둘을 구별하는 법—처음엔 무의식적으로 나중엔 의식적으로—도 배우게 됩니다. 그러면서 소위 '문체'라는 것도 무의식적으로 얻게 되죠. 내가 쓴 글 한 편이 그쪽의 관심을 끌었고, 그러자 신문사에서 나를 불러 자리에 앉혔습니다.

그렇게 난 기자가 되었고, 그것이 또 다른 고리를 이루었어요. 얼마 안 있어 상황은 『새크라멘토 유니언』과 손을 잡고 사탕수수에 관한 기사를 쓰라며 나를 샌드위치섬[5]에 보내 대여섯 달 머무르게 했습니다. 난 시키는 대로 하긴 했지만, 사탕수수와 아무 관련 없는 내용도 상당히 많이 집어넣었죠. 바로 그 상관없는 내용이 내게 또 다른 고리를 제공했어요.

5 지금의 하와이.

그 일로 내 이름이 알려져서 샌프란시스코에서 누군가가 내게 강연을 요청했습니다. 강연을 했고, 돈도 많이 받았죠. 여행을 하며 세상 구경을 하고 싶다는 열망은 예전부터 있었는데, 이제 상황이 정말 친절하게도, 그리고 예상치도 못하게 내게 그런 기반을 마련해주고 수단도 제공해주었습니다. '퀘이커시티 여행'[6]을 떠나게 된 것입니다.

다시 미국으로 돌아왔을 때, 상황이 부두에 나와 나를 맞아주었어요. **마지막** 고리이자, 승리와 완성을 이루는 두드러진 고리였죠. **책을 쓰라는** 제안을 받았던 것입니다. 난 책을 썼고 거기에 '숫보기의 외국여행'(Innocents Abroad)이라는 제목을 붙였습니다. 마침내 문학계의 구성원이 된 거죠. 그것이 42년 전의 일이고, 나는 이후 내내 그 사회에 속해 있었습니다. 루비콘 사건을 원래 자리로 되돌려놓는다면, 사실 내가 문필업에 종사하게 된 이유는 바로 열두 살 때 홍역에 걸렸기 때문이라고 말할 수 있겠습니다.

---

6 '퀘이커시티'호를 타고 지중해 주변의 유럽과 중동 지방을 도는 여행으로 지역 신문사에서 트웨인에게 여행 비용을 대주었다.

3

이 시시콜콜한 이야기에서 내 관심을 끄는 것은 세세한 내용 자체가 아니라, 난 그 무엇도 미리 예견하지 못했고, 그 무엇도 계획한 바가 없으며, 그 무엇도 내가 주도하여 만들어내지 않았다는 사실입니다. 전부 상황이 내 기질과 긴밀히 협조하여 창조해내고 불러낸 거죠. 나도 종종 도움을 주고자 했고, 그것도 선의에서 그랬지만 번번이 거절당했어요. 대체로 무례하게 말이죠. 내가 계획을 세우고 계획한 바대로 이룰 수 있었던 적이 없었습니다. 늘 다른 식의 결과가, 내가 기대하지 않았던 식의 결과가 나왔죠.

그래서 이제 난, 책으로만 인간을 알았을 뿐 직접적으로 알지 못하던 젊은 시절에 그랬던 식으로 인간—경이로운 지적 존재로서—을 찬미하지 않습니다. 예전에는 이러저러한 장군이 이런 뛰어난 위업을 이루었다는 말이 책에 나오면 그 말을 믿었어요. 사실은 그렇지 않은데 말이죠. 그것은 상황이 그의 기질의 도움을 받아 이룬 일이니까요. 다른 기질의 장군이었다면 상황도 소용없었겠죠. 기회를 알아볼 수야 있었겠지만 천성이 너무 느려터지거나 너무 급하거나 너무 의심이 많아서 그 기회를 이용하지 못했을 겁니다. 예전에 그랜트 장군[7]이 신문지상에서도 그렇고 사람들 사이에서 큰 논란거리였던 문제에 관한 질문을 받은 적이 있습니다. "장군님, 조지아를 관통해서 진격하는 작전을 누가 짰습니까?" 그는 전혀 주저 없이 그 질문에 답했습니다. "적군이죠!" 그러고는 우리의 작전을 세워주는 것은 대부분 적군이라고 덧붙였습니다. 그 말은 부주의로 혹은 상황에 의해 어쩔 수 없이 적군에게 틈이 생기고, 그러면 그 기회를 잡아 이용한다는 뜻이었죠.

상황이 우리 기질의 도움을 받아 우리 모두의 계획을 짜준 다는 건 틀림이 없습니다. 그런 면에서 인간은 시계와 그다지 다를 바가 없어요. 인간은 의식이 있고 시계는 없다는 것, 그리고 인간은 계획을 세우려 **애를 쓰고** 시계는 그러지 않는다는 점만 **빼면** 말이죠. 시계는 혼자 태엽을 감지도 못하고 시각을 맞추지도 못합니다. 이런 일은 외부에서 해주어야죠. 외적인 영향, 외적인 상황이 **인간**의 태엽을 감고 시간을 맞춥니다. 혼자서는 시각을 맞추지도 못할 것이고, 혼자 맞춘 시간은 아무 소용도 없는 거죠. 드물지만, 금으로 만들어지고 보정 톱니바퀴나 별의별 것들이 달린 놀라운 시계인 사람들이 있고, 또 어떤 사람들은 그저 단순하고 변변찮은, 사랑스러운 워터베리 시계[8]

<hr>

7 Ulysses S. Grant. 미국 제18대 대통령. 남북전쟁 당시 북군의 총사령관을 지냈다.

8 1854년 설립된 손목시계 회사. 창립 당시에는 그저 평범한 미국의 시계 제조사 중 하나였지만, 1901년에 제작한 1달러짜리 회중시계가 저렴하면서도 대중의 호평

일 뿐입니다. 난 워터베리입니다. 워터베리 비슷한 것이라고들 하죠.

민족도 그저 개인일 뿐입니다. 여러 배 곱해진 개인이죠. 민족이 아무리 열심히 계획을 세워봐야 상황이 등장해서 그것을 다 뒤엎습니다. 아니면 확장할 수도 있고요. 또 어떤 애국자들은 차를 선박 밖으로 집어던지고, 또 어떤 애국자들은 바스티유 감옥을 함락합니다. **계획**은 거기까지입니다. 여기서 상황이 아주 불시에 등장하여 이 대단치 않은 폭동을 혁명으로 만드는 것이죠.

그리고 가련한 콜럼버스도 있습니다. 그는 알려진 어떤 나라에 도달하는 새로운 항로를 찾아낼 심오하고도 면밀한 계획을 세웠죠. 상황이 그 계획을 변경했고, 그렇게 그는 새로운 **세계**를 발견합니다. 그리고 지금까지도 **그**가 그 공적을 다 차지하고 있죠. 사실 그 자신은 한 일이 아무것도 없는데 말이에요.

어쩔 수 없이 내 인생(그리고 여러분 인생)의 진정한 전환점이 일어난 곳은 에덴동산이었습니다. 바로 그곳에서 궁극적으로 나를 문필업으로 이끈 연쇄의 첫 번째 고리가 만들어졌죠. 아담의 **기질**은 신이 이 행성의 인류에게 내린 첫 번째 명령이었습

을 받아 600만 개가 팔리면서 그 뒤로 저가의 대중적 브랜드로 자리 잡았다. 1944년 파산하여 인수되면서 타이멕스(Timex)로 이름이 바뀌었다.

니다. 그리고 아담이 **절대** 따를 수 없었던 단 하나의 명령이기도 했죠. 그것은 "허약한 존재가 되어라, 밍밍하고 특색도 없고 쉽게 넘어가는 존재가 되어라"였습니다. 그다음 명령인, 과일에 손대지 말라는 명령도 당연히 따를 수가 없었죠. 그럴 수 없었던 것은 아담이 아니라 아담의 기질—아담 자신이 창조하지 않았고 그에 대한 권한도 없는—입니다. 왜냐하면 기질이 바로 그 인간이기 때문이죠. 인간이라는 이름을 달고 옷으로 잔뜩 치장한 그 존재는 그저 그림자일 뿐입니다. 호랑이 기질의 법칙은 '죽이리라'입니다. 양의 기질의 법칙은 '죽이지 않으리라'입니다. 처음 보는 살찐 녀석을 죽이지 말고 그냥 놔두라는 명령을 이후에 호랑이에게 내린들, 양에게 사자의 피로 손을 물들이라고 해본들 아무 소용이 없습니다. 그런 명령은 따를 **수가 없기** 때문이죠. 그건 기질의 법칙을 거스르는 일이니까요. 기질의 법칙이야말로 최상의 법칙으로 모든 다른 권위에 우선하니 말이죠.

아담과 이브에게 실망을 금할 수가 없습니다. 그러니까 그들의 기질에 말이죠. 그들에게 실망하는 것은 아닙니다. 그들은 버터처럼 물러터진 기질로 고통받는 무력하고 가련한 젊은 피조물일 뿐이니까요. 그리고 버터는 불에 닿으면 **녹아버리라는** 명을 받았으니까요. 내가 바라마지 않는 것은 아담과 이브를 좀 뒤로 미뤄놓고 그 자리에 마르틴 루터와 잔다르크를 놓았으면 하는 것입니다. 버터가 아니라 석면의 기질을 갖춘 멋진 한 쌍 아닌가요.[9] 어떤 감언이설로도, 어떤 지옥의 불로도 악마는 **그들**을 꼬드겨 사과를 먹게 하지는 못했을 겁니다.

그러면 다른 결과가 나왔겠죠! 정말이지 그랬을 겁니다. 사과는 원래 자리에 그대로 있었을 테고 인류는 존재하지 않았겠지요. 당신도 없고 나도 없었겠지요. 그리고 궁극적으로 나를 문필업에 종사하게 만든, 그 옛날 고릿적, 천지창조 여명의 계획도 무산되었을 것입니다.

---

9 석면(石綿, asbestos)은 돌섬유라는 별칭에서 알 수 있듯, 광물임에도 천으로 짤수 있어서 20세기 중반까지 각종 산업 재료로 각광받았다. 발암물질의 유해성이 알려진 뒤로는 쓰이지 않는다.

나의 문학 조선소

지난 서른다섯 해 동안 내 문학 조선소에는 반쯤 짓다가 만 두세 척 선박이 방치되어 일광욕을 하고 있지 않았던 때라고는 없었다. 대개 그런 선박이 서너 척 있었다. 비능률적으로 보일 수 있겠지만, 아무 목적 없이 그런 게 아니라 의도적이었다. 책이 저절로 쓰이는 한에서 난 관심이 많은 충실한 대필 조수이고 게으름을 피우는 적도 없었다. 하지만 그 책이 상황을 고안해내고 모험을 생각해내고 대화를 이어가는 일을 내 머리에 떠넘기려 하면 난 책을 밀쳐버리고 머릿속에서도 지워버린다. 그러고는 내게 있는 미완성 작품 가운데 혹시 한두 해 편안히 묵히는 사이 저절로 관심이 다시 살아난 것, 그래서 날 다시 대필 조수로 기용할 준비가 된 것이 있나 살펴본다.

책이란 반드시 중도에 피로해지게 마련이고, 그러면 좀 쉬면서 기운을 차리고 관심도 다시 끌어올리고 바닥난 재고가 시간이 흐르며 다시 채워질 때까지 더는 나아가지 않으려 한다는 사실을 우연히 알게 되었다. 이 소중한 발견은『톰 소여의 모험』을 반쯤 썼을 때 찾아왔다. 원고지 400쪽쯤 되었을 때 잘 나아가던 이야기가 문득 걸음을 멈추고는 한 발자국도 더 나아가지 않았다. 며칠이 지나도 꿈쩍도 안 했다. 난 실망했고, 괴로웠고, 소스라치게 놀랐다. 이야기가 다 끝나지 않았다는 걸 나 자신도 잘 알았는데, 왜 계속 이어나갈 수 없는지 이해할 수가 없었기 때문이다. 이유는 간단했다. 물통이 다 말라버려서였다. 들어 있던 재료가 다 고갈되어 통이 비어 있었다. 재료가 없이는 이야기가 진전될 수 없었다. 가진 것 하나 없이 만들어낼 수는 없었다. 2년 동안 원고를 묵혀두었다가 어느 날 그것을 꺼내서 예전에 쓴 마지막 장을 읽어보았다. 물통이 다 말랐을 땐 그냥 놔두면 된다는 것을, 그러면 내가 잠자는 사이, 또한 무의식적인 대뇌 작용이 생산적으로 진행되고 있는 줄도 모르고 다른 일로 바쁜 사이에, 때가 되면 저절로 물이 차오르리라는 위대한 발견을 한 것이 바로 그때였다. 이제 재료는 아주 충분했으므로, 그 책은 술술 쓰였고 어렵지 않게 끝을 맺었다.

그 이후로 난 책을 쓰다가 물통이 말라도 크게 염려하지 않고 한쪽으로 치워두게 되었다. 이삼 년 지나면 내 도움 없이도 물통이 다시 차오르고 그러면 간단하고 수월하게 책을 완성할 수 있으리라는 것을 잘 알았기 때문이다.『왕자와 거지』도 물통이 말라 중도에 파업에 들어갔고, 난 2년 동안 손을 대지 않았다.『아서 왕 궁전의 코네티컷 양키』도 샘이 말라 중간에 2년간 쉬었다. 다른 책에서도 유사한 휴지기가 있었다.「어느 것이었을까?」라는 단편소설을 쓸 때도 비슷하게 두 번 중단되었다. 사실 두 번째 휴지기가 상당히 오래 이어지고 있어서, 그렇게 불쑥 중단된 지 벌써 4년이 지났다. 이제 물통이 다 차올랐을 거라 다시 그 작품을 시작하면 다시 중단되거나 관심이 사라지는 일 없이 나머지 반을 완성할 수 있을 거라는 확신이 있다. 하지만 그런 일을 하지는 않으련다. 펜을 들기가 아주 성가시다. 원래 태생이 게으른 데다가, 한동안 구술을 해왔더니 더 버릇이 나빠졌다. 이제 손에 펜을 드는 일이라고는 없을 테니 그 책은 완성되지 못할 것이다. 유감스러운 일이긴 하다. 아이디어가 신선해서 독자들에게 멋지고 놀라운 결말을 선사할 수 있었을 텐데.

미완성 작품이 또 있는데, 제목을 붙인다면 아마 '부랑자 보호시설'이 되었을 것이다. 반쯤 쓰다 말았고, 그런 채로 있을 것이다. '미생물이 직접 쓴, 3천 년에 걸친 미생물의 여행'이라는 제목의 작품도 있다. 반쯤 쓰다 말았고 계속 그 상태로 있을 것이다. 하나 더 있다. '불가사의한 이방인.' 반 이상 썼다. 그 책은 끝내고 싶은 마음이 워낙 강해서, 끝내지 못할 수도 있겠다는 생각이 들면 정말 고통스럽다. 이 몇몇 물통은 이제 다 찼으니, 펜을 손에 쥐기만 하면 신나게 나아가 스스로 끝을 맺을 테지만, 난 이제 펜이 지겹다.

반쯤 쓰다만 이야기가 또 하나 있다. 4년 전에 3만 8천 자나 썼는데, 혹시라도 나중에 완성할까 봐 아예 없애버렸다. 허클베리 핀이 화자이고, 당연히 톰 소여와 짐도 등장한다. 하지만 그 삼총사는 이 세상에서 할 일은 이미 충분히 했으니 이제 영원한 휴식을 얻을 자격이 있다고 보았다.

1893년 루앙에서 난 1만 5천 불 값어치의 원고를 폐기했다. 1894년 초에는 파리에서 1만 불 가치의 원고를 폐기했다. 그러니까 잡지에 기고했다면 추정할 수 있는 가치가 그렇다는 것이다. 유혹에 넘어가 그걸 팔게 될까 봐, 그 원고들을 수중에 지니는 게 겁이 났다. 그 원고들이 기준에 못 미친다는 확신이 상당히 있었기 때문이다. 평소라면 그런 유혹이 크지 않을 테고, 나 자신도 석연치 않은 작품을 출간할 생각은 하지 않을 것이다. 하지만 당시 난 많은 빚을 지고 있어서 그런 상황에서 벗어나고픈 유혹이 워낙 강했고, 그래서 그 원고들을 태워 없애버렸다.

아내는 그에 반대하지 않았을 뿐 아니라 오히려 그렇게 하도록 독려했다. 아내는 우리의 다른 걱정거리보다 내 평판에 더 마음을 썼기 때문이다. 당시 아내는 내가 또 다른 유혹에서 벗어나는 일도 도와주었다. 유머 잡지의 편집자로 내 이름을 빌려주는 대가로 1년에 1만 6천 달러의 돈을 5년 동안 주겠다는 제안이 들어왔다. 그 유혹을 물리치도록 도움을 준 아내에게 찬사를 보낸다. 마땅히 아내가 받아야 할 찬사다. 사실 그 제안은 내게 유혹이랄 것도 없었지만, 혹시 유혹이 되었더라도 아내는 마찬가지로 나를 도와주었을 것이다. 상상력이 잘 무르익을 때면 내 머릿속에 무모하고 터무니없는 것들이 수없이 떠오르긴 하지만, 유머 잡지의 편집자 자리를 받아들이는 그렇게 무모하고 터무니없는 일은 상상할 수가 없다. 세상에서 가장 서글픈 직업으로 여겨지지 않을 수 없기 때문이다. 혹시라도 내가 그런 일을 떠맡는다면 그 칙칙함을 조금이라도 덜기 위해 거기에 장례를 떠맡는 장의사 직을 덧붙여야 할 것이다.

도대체 쓰여지지 않는 책들이 좀 있다. 해가 가도 같은 자리에 버티고 서서 아무리 구슬려도 꿈쩍을 하지 않는다. 그 책이 아직 형태를 잡지 못했거나 쓸 만한 것이 못 되어서는 아니다. 단지 그 이야기에 딱 맞는 형식이 나타나지 않았기 때문이다. 각 이야기마다 알맞은 형식이 딱 하나 있고, 그 형식을 찾아내지 못하면 이야기가 풀려나오지 않는다. 여남은 가지의 어울리지 않는 형식으로 시도해볼 수는 있겠지만, 어떤 경우든 얼마 못 가서 알맞은 형식을 찾지 못했다는 사실만 깨닫게 될 것이다. 예외 없이 이야기가 중도에 멈춰 서서 더 가지 않으려 하리라는 사실을.『잔 다르크』라는 소설을 쓸 때 여섯 번이나 잘못된 시작을 했고, 그 결과를 보여줄 때마다 클레멘스 여사는 한결같이 치명적인 비평—즉, 침묵—을 건넸다. 말은 한마디도 없었지만, 아내의 침묵은 천둥처럼 쩌렁쩌렁한 말을 한 셈이었다. 마침내 어울리는 형식을 찾았을 때 난 그것을 곧바로 알아차렸고, 아내가 무슨 말을 할지도 알았다. 아내는 확신을 보이며 주저없이 그 말을 해주었다.

12년에 걸쳐 내가 여섯 번의 시도를 했던 간단한 이야기가 있는데, 출발점만 제대로 잡으면 네 시간 만에 알아서 풀려나갈 이야기임을 알았는데도 그랬다. 여섯 번 실패한 후 어느 날 런던에서 그 이야기의 줄거리를 로버트 맥클루어[1]에게 보여주고는, 이 줄거리를 잡지에 싣고 그것을 가장 훌륭하게 완성한 사람에게 상을 주면 어떻겠느냐고 제안했다. 그러면서 잔뜩 신이 나서 반 시간 동안 그에 대해 떠들었다. 그러자 그가 이렇게 말했다.

"알아서 다 썼구먼. 뭐 하나 덧붙일 것 없이 지금 말한 그대로 종이에 옮기기만 하면 되겠네."

그러고 보니 그 말이 사실이었다. 네 시간 만에, 그것도 꽤 만족스럽게 그 이야기를 완성했다. 그러니 그 짧은 이야기를 만들어내는 데 4년하고도 네 시간이 걸린 셈이다. 제목은 '죽음 제병(Death Wafer, −祭餅)'이라고 붙였다.

확실히 제대로 시작하는 일이 핵심이다. 지금까지 살면서 아주 여러 번 증명한 일이라 나로서는 의심의 여지가 없다. 스

---

1 맥클루어(McClure) 출판그룹.

물다섯 해인가 서른 해 전에 텔레파시라는 경이로운 현상을 주제로 한 이야기를 쓰기 시작했다. 수천 마일 떨어진 두 사람의 정신을 연결해서 전선도 없이 허공을 가르면서 자유롭게 서로 대화를 나눌 수 있는 기계를 발명하는 어떤 사람의 이야기였다. 네 번이나 시작을 잘못해서 도대체 진전이 되지 않았다. 세 번은 100쪽이나 쓴 뒤에야 잘못을 깨달았다. 네 번째는 400쪽을 썼을 때 잘못을 깨달았다. 그래서 난 아예 포기하고 원고를 통째로 난롯불에 집어던졌다.

어린 시절

말했다시피 아버지는 테네시의 그 광활한 땅[1]을 스무 해 동안 가지고 계셨다. 온전히 그대로. 1847년 아버지가 세상을 뜨신 후 그 땅을 우리가 관리하기 시작했다. 관리한답시고 거의 다 날리고 40년이 지난 뒤 우리에겐 1만 에이커만 남았다. 땅을 팔았던 기억도 없는데 말이다. 1887년쯤—그보다 이를 수도 있다—남은 1만 에이커마저 사라졌다. 형이 석유가 나던 펜실베이니아의 코리라는 소도시의 집 한 채와 얼마간의 땅뙈기를 사려고 그 땅을 팔았기 때문이다. 1894년경엔 그 집과 땅뙈기를 250불을 받고 팔았다. 그렇게 테네시의 땅은 자취를 감췄다.

그 돈 외에, 아버지가 현명하게 투자한 그 재산에서 나온 돈이 한 푼이라도 더 있는지 모르겠지만 내 기억으로는 전혀 없다. 아니다, 자잘한 일 하나를 빼먹었네. 내게 셀러스와 책 한

---

1 10만 에이커의 땅.

권[2]의 토대를 마련해준 일 말이다. 그 책의 반인 내 몫이 1만 5,000~2만 불이었고, 연극 공연으로 7만 5,000~8만 불을 벌었으니 일 에이커당 1불 정도라고 하겠다. 희한한 일이다. 아버지가 그 땅에 투자하셨을 때 난 아직 세상에 나오지도 않았으니, 아버지가 내 몫을 계산하셨을 리가 없다. 그런데도 그 땅에서 이득을 본 것은 우리 집안에서 내가 유일하다. 이 글을 쓰면서 앞으로도 이 땅을 이따금 거론할 기회가 있을 것이다. 그 땅이 한 세대 이상 우리 가족의 삶에 이러저러하게 영향을 끼쳤기 때문이다.

상황이 암울해질 때마다 그 땅이 솟아나 희망찬 셀러스의 손을 내밀었고, 이렇게 말하며 우리 기운을 북돋았다. "겁내지 말라. 나를 믿고 기다리라." 그렇게 40년 동안 계속 희망을 붙들고 살게 하더니 종국에는 우리를 버렸다. 내내 우리 기운을 잠재우고 다들 미래만 내다보도록 부추겼다. 게으른 몽상가로 만들었다. 다음 해만 되면 틀림없이 부자가 될 거라 일할 필요가 없었던 것이다. 삶을 가난하게 시작해도 괜찮고, 부자로 시작해도 괜찮다. 어느 쪽이나 건전하니까. 그런데 앞으로 부자가 된다는 기대로 시작하는 삶이라니! 직접 경험해보지 못한 사람은

---

2   트웨인이 찰스 더들리 워너와 함께 쓴 첫 소설 『도금시대(Gilded Age)』에 나오는 인물. 소설은 7만 5천 에이커의 땅을 파는 일을 다룬다.

그것이 얼마나 끔찍한 저주인지 상상도 못할 것이다.

나의 부모님은 1830년대 초반에 미주리주로 옮겨갔다. 난 그때 아직 세상에 나오지도 않아 그런 일에는 신경 쓸 처지가 아니었으므로 정확히 언제였는지는 기억나지 않는다. 당시에는 긴 여정이었고, 힘들고 지루한 나날이었을 것이다. 먼로 카운티의 플로리다라는 자그마한 마을에 집을 마련했고, 내가 그곳에서 1835년에 태어났다. 마을 주민이 100명이었으니 내가 그 인구를 일 퍼센트 늘린 셈이다. 역사 이래 아무리 훌륭한 사람도 한 마을에 그런 대단한 일을 한 적이 없다. 내 입으로 이렇게 말하는 게 겸손하지 못한 일일지 모르지만 사실이니까. 역사에 기록된 위인 중에 그만한 일을 한 사람이 없다. 셰익스피어도 하지 못한 일이다. 하지만 난 플로리다 마을을 위해 그런 일을 했고, 그렇게 보면 어디에서든 그런 일을 할 수 있었을 것이다. 심지어 런던에서도.

최근에 어느 미주리주 사람이 내가 태어났던 집의 사진을 보내주었다. 지금까지 난 늘 내가 궁전 같은 집에서 태어났다고 말해왔는데, 이제부터는 좀 조심해야겠다.

그 집에서 벌어진 일 가운데 기억나는 사건은 단 하나뿐이다. 당시 두 살 반밖에 되지 않았지만 기억이 또렷하다. 가족들이 전부 짐을 꾸려 마차에 싣고 30마일 떨어진 미시시피 강가의 한니발이라는 마을로 떠났다. 날이 저물어 야영할 준비를 하고 아이들 수를 셌는데 하나가 모자랐다. 내가 없었기 때문이다. 날 예전 집에 두고 온 것이다. 길을 떠나기 전에 부모는 항상 아이들이 모두 있는지 세어봐야 한다. 혼자 신나게 놀던 나는 어느 순간 방문이 꽉 잠겨 있고, 집 안에 소름 끼치도록 깊은 적막이 깔린 것을 문득 깨달았다. 그제서야 난 가족이 날 잊은 채 다들 떠났다는 걸 알아차렸다. 당연히 잔뜩 겁에 질려, 있는 힘껏 아우성을 쳤지만 근방에 사람이라고는 없었으니 아무 소용없었다. 그 집 안에 갇혀 오후를 보냈고, 어스름이 깔리고 귀신들이 깨어날 때까지도 여전히 갇혀 있었다.

내 동생 헨리는 그때 태어난 지 여섯 달 된 아기였다. 난 그 아이가 생후 일주일 만에 바깥에 피워놓은 불로 걸어 들어가는 것을 떠올리곤 했다. 나도 무척 어렸을 때였는데, 그때 일어난 일을 기억하다니 참 놀랍다. 내가 그 일을 기억한다는 망상을 30년 동안 고수하고 있었던 건 더 놀랍다. 걔가 그 나이에는 걷지도 못했을 테니 당연히 그런 일은 절대 일어나지 않았기 때문이다. 잠시 생각을 가다듬고 따져봤다면 그렇게 말도 안 되는 헛소리로 그렇게 오래도록 내 기억에 짐을 지우는 일은 하지 않았을 것이다. 생후 2년 동안 아기의 기억에 저장된 인상이 5년을 지속하지 못한다고 말하는 사람들이 많은데, 그건 잘못된 생각이다.

벤베누토 첼리니[3]의 도롱뇽 사건은 실제 있었던, 믿을 만한 일로 봐야 한다. 그리고 헬렌 켈러가 경험했다는, 부인할 수 없는 그 놀라운 사건도—그 이야기는 나중에 하도록 하겠다. 난 내가 생후 6주에 할아버지가 위스키로 만든 토디[4]를 드시는 걸 도와드린 기억이 있다고 수년 동안 믿어왔지만 이제 남에게 그런 얘기를 하지는 않는다. 나이가 나이인 만큼 내 기억력도 예전 같지 않으니까. 젊었을 때는 무엇이든 기억할 수 있었다. 실제 일어난 일이건 아니건 말이다. 하지만 이제 그 기능이 쇠퇴하고 있으니, 실제 일어난 일이 아니면 아무것도 기억하지 못하는 날이 곧 올 것 같다. 이렇게 망가지고 있다니 참 서글프지만, 누구에게나 일어나는 일이니까.

나의 삼촌인 존 A. 퀄즈는 농부였고, 플로리다 마을에서 4마일 떨어진 시골에 살았다. 자식이 여덟 명에, 흑인 노예가 열다섯인가 스무 명이 있었고, 다른 면에서도 복 받은 분이었다. 특히 성격이 그랬다. 삼촌보다 더 나은 사람은 만나본 적이 없다. 우리가 한니발로 이사 오고 4년째 되는 해부터 내가 열한 살이나 열두 살 되던 해까지 난 매년 두세 달을 그곳에서 보냈다. 내 책에서 삼촌이나 숙모를 의식적으로 갖다 쓴 적은 없지만, 글을

3 Benvenuto Cellini. 16세기 이탈리아 조각가로 다섯 살 때 불 속의 도롱뇽을 본 기억을 자서전에 적었다.

4 독한 술에 뜨거운 물, 설탕, 향신료를 넣어 만든 것.

쓰면서 삼촌의 농장이 아주 유용했던 적이 한두 번 있었다. 『허클베리 핀의 모험』과 『톰 소여의 모험』에서 그 농장을 아칸소로 옮겨 이용했던 것이다. 600마일이나 떨어진 곳이지만 전혀 어렵지 않았다. 아주 커다란 농장도 아니어서 아마 500에이커 정도 되었을 텐데, 규모가 그 두 배였더라도 자리를 옮겨 써먹을 수 있었을 것이다. 난 도덕적인 문제는 전혀 개의치 않았다. 문학을 위해 긴급하게 필요하다면 주 하나를 통째 옮기기라도 했을 테니 말이다.

존 삼촌의 농장은 남자아이에게는 천국과도 같았다. 두 채가 이어진 통나무집으로, 부엌이 딸린 널찍한 마루(지붕을 얹은)가 사이에 있었다. 여름이면 산들바람이 부는 그늘진 마루 한가운데에 식탁이 놓이고 그 위에 진수성찬이 펼쳐졌다. 지금도 그 생각을 하면 눈물이 날 것 같다. 닭튀김, 돼지 바비큐, 집에서 키우는 칠면조와 야생 칠면조, 오리와 거위. 막 잡은 사슴고기. 다람쥐, 토끼, 꿩, 자고새, 들꿩. 비스킷, 핫케이크, 메밀 핫케이크, 뜨거운 '통밀빵', 롤빵, 둥글납작한 옥수수빵. 통째로 삶은 옥수수, 옥수수 콩 요리, 흰 강낭콩, 깍지콩, 토마토, 완두콩, 감자, 고구마, 버터밀크, 가당우유, '굳힌 우유'. 텃밭에서 방금 딴 수박, 멜론, 칸탈루프 멜론. 사과 파이, 복숭아 파이, 호박 파이, 사과 덤플링, 복숭아 코블러. 그 외에도 더 많지만 기억이 나지 않는다.

아마 백미는 요리하는 법일 것이다. 특히 몇몇 음식이 그렇다. 예를 들어 옥수수빵과 비스킷, 통밀빵과 닭튀김이 그렇다. 북부에서는 이 음식들을 누구도 제대로 요리하지 못한다. 사실 내가 경험한 바로는 그 기술을 제대로 배운 사람은 하나도 없다. 북부 사람들은 본인들이 옥수수빵을 구울 줄 안다고 생각하지만, 이는 얼토당토않은 미신일 뿐이다. 아마 세상 어떤 빵도 남부 옥수수빵만큼 맛있는 빵이 없고, 북부에서 옥수수빵이라고 만든 것만큼 형편없는 빵도 없을 것이다. 북부에서는 닭튀김 요리를 할 생각은 별로 하지 않는데, 이건 참 다행스러운 일이다. 닭튀김 기술은 메이슨·딕슨선[5] 위쪽도 그렇고 유럽 어디에서도 배울 수가 없다. 이건 허황한 뜬소문이 아니다. 경험에서 나온 이야기다.

유럽 사람들은 여러 가지 빵을 혀를 델 정도로 뜨겁게 내면 그게 다 '미국식'이라고 여기는데, 그건 너무 광범위한 정의다. 남부에는 그런 풍습이 있지만, 북부 빵은 훨씬 덜 뜨겁다. 북부와 유럽에서는 뜨거운 빵이 건강에 좋지 않다고 본다. 얼음물이 건강에 좋지 않다는 유럽의 미신과 마찬가지로 아마 그것 역시 또 다른 공연한 수선일 것이다. 유럽에서는 얼음물이 필요하

---

5 Mason-Dixon line. 메릴랜드주와 펜실베이니아주의 경계로 당시 미국 남북 경계선으로 쓰였다.

지 않고 그래서 마시지도 않는다. 그렇지만 유럽에서 쓰는 단어가 우리 영어보다 낫다. 영어와 달리 유럽의 단어는 그것을 제대로 묘사하기 때문이다. 유럽에서는 그것을 '얼음 넣은 물'(iced water)이라고 부른다. 얼음물(ice-water)이라는 영어 단어는 얼음을 녹여 만든 물을 뜻하는데, 그건 우리도 잘 모르는 음료다.

그저 건강에 나쁘다는 이유로 좋은 것들을 그렇게 많이 버리다니 참 안된 일이다. 적당히 섭취해도 건강에 좋지 않은 음식을 과연 신이 인간에게 주었을까 의아하다. 미생물을 빼면 말이다. 그런데도 어떤 식으로든 평판이 안 좋은 것은, 충분히 먹을 만하고 마실 만하고 피울 만한데도 모조리 엄격하게 금하는 사람들이 있다. 건강을 위해서 그런 대가를 치르는 것이다. 그렇게 해서 얻는 것은 고작 건강뿐이고. 마치 말라빠진 소를 갖겠다고 가진 재산을 몽땅 넘겨주는 꼴이니 얼마나 희한한 일인지.

농가 주위로 아주 너른 마당이 펼쳐져 있었고, 세 면에 나무 가로대 울타리를, 나머지 한 면인 뒤쪽에는 높은 말뚝 울타리를 세웠다. 말뚝 울타리 뒤쪽으로는 과수원이고, 과수원 너머에는 흑인 노예 거주지와 담배밭이 있었다. 앞마당 출입구는 톱으로 잘라낸 통나무를 점차 높여가며 쌓은 층계형 출입구였다. 그 집에 대문이 있었다는 기억은 없다. 앞마당 한 구석에는 키 큰 히코리나무 여남은 그루와 흑호두나무 여남은 그루가 있어서 열매가 익는 계절이면 그 열매를 잔뜩 수확할 수 있었다.

조금 내려가면 오두막 한 채가 가로대 울타리에 딱 붙어 삼촌네 집과 나란히 서 있었다. 거기서부터 울창한 산비탈이 급하게 내리막을 이루어, 헛간과 옥수수 창고, 마구간과 담배 건조장을 지나 맑은 개울에 이른다. 자갈 깔린 개울물이 노래를 부르며 구불구불 이어지고, 여기저기에서 모습을 감추었다 다시 나타나며 저 멀리 이파리와 덩굴이 잔뜩 우거져 어둑한 곳으로 사라진다. 걸어서 개울을 건너기에는 그곳이 안성맞춤이었다. 물놀이 할 만한 널찍한 곳도 있었는데, 우리는 그곳에 가는 일이 금지되어 있었고 그래서 뻔질나게 드나들었다. 아무래도 우리가 어린 기독교 신자라서 금지된 열매의 가치를 일찌감치 배웠기 때문인 듯하다.

작은 오두막에는 머리가 하얗게 센 할멈 노예가 자리보전을 하고 누워 있었다. 나이가 천 살도 넘어 보여서 우리는 할멈이 모세와도 이야기를 나눴을 거라고 믿었기 때문에, 매일 그곳을 찾아 경외의 눈으로 쳐다보곤 했다. 그런 수치를 제공한 것은 젊은 흑인 노예들이었는데, 진심에서 한 일이었다. 우리는 할멈에 관해 들려오는 시시콜콜한 내용을 다 사실로 받아들였다. 그래서 할멈이 출애굽 당시 사막을 너무 오래 걸어서 건강이 나빠졌고, 그래서 다시 돌아가지 못했다고 믿었다. 할멈은 정수리에 둥글게 머리가 빠진 자리가 있었는데, 우린 살금살금 다가가 숨을 죽이고 경건하게 그것을 바라보았다. 그리고 이건 파라오가 물에 빠져 죽는 모습에 너무 겁이 나서 생겼을 거라고 상상했다. 남부의 습관대로 우리는 그 할멈을 한나 아줌마라고 불렀다. 흑인 노예가 다들 그랬듯이 할멈도 미신을 믿었다. 또한 모든 흑인 노예처럼 독실했다. 기도에 대한 믿음이 대단해서 평소 긴급한 상황이 닥칠 때마다 그에 의탁했는데, 100프로 확실한 결과가 절박한 경우에는 그러지 않았다. 주변에 마녀가 얼쩡거릴 때마다 자투리 양모를 다발로 만들어 하얀 끈으로 묶었고 이러면 즉각 마녀를 무력하게 만들 수 있었다.

우리는 누구랄 것 없이 흑인 노예와 친했고 같은 나이 또래들과는 사실상 동무 사이였다. '사실상'이라고 한 것은 약간의 한정이 필요하기 때문이다. 우리는 동무면서도 동무가 아니었다. 피부색과 생활 조건이 그려놓은 미묘한 선을 양쪽 편 모두 의식했고, 그래서 완전히 융합될 수가 없었다. 다정하고 충실한 좋은 친구이자 동맹자이며 조언자로 '대닐 삼촌'이 있었다. 삼촌은 흑인 노예 구역에서 가장 머리가 좋은 중년의 흑인이었다. 마음이 아주 넉넉하고 따뜻했으며, 성품은 정직하고 순박해서 얕은꾀라고는 부릴 줄 몰랐다. 지금까지 긴긴 세월 동안 난 그를 정말 잘 써먹었다. 그를 못 본 지가 반백 년이 넘었지만, 내내 정신적으로는 많은 시간을 기꺼이 그와 자리를 함께해왔다. 그를 그의 본래 이름 혹은 '짐'이라는 이름으로 여러 책에 등장

시키고 여기저기 데리고 다녔다. 한니발로 데려가고, 뗏목에 태워 미시시피강을 내려가고, 심지어 풍선에 실어 사하라사막을 건너기도 했다. 그는 타고난 참을성과 다정함과 신의로 그 모든 일을 견뎌냈다. 농장에서 지내면서 난 흑인을 무척 좋아했고, 그 훌륭한 자질의 진가를 알아볼 수 있었다. 그런 느낌, 그리고 그러한 판단은 60년 이상의 세월이 지나도록 전혀 손상되지 않고 그대로 이어졌다. 검은 피부는 그때 그랬듯이 지금도 내게는 반갑기만 하다.

어린 시절에 난 노예제에 전혀 반감이 없었다. 노예제에 무슨 문제가 있다고는 생각하지 못했다. 내가 듣는 자리에서 누구도 그것을 비난한 적이 없었다. 지역 신문도 비판한 적이 없었다. 지역 교회에서는 신이 노예제를 승인했고, 그래서 신성한 제도라고 가르쳤다. 조금이라도 미심쩍은 마음이 들어 그 불편함을 덜고 싶다면 성경을 읽어보기만 하면 된다고 했다. 그러고는 그 점을 확고히 하려 우리에게 성경 구절을 큰소리로 읽어주었다. 노예들 사이에 노예제에 반감을 품은 사람이 있을지라도 다들 현명하게 아무런 내색을 하지 않았다. 한니발에서는 흑인 노예를 심하게 다루는 일은 거의 본 적이 없었다. 농장에서는 전혀 그런 일이 없었다.

하지만 내가 어렸을 때 이 문제와 관련한 작은 사건이 하나 있었다. 오랜 세월이 느릿느릿 흘러간 지금까지도 그 일이 내 기억에 또렷하고 명료하게, 생생하고 분명하게 남아 있는 걸 보면 내게는 대단히 중요한 일이었던 것이 틀림없다. 한니발에 살때 우리 집에는 어디선가 데려온 어린 흑인 노예가 있었다. 메릴랜드의 동부 해안가에서 살다가 가족과 친구들과 헤어져 대륙의 반을 가로질러 이곳으로 와서 노예로 팔렸다. 쾌활한 성격에 순박하고 상냥한 아이였고, 아마 세상 누구보다 시끄러운 아이였을 것이다. 종일 노래하고 휘파람 불고 고함을 지르고 함성을 지르고 깔깔대며 웃었다. 얼마나 성가신지 돌아버릴 만치 견디기 힘들었다. 마침내 어느 날 난 너무 부아가 나서 씩씩대며 엄마에게 달려가, 샌디가 일 초도 쉬지 않고 한 시간 내내 노래를 부르고 있다고, 더는 못 참겠으니 제발 엄마가 그만두게 할수 없느냐고 물었다. 그러자 엄마의 눈에 눈물이 차오르고 입술이 떨렸다. 그리고 대략 이런 취지의 말씀을 들려주셨다.

"불쌍한 아이란다. 노래를 부른다는 건 그 애가 기억하지 못한다는 거고, 그러면 엄마는 안심이 돼. 하지만 조용히 있으면혹시 무슨 생각을 하지 않나 싶어서 엄마는 견딜 수 없이 힘들단다. 그 애는 이제 다시는 자기 엄마를 만나지 못할 거잖아. 그런데도 노래를 부를 수 있다면 엄마는 절대 그걸 막지 않을 거야. 오히려 고마운 마음이야. 너도 나이가 좀 더 들면 엄마 말을이해할 거야. 그러면 그 외톨이 아이의 시끄러운 소리가 기쁘게다가오겠지."

간단한 이야기였고 어려운 문자를 쓰지도 않았지만, 그 말은 내 마음 깊이 박혀 이후 샌디가 아무리 시끄럽게 해도 거슬리지 않았다. 어머니는 어떤 말씀도 거창하게 하시는 법이 없었는데, 쉬운 말로 큰 효과를 내는 재능을 타고나신 분이었다. 아흔 살이 되도록 사시면서, 말년까지 말씀에 능하셨다. 비열함과 불의를 보고 비분강개하실 때면 특히 그랬다. 내가 책에서 여러 번 편리하게 가져다 써서, 『톰 소여의 모험』의 폴리 이모로 등장하기도 했다. 거기서는 사투리를 쓰는 인물로 바꾸었고, 그 외에 달리 개선할 점이 있나 살펴봤지만 전혀 없었다. 샌디도 한 번 쓴 적이 있다. 『톰 소여의 모험』에 등장하는 인물이었다. 울타리를 흰색 페인트로 칠하는 일을 시켰지만 제대로 되지 않았다. 그때 그 인물에게 어떤 이름을 붙였는지는 기억나지 않는다.

지금도 내 눈에는 농장 전체가 생생하게 떠오른다. 작은 부분 하나하나, 거기 있던 것들 하나하나가 다 보인다. 한구석에 바퀴 달린 낮은 침대가 있고 다른 한구석에 물레가 놓여 있던 거실. 멀리서 들려오는, 높아졌다 낮아졌다 하며 울어대는 물레 소리는 내게는 세상에서 가장 애절한 소리여서, 그 소리만 들으면 고향이 그리워 울적해지고, 죽은 사람의 귀신들이 주위에 우글우글 모여들었다. 겨울밤이면 히코리나무 장작을 산더미처럼 쌓아 불을 피웠는데, 활활 타오르는 장작 끝에서 단물이 보글보글 뿜어져 나왔다. 우리는 그걸 그냥 버리는 법 없이 싹싹 긁어먹었다. 벽난로 앞 거친 바닥 돌 위에 게으른 고양이가 늘어져 있고 졸음 가득한 개는 문설주에 붙어서서 안을 들여다봤다. 벽난로 한쪽 옆에서 숙모가 뜨개질을 하고 다른 쪽 옆에서는 삼촌이 옥수수 속대 파이프를 피웠다. 카펫이 깔리지 않은 매끈한 떡갈나무 마루에는 가끔 벽난로에서 튀어나온 타다 만 목탄이 천천히 꺼져가면서 만든 검은 자국이 곰보처럼 찍혀 있는데, 그 위로 날름거리며 춤추는 불꽃이 희미하게 비쳤다. 어스름이 깔린 뒤편으로 예닐곱 아이들이 깡충거리며 놀았다. 등나무 의자가 군데군데 놓여 있고, 그중엔 흔들의자도 있었다. 요람도 하나 있었는데, 지금 당장은 쓰임새가 없지만 언젠가 꼭 다시 쓸 일이 생길 거라는 식이었다. 추운 날 이른 아침이면 셔츠나 속치마만 입은 아이들이 옹기종기 벽난로 앞을 차지하고 앉아 일어날 줄을 몰랐다. 그 안락한 장소를 놔두고, 바람이 쌩쌩 불어대는 안채와 부엌 사이의 넓은 마루, 공용으로 쓰는 주석 세숫대야가 있는 그곳으로 나가 세수하기가 너무 싫었기 때문이다.

정면 울타리 밖으로는 시골길이 이어졌다. 여름이면 먼지가 풀풀 날려 뱀이 좋아할 만한 곳이었다. 뱀들이 길바닥에 늘어져 볕을 쬐었다. 방울뱀이나 큰 살무사가 그러고 있으면 죽였다. 검은 뱀이나 채찍뱀, 혹은 전설적인 '고리뱀' 종류일 때는 체면이고 뭐고 걸음아 날 살려라 도망쳤다. '집뱀'이나 독 없는 '줄무늬 뱀'일 때는 잡아서 집에 가져가, 팻지 이모를 놀려주려고 이모의 일감 바구니에 숨겼다. 숙모는 뱀이라면 질색이라서, 일하려고 바구니를 무릎에 올려놓았다가 그 안에서 뱀이 기어 나오면 완전히 혼비백산했다. 도대체 익숙해지지 않는 모양인지, 그런 일이 아무리 자주 생겨도 소용없었다.

이모는 박쥐를 마음에 들어 하지 않았고 박쥐를 견디지 못했다. 내 생각에는 박쥐도 새와 마찬가지로 살가운 동물인데 말이다. 엄마와 팻지 이모는 자매라서 그런지 둘 다 똑같이 얼토당토않은 미신을 갖고 있었다. 박쥐는 정말 보드랍고 매끈하다. 만질 때 촉감이 그렇게 좋은 동물도 없고, 적절한 방식으로만 하면 쓰다듬어주는 걸 그렇게 좋아하는 동물도 달리 본 적이 없다. 난 이들 익수목 동물에 대해 잘 안다. 한니발 아랫녘으로 3마일 떨어진, 박쥐가 그득한 커다란 동굴에 자주 드나들었기 때문이다. 어머니를 놀려주려고 거기서 종종 박쥐를 잡아 왔다. 수업이 있을 때는 그런 일이 식은 죽 먹기였다. 집에 와서 학교에 다녀온 척, 박쥐는 있지도 않은 척을 할 수 있었다. 어머니는 사람을 의심하지 않고 전적으로 믿고 신뢰하는 분이라, 내가 "옷 주머니에 엄마 주려고 가져온 게 있어요"라고 하면 내 주머니에 손을 쑥 집어넣으셨다. 그러곤 내가 아무 말 하지 않아도 알아서 바로 홱 뺐다. 어머니는 도대체 박쥐를 좋아하시지 못했으니, 참 놀라웠다.

어머니는 평생 동굴에 들어가보신 적이 없을 거다. 하지만 다른 사람들은 모두 들어가봤다. 강 아랫마을이나 윗마을에서 먼 거리를 마다하지 않고 많은 사람이 무리를 지어 동굴을 찾아왔다. 수 마일에 이르는 동굴에는 좁고 높은 틈과 길목이 미로처럼 얼기설기 뻗어 있었다. 여차하면 길을 잃을 수 있는 곳이었다. 누구든 그런 일을 당할 수 있었다. 박쥐조차도. 나도 한 번 길을 잃은 적이 있다. 숙녀 한 분과 함께였는데, 마지막 남은 촛불이 가물가물 꺼져갈 즈음에 저 멀리 구불구불한 통로를 올라오는 수색대의 불빛이 보였다.

혼혈인 '인디언 조'도 그곳에서 한 번 길을 잃었는데, 박쥐가 모자랐다면 굶어 죽었을 것이다. 하지만 박쥐가 모자랄 일은 전혀 없다. 동굴 안에 아주 수두룩하니까. 그에게서 당시 이야기를 모두 들었다. 『톰 소여의 모험』에서 난 그가 동굴에서 거의 굶어 죽도록 만들었는데, 그건 예술상 필요해서였다. 실제로는 그런 일은 절대 일어나지 않는다. 지미 핀이 그 자리를 차지하기 전까지 우리 동네에서 첫째가는 술주정뱅이였던 게인즈 '장군'도 동굴에서 일주일 동안 빠져나오지 못한 적이 있었다. 마침내 그는 동굴 입구에서 강 아래쪽으로 몇 마일 떨어진 새버튼 근처의 언덕에 있던 작은 구멍 사이로 손수건을 밀어 올릴 수 있었고, 어떤 사람이 그것을 보고 땅을 파서 그를 꺼냈다고 한다. 통계적으로 봤을 때 그 일에 별 문제는 없는데 손수건이 걸린다. 내가 그를 알고 지낸 것만 수십 년이지만 그가 손수건을 들고 다니는 걸 본 적이 없기 때문이다. 하지만 손수건이 아니라 코였을 수도 있다. 그라면 코로도 충분히 주의를 끌 수 있었을 테니까.

뱀들이 볕을 쬐는 시골길 너머로는 어린 잡목이 빽빽하게 자란 수풀이 있었고, 그 안으로 어둑한 오솔길이 4분의 1마일 정도 이어졌다. 어둑한 길을 벗어나면 문득 거대한 평원이 펼쳐진다. 야생 딸기나무가 가득한 위로 초원패랭이꽃이 별처럼 선명하게 빛나고, 숲이 사방을 병풍처럼 둘러쌌다. 딸기는 탐스럽고 향기로웠다. 딸기가 열릴 때면 우리는 대개 풀밭 위에 아직 이슬이 반짝이고 이제 막 깨어나 울기 시작한 새소리가 허공에 가득한, 상쾌한 이른 아침에 숲으로 갔다.

숲 경사면을 내려가다 왼쪽을 보면 그네가 있었다. 어린 히코리나무의 껍질을 벗겨 만든 것이었다. 그래서 너무 바짝 마르면 위험했다. 주로 아이가 40피트 높이의 허공을 날 때 뚝 부러졌고, 바로 그런 까닭에 해마다 부러진 뼈를 붙일 일이 그렇게 많았다. 난 그런 불운을 당한 적이 없지만 내 사촌들은 하나같이 불운을 면하지 못했다. 사촌이 여덟 명이었는데, 다 합해서 그들이 부러뜨려먹은 팔이 열네 개였다. 하지만 돈은 거의 들지 않았다. 주치의가 가족 전체를 진료하고 일 년에 25불을 받았기 때문이다.

플로리다 마을의 의사 가운데 기억이 나는 의사로 초우닝과 메레디스가 있다. 그들은 일 년에 25불을 받고 가족 모두를 봐 주었을 뿐 아니라 약도 자비로 제공했다. 양도 얼마나 많았는지 거구의 성인이나 1회분을 다 먹을 수 있었다. 마시는 약은 주로 아주까리기름이었다. 반 국자를 먹어야 했다. 넘길 수 있도록 맛을 좋게 하느라 뉴올리언스 당밀을 반 국자 섞었는데, 그런다 고 맛이 좋아지지는 않았다. 다음 주자는 감홍(염화수은)이었다. 그다음은 대황, 그다음은 할라파였다. 그러고 나서 환자의 피를 뽑고 겨자연고를 발랐다. 끔찍한 의료체계였지만 사망률은 그 리 높지 않았다. 감홍은 환자의 침 분비를 촉진하는 것이 거의 확실했고, 그래서 종종 이가 빠졌다. 치과의사는 따로 없었다. 충치가 생기거나 다른 이유로 이가 아프면 의사들이 할 수 있는 일은 딱 하나였다. 집게를 가져와 이를 잡아 뽑는 것이다. 그러 다 턱이 멀쩡하더라도 의사 탓은 아니었다.

흔한 병에는 의사를 부르지 않았다. 그런 건 집안의 할머니 들이 맡아 해결했다. 할머니들은 다들 의사였다. 숲에서 각자 알아서 약초를 구했고, 무쇠 같은 개의 내장까지 뒤집어놓을 약 을 지을 줄 알았다. 그리고 '인디언 의사'도 있었다. 미국 원주민 부족민 가운데 아직 남아 있던 근엄한 미개인으로 자연의 신비 와 약초의 비밀스러운 특성을 속속들이 알았다. 시골내기들은 대부분 그의 능력을 철석같이 믿었고 그에게서 치료를 받았던 경이로운 경험들을 가지고 있었다.

저 멀리 인도양의 외딴섬인 모리셔스에 그 옛날 우리의 인디언 의사에 해당하는 사람이 있다. 의학 공부라고는 해본 적이 없는 흑인인데, 의사들은 고치지 못하고 치료에 통달한 그만이 고칠 수 있는 병이 하나 있다. 그 병에 걸리면 다들 그를 찾았다. 아이들이 걸리는 희한한 치명적 질병이었는데, 그 흑인은 조상 대대로 내려온 처방에 따라 자신이 직접 만든 약으로 그 병을 고쳤다. 누구에게도 약을 만드는 모습을 보여주지 않았다. 약에 들어가는 재료도 혼자만 알고 있었으므로, 그가 아무에게도 알려주지 않고 죽어버릴까 봐 다들 걱정이 태산이었다. 그러면 모리셔스에 큰일이 날 거라면서. 1896년에 그곳에 사는 사람들에게 들은 이야기다.

그 옛날 우리에게도 '기도 치료사'가 있었다. 여자분이었는데 치통이 전문이었다. 농부의 노부인으로 한니발에서 5마일 떨어진 곳에 살았다. 환자의 턱에 손을 대고 '믿어라!' 하고 말하면 즉각 효과가 나타났다. 이름이 어터백 부인으로, 지금도 또렷이 기억한다. 두 번인가 어머니와 함께 그곳으로 말을 타고 가서 치료 과정을 보았다. 어머니가 환자였다.

이윽고 메레디스 선생님이 한니발로 오셔서 우리의 주치의가 되었고 내 목숨을 몇 번이나 구해주셨다. 어쨌든 좋은 사람이고 좋은 의도로 한 일이었다. 그냥 넘어가자.

난 어릴 적부터 병치레가 잦고 골골해서 염려가 되고 손이 많이 가는 아이였고, 태어나서 일곱 해 동안 대증요법 약을 달고 살았다는 말을 늘 들어왔다. 어머니가 연로하실 때—여든여덟 살이셨다—어느 날 내가 그 점과 관련해 이렇게 여쭤봤다.

"그동안 내내 어머니는 저 때문에 불안하셨겠네요?"

"그럼, 늘 그랬지."

"내가 목숨을 부지하지 못할까 봐요?"

어머니는 잠깐 생각에 잠기신 뒤—겉으로 보기엔 사실을 따져보는 듯이—이렇게 말씀하셨다.

"아니, 목숨을 부지할까 봐."

누군가의 말의 표절처럼 들릴 수도 있지만, 그건 아니었을 것이다. 시골 학교는 삼촌의 농장에서 3마일 떨어져 있었다. 숲속 빈터에 있었고 대략 스물다섯 명의 남녀 학생이 있었다. 여름이면 일주일에 한두 번, 그럭저럭 규칙적으로 학교에 갔다. 시원한 아침나절에 숲길을 걸어 학교에 갔다가 하루가 저무는 어스름 녘에 돌아왔다. 학생들은 다들 바구니에 딱딱하게 구운 옥수수빵과 버터밀크, 아니면 다른 맛난 것을 점심으로 싸 들고 가서 정오에 그늘에 앉아 먹었다. 그 당시가 평생의 교육과정 중에서 내가 가장 흐뭇하게 떠올리는 지점이다. 난 일곱 살 때 처음으로 학교에 갔다. 흔히 쓰는 챙 넓은 모자와 옥양목 원피

스를 입은 건장한 열다섯 살 여자아이가 내게 "담배 써봤냐"고 물었다. 입담배를 씹어봤느냐는 뜻이었다. 내가 안 해봤다고 했더니 바로 경멸적인 반응이 튀어나왔다. 주변의 무리에게 나를 신고하듯이 이렇게 말했다.

"여기 일곱 살이나 되도록 입담배를 못 씹는 애가 있어."

이 말에 주변 아이들이 내보인 표정과 내뱉은 말로, 내가 모멸의 대상이 되었음을 깨달았다. 참을 수 없이 나 자신이 부끄러웠다. 그래서 개선을 해야겠다고 마음먹었다. 하지만 병만 얻었을 뿐이다. 입담배 씹는 법은 도무지 배울 수 없었다. 피우는 담배에는 꽤 능하게 되었지만, 그런다고 주변의 반응이 누그러지는 법이 없어서 난 늘 특색 없고 불쌍한 녀석이었다. 존경받기를 갈망했지만, 결코 그 정도에 이르지 못했다. 아이들은 서로의 결점을 봐주는 법이 거의 없다.

앞서 말했다시피 난 열두 살인가 열세 살이 될 때까지 해마다 몇 달을 농장에서 지냈다. 그곳에서 사촌들과 보낸 생활은 온갖 매력이 넘쳤고, 지금 내 기억에서도 그렇다. 장엄한 석양과 깊은 숲의 신비, 땅에서 피어나는 흙내음과 옅은 야생화 향기, 비에 씻겨 반짝거리는 이파리, 바람이 나뭇가지를 흔들 때마다 요란스럽게 후두둑 떨어져 내리는 빗방울, 저 멀리 딱따구리가 나무 쪼는 소리와 숲속 멀리로 먹먹하게 들려오는 꿩의 퍼드득 날갯짓 소리, 놀라서 풀 위를 종종거리며 지나가는 야생동물의 모습이 잠깐씩 눈에 띄던 일을 다시 그대로 불러낼 수 있다. 그 모두를 다시 불러내서 그때처럼 생생하게, 그때처럼 행복하게 펼쳐 보일 수 있다. 평원을, 그 고독함과 평온함을, 그리고 저 높은 허공의 한 지점에 가만히 떠 있는 거대한 매를 다시 불러올 수 있다. 활짝 펼친 매의 날개 끝, 비죽비죽한 깃털 사이사이로 창공의 푸르름이 보였다.

가을옷을 갈아입은 숲도 내 눈에는 여전하다. 자줏빛 떡갈나무와 금색으로 빛나는 히코리나무, 불타는 진홍색으로 환히 빛나는 단풍나무와 옻나무가 보이고, 쌓인 낙엽을 일부러 발로 헤치며 걸어갈 때의 바스락 소리도 들린다. 어린나무 이파리 사이에 달린 푸른 야생 포도 송이도 보이고, 그 맛과 향도 기억난다. 야생 블랙베리가 어떻게 생겼는지, 맛은 어떤지도 기억할 수 있다. 파파야, 헤이즐넛, 감에 대해서도 마찬가지다. 서리 내린 새벽녘에 돼지를 몰고 히코리 열매와 호두를 주우러 나갔을 때, 난데없이 불어온 돌풍이 나무를 마구 흔들면 그 열매들이 머리 위로 비처럼 퍽퍽 떨어져 내리던 그 느낌도 생생하다. 블랙베리 물이 든 것도, 그것이 얼마나 예쁜지도 알고, 호두 껍데기 물이 들면 아무리 비누로 박박 문질러 닦아도 안 지워진다는 것도 안다. 사실 그렇게 닦아내지도 않았고.

단풍나무 수액의 맛이나, 언제 그것을 채취하는지, 구유와 유도관을 어떻게 놓아야 하는지, 그 수액을 어떻게 졸이고 어떻게 다시 가루설탕으로 만드는지도 안다. 그리고 억지꾼들이 뭐라고 우기든 그렇게 얻은 설탕이 정직하게 얻은 어떤 설탕보다 맛이 좋다는 것도 안다. 챔피언으로 뽑힌 수박이 호박 덩굴과 다른 '형제들' 사이에서 살진 둥근 배를 내밀고 누워 해를 쬐는 그 모양새도 잘 안다. '따보지' 않고도 어떻게 잘 익은 수박을 판별하는지, 찬물 담긴 커다란 대야에 담아 침대 아래 놓고 시원해지길 기다리면서 그 수박에서 얼마나 눈을 떼기 힘들었는지, 안채와 부엌 사이 아늑한 넓은 마루의 식탁에 수박이 놓이고 입에 잔뜩 침이 고인 아이들이 당장이라도 달려들 태세로 모여 앉았을 때 그 수박이 얼마나 먹음직스러워 보였는지도 잘 안다. 한쪽 끝에 칼을 대자마자 칼날이 다른 쪽 끝에 가닿기도 전에 쩍 소리를 내며 먼저 갈라지던 모습도 보인다. 반으로 쪼개져 양쪽으로 벌어지면 빨간 속살과 검은 씨가 모습을 드러내고, 한가운데 가장 잘 익은 속살이 불쑥 솟아 그 호사를 누릴 선택받은 자를 기다리던 것도 보인다. 큰 조각 하나를 받아 코를 박고 먹는 아이의 모습도 잘 알고 그 아이의 기분이 어떤지도 안다. 내가 그랬으니까. 정직하게 얻은 수박의 맛도 알고, 속임수로 얻은 수박의 맛도 안다. 둘 다 맛이 좋지만, 경험자라면 어느 쪽이 더 맛있는지 알 것이다.

나무에 달린 풋사과와 복숭아, 배의 생김새도 알고, 그것이 누군가의 뱃속으로 들어가 얼마나 커다란 만족을 주는지도 안다. 나무 아래 산처럼 쌓인 잘 익은 과일들은 얼마나 어여쁘고 색은 또 얼마나 선명한지. 겨울이면 지하실 통 속에 가득한 언 사과의 생김새가 어떤지, 깨물어 먹을라치면 얼마나 딱딱한지, 표면에 덮인 성에로 이는 또 얼마나 시린지, 그래도 얼마나 맛이 좋은지. 난 어른들이 흠집 있는 사과를 아이들 몫으로 남기는 경향이 있다는 것을 알아냈고, 한번은 그런 어른들을 속여 넘길 방법도 찾아냈다. 겨울 저녁이면 난로 위에서 지글지글 구워지는 사과, 거기에 설탕을 약간 뿌리고 크림을 잔뜩 부은 후 뜨거울 때 입에 넣으면 찾아드는 행복한 위안도 안다. 히코리 열매와 호두를 다리미 위에 놓고 망치로 때려서 속살은 상하지 않게 껍데기를 깨는 정교하고 신비로운 기술도 알고, 그 견과가 겨울 사과와 사과주와 도넛과 함께 등장하면 연로한 어른들의 낡은 농담도 얼마나 신선하고 바삭바삭하고 매혹적인지, 시간이 어떻게 흘렀는지 모르게 어느새 저녁 시간이 다 지나가버린다는 것도 안다.

어릴 때 특별한 기회를 얻어 '대닐' 삼촌네에 갔을 때 그 부엌의 모습도 잘 안다. 백인 흑인 가릴 것 없이 난롯가에 모여 앉은 아이들, 뒤편의 칠흑 같은 어둠을 배경으로 또렷하게 드러나는 그 얼굴 위로 불빛이 노닐고 벽 위로는 그림자가 가물대는 모습이 눈에 보이고, 대닐 삼촌이 들려주는 이야기, 나중에 리머스 해리스 삼촌이 엮어 책으로 출간해서 세상 사람의 관심을 사로잡을 불멸의 이야기도 귀에 들린다. '황금 팔'이라는 귀신 이야기를 할 시간이 되었을 때 내 온몸을 훑고 지나가는 오싹한 느낌도 여전히 생생하다. 유감스러움 역시 밀려들었던 것도. 왜냐하면 그 이야기가 그 저녁의 마지막 이야기여서 그것이 끝나면 곧바로 달갑지 않은 잠자리에 들어야 했기 때문이다.

삼촌 댁의 맨나무 층계가 기억이 난다. 층계참을 지나 왼편으로 꺾으면, 내 침대 위로 서까래가 놓인 비스듬한 천장이 있었다. 마룻바닥에 떨어지는 네모난 달빛과 커튼 없는 창문으로 내다보이는, 하얗게 눈에 덮힌 차가운 바깥세상. 태풍이 몰아치는 밤이면 바람이 울부짖고 집이 흔들렸고, 이불 아래 숨어 그 소리를 듣고 있으면 얼마나 아늑하고 포근했는지도 기억난다. 창틀 사이로 스며 들어온 가루눈이 둥둥 떠다니다가 마루에 내려앉아, 아침이면 방 안이 얼마나 추워 보였는지 이불에서 나오고 싶은 마음을 꺾어버렸다. 그런 마음이 애초에 있었더라도 말이다. 그믐밤이면 그 방이 얼마나 어두웠는지 모른다. 어쩌다 한밤에 잠이 깨면, 잊었던 잘못이 청문회라도 열어달라는 듯이 기억의 내밀한 방에서 쏟아져 나와 얼마나 으스스한 적막감이 방 안에 가득했는지. 그런 종류의 일을 하기엔 정말 잘못 고른 시간으로 보였다. 밤바람에 애통함을 실어 보내는 부엉이 울음소리와 늑대 짖는 소리는 또 얼마나 처연했는지.

여름밤에 지붕을 마구 두드려대던 빗소리도 기억이 난다.

침대에 누워 귀를 기울이면 참 듣기 좋았다. 번쩍하는 벼락의 광채와 우르릉 쾅 하는 장엄한 천둥소리도 즐거웠다. 정말이지 지루할 틈 없는 방이었다. 창문에서 손에 닿을 만한 곳에 피뢰침이 있어서, 여름밤에 남몰래 해야 할 어떤 긴급한 임무가 있을 때면, 위태위태하기는 해도 잡고 오르내리기에 아주 안성맞춤이었다.

밤에 흑인들과 함께 너구리와 주머니쥐를 사냥하러 갔던 일도 기억한다. 컴컴한 숲속을 한참 걸어갔고, 노련한 사냥개들이 사냥감을 나무 위로 몰아놓았음을 알리는 으르렁 소리가 저 멀리 들려올 때 다들 흥분으로 몸이 달아올랐던 일. 그러면 발을 헛디뎌가며 앞다퉈 관목과 가시덤불을 헤치고 나무뿌리를 타넘으며 달려가던 일. 불을 지피고 나무를 베어 넘어뜨리고, 개들과 흑인들이 신이 나서 날뛰고, 벌겋게 타오르는 불빛 속에서 모두 함께 지어내던 기이한 풍경. 그 모든 일을, 그리고 너구리 당사자만 빼고 다들 얼마나 즐거워했는지 생생히 기억한다.

비둘기 수백만 마리가 떼 지어 날아오던 비둘기 철도 기억난다. 새들이 나무마다 새까맣게 앉으면 그 무게로 나뭇가지가 부러지기도 했다. 몽둥이로 때려잡았다. 총은 쓸 필요도 없어 쓰지 않았다. 다람쥐 사냥과 들꿩 사냥과 야생 칠면조 사냥을 비롯한 모든 것을 기억한다. 그런 사냥을 나갈 때면 아직 어둑한 새벽에 일어나야 했고, 공기가 얼마나 쌀쌀하고 음산하던

지 아프지 않고 몸이 멀쩡한 것이 야속할 때가 많았다. 주석 나팔을 불면 필요한 수의 두 배가 넘는 개들이 몰려왔고, 좋아서 이리저리 뛰며 사람들을 치고 다녀 몸집 작은 사람들은 쓰러지기도 하고 괜한 소음이 끊이지 않았다. 그러다가 명령 한마디면 순식간에 모두 숲속으로 자취를 감추고 우리는 칙칙한 어둠 속에서 말없이 그 뒤를 따랐다. 하지만 곧 어스레한 빛이 번져오고 새들이 목청껏 노래하기 시작하고, 태양이 떠올라 온 세상에 밝은 빛과 위안을 쏟아부었다. 그러면 만물이 이슬에 젖어 상쾌하고 향기로워지며 삶은 다시 축복이 되었다. 세 시간을 그렇게 돌아다닌 후 건강한 활동으로 몸이 피곤해진 우리는 허기진 배를 붙들고 사냥감을 잔뜩 들고 아침식사 시간에 딱 맞춰 집으로 돌아왔다.

이야기하는 법

미국이 발전시킨 유머 이야기
: 코믹 이야기와 위트 있는 이야기와의 차이

나 자신이, 마땅하게 여겨지는 방식대로 이야기를 할 수 있다고 주장하려는 것이 아니다. 단지 내가 오랜 세월 아주 숙달된 이야기꾼과 거의 매일 함께해왔기 때문에 이야기를 어떻게 풀어내야 하는지를 안다는 것이다.

이야기에는 여러 종류가 있지만, 어려운 것은 딱 한 종류뿐이다. 바로 유머 이야기다. 이 자리에서는 주로 그것을 다뤄보고자 한다. 유머 이야기는 미국적이고 코믹 이야기는 영국적이고 위트 있는 이야기는 프랑스의 것이다. 유머 이야기의 효과는 이야기를 전달하는 **방식**에 달려 있다. 코믹 이야기와 위트 있는 이야기는 그 **내용**에서 효과가 나온다.

유머 이야기는 아주 길게 늘어져 마음 내키는 대로 여기저기 헤매 다니다가 딱히 확실한 것도 없이 끝나버릴 수 있다. 하지만 코믹 이야기와 위트 있는 이야기는 짧아야 하고 정곡을 찌르며 마무리를 해야 한다. 유머 이야기가 가만히 보글거리며 나아간다면 다른 두 이야기는 팡 터지는 식이다.

유머 이야기는 엄밀한 의미에서 예술작품―세련된 고급 예술―이라 예술가만이 구사할 수 있다. 그에 반해 코믹 이야기와 위트 있는 이야기에는 딱히 예술이 요구되지 않아서 누구나 풀 수 있다. 유머 이야기를 하는 예술적 기술―인쇄된 형태가 아닌 말로 하는 이야기를 뜻한다는 걸 명심하길 바란다―은 미국에서 창조되었고 그 이래 아무데도 간 적이 없다.

유머 이야기는 심각하게 해야 한다. 자기가 하는 말에 조금이라도 우스운 구석이 있다는 기색을 전혀 내비치지 않도록 최선을 다해야 한다. 하지만 코믹 이야기를 하는 사람은 이야기를 시작하기도 전에 이렇게 웃긴 이야기는 난생 처음 들었다며 분위기를 잡고, 스스로 아주 신이 나서 이야기를 한다. 이야기를 끝내고 맨 먼저 웃는 사람도 본인이다. 게다가 때로 반응이 아주 좋으면 흐뭇하고 기분이 좋아져서 그 '골자'를 한 번 더 되풀이하고 좌중을 둘러보며 환호를 끌어낸 뒤 또 되풀이한다. 보기만 해도 안쓰러운 광경이다.

물론 두서없이 장황하게 이어지는 유머 이야기도 골자나 정곡이나 촌철살인이나, 이름이야 어떻든 그런 것으로 마무리되는 경우가 왕왕 있다. 그럴 때면 청중들은 정신을 바짝 차려야 한다. 대개의 경우 화자는 딴청을 부리면서, 자신은 그것이 골자인지도 몰랐다는 듯이 계산된 무심한 태도로 아무렇지도 않게 툭 던질 것이기 때문이다.

아티머스 워드는 이런 재주가 아주 뛰어났다. 뒤늦게 청중들이 농담을 알아채고 웃으면, 그는 대체 뭐가 우스운지 전혀 모르겠다는 듯이 놀란 얼굴로 바라보곤 했다. 그 이전에는 댄 세첼이 그런 기술을 썼고, 나이와 라일리 등등이 현재 그 기술을 쓰고 있다.[1]

하지만 코믹 이야기의 화자는 골자를 얼버무리는 법이 없다. 확실히 알아듣도록 목청을 높인다. 언제나 말이다. 그래서 영국과 프랑스, 독일, 이탈리아에서 그 이야기를 인쇄해서 낼 때는 이탤릭체로 강조를 하거나 함성을 지르듯 느낌표를 붙이거나 때로는 괄호 안에 설명을 덧붙이기도 한다. 그런 걸 보면 얼마나 울적해지는지, 차라리 농담을 다 때려치우고 그보다 나은 삶을 살고 싶어진다.

---

1 아티머스 워드(Artemus Ward, 1834~1867)의 본명은 찰스 패러 브라운(Charles Farrar Browne)으로, 유머 작가이자 이야기꾼으로 명성을 떨쳤다. 댄 세첼(Dan Setchell, 1831~66) 또한 유머 작가다. 이어서 트웨인이 언급하는 나이와 라일리는 19세기 미국의 작가 빌 나이(Edgar Wilson "Bill" Nye, 1850~96)와 제임스 라일리(James Whitcomb Riley, 1849~1916)를 가리킨다.

페니모어 쿠퍼의 문학적 과오

『길을 여는 사람』과 『사슴 사냥꾼』은 예술 창작이라는 면에서 쿠퍼의 소설에서 최고 자리를 차지한다. 부분적으로 비교하자면 이 작품의 특정 장면보다 완벽하거나 훨씬 흥미진진한 장면은 다른 작품에서도 찾아볼 수 있지만, 완성된 전체로 보자면 어떤 작품도 이 두 작품을 따르지 못한다.

이 두 소설의 단점은 상대적으로 소소하다. 순전한 예술작품이다.

— 런즈베리 교수

다섯 편의 소설은 비범한 창의력으로 가득하다.

정말 위대한 소설 속 인물의 하나인 네티 범포는 …

나무꾼의 기술, 덫 사냥꾼의 속임수를 비롯한 숲의 모든 정교한 기술을 쿠퍼는 젊은 시절부터 익히 알아왔다.

— 브랜더 매슈 교수

쿠퍼는 로맨스 소설의 영역에서 지금껏 미국에서 있었던 가장 위대한 작가다.

— 윌키 콜린스

예일대의 영문학 교수와 콜롬비아대의 영문학 교수, 그리고 윌키 콜린스가 쿠퍼의 소설을 얼마간 읽어보지도 않고 그에 대한 의견을 제시하는 것은 내게는 전혀 옳지 못한 일로 여겨진다. 차라리 입을 닫고 실제 쿠퍼를 읽은 다른 사람들이 말을 하게 놔두는 것이 훨씬 더 품위 있는 일일 것이다.

쿠퍼의 문학에는 단점이 좀 있다.『사슴 사냥꾼』의 한 부분에서, 3분의 2쪽밖에 안 되는 부분에서 쿠퍼는 범할 수 있는 115가지 문학적 과오 중에서 114가지를 저질렀다. 신기록이다.

로맨스 소설 영역에는 열아홉 가지 문학적 규칙이 있다. 스물두 가지라고 하는 사람도 있긴 하다.『사슴 사냥꾼』에서 쿠퍼는 그 가운데 열여덟 가지를 어겼다. 그 열여덟 가지 규칙은,

1. 이야기는 무엇이건 이뤄야 하고 어디엔가 도달해야 한다는 것이다. 그런데『사슴 사냥꾼』은 이루는 것이 하나도 없고 허공으로 사라진다.

2. 이야기 속 사건은 꼭 필요한 부분으로 이야기의 전개에 보탬이 되어야 한다. 하지만『사슴 사냥꾼』의 내용은 이야기라고 할 것이

없어서 이루는 것도 도달하는 곳도 없으므로, 사건들이 작품 속에서 정당한 자리를 차지하지 못한다. 전개될 것이라고는 없기 때문이다.

3. 시체가 아닌 다음에야 이야기 속 인물은 살아 있어야 하고, 독자들은 언제나 시체와 시체 아닌 인물을 구별할 수 있어야 한다. 그런데 이 구체적인 요구가 『사슴 사냥꾼』에서는 간과될 때가 많다.

4. 이야기 속 인물이 대화를 할 때 그 대화는 사람의 대화로 들려야 하고, 주어진 상황에서 사람들이 할 법한 대화로 들려야 하며, 찾아낼 수 있는 의미와 찾아낼 수 있는 의도가 그 안에 담겨 있어야 하고, 적절함을 보여줘야 하며, 지금 다루는 주제에서 벗어나지 말아야 하고, 독자들에게 흥미로워야 하며, 이야기를 도와줘야 하고, 사람들이 더 이상 할 말이 없을 때는 그만두어야 한다. 하지만 『사슴 사냥꾼』에서는 이러한 요구가 처음부터 끝까지 무시되었다.

6. 작가가 이야기 속 인물을 묘사할 때 그 인물의 행위와 대화가 그 묘사에 부합해야 한다. 그런데 네티 범포의 예에서 충분히 증명되듯이 『사슴 사냥꾼』은 이 법칙에 전혀, 혹은 거의 주의를 기울이지 않는다.

7. 어떤 한 인물이 삽화가 들어간, 금박 테두리를 두른, 고급 송아지 가죽을 입힌, 7달러짜리 수제 '우정의 선물'[1]식 말투로 문단 첫 머리를 시작했다면 문단을 끝낼 때 흑인 음유시인의 말투가 나와서는

---

1 Friendship's Offering. 연말연시 선물용으로 제작하는 고급 문집.

안 된다. 하지만『사슴 사냥꾼』은 이 규칙을 집어던지고 발로 밟아 버렸다.

8. 작가 자신이든 이야기 속 인물이든, 조야한 어리석음을 '나무꾼의 기술, 숲의 모든 정교한 기술'이라며 독자를 속여서는 안 된다. 이 규칙을『사슴 사냥꾼』은 내내 어기고 있다.

9. 이야기 속 인물은 가능한 상황만을 다루고 기적은 건드리지 말아야 한다. 혹시 기적을 담아야 한다면 그것이 가능하고 사리에 맞는 것으로 다가오도록 아주 그럴듯하게 그려내야 한다.『사슴 사냥꾼』은 이 규칙을 전혀 존중하지 않는다.

10. 작가는 독자들이 자신의 인물과 그들의 운명에 깊은 관심을 가질 수 있도록 애써야 하고, 작품 속 선한 인물을 사랑하고 악한 인물을 미워하도록 해야 한다. 그런데『사슴 사냥꾼』의 독자는 선한 인물을 싫어하게 되고, 다른 인물에게는 관심이 가지 않아 다들 물에 빠져 죽어버렸으면 하는 심정이 된다.

11. 이야기 속 인물의 성격이 아주 분명하게 정해져서 주어진 어떤 긴급 상황에서 각자 어떤 행동을 할지 독자들이 미리 예상할 수 있어야 한다. 하지만『사슴 사냥꾼』에서 이런 면은 전혀 찾아볼 수 없다.

굵직굵직한 이런 규칙 외에도 작가에게 요구되는 사소한 규칙들이 있다.

12. 하려는 말을 정확히 해야지 대충 비슷한 말을 해서는 안 된다.

13. 정확한 단어를 사용해야지 유사한 단어를 사용해서는 안 된다.

14. 쓸데없는 문구를 삼간다.

15. 꼭 필요한 세부 묘사는 생략하지 않는다.

16. 허술한 형식을 피한다.

17. 좋은 문법을 쓴다.

18. 간결하고 꾸밈없는 문체를 활용한다.

『사슴 사냥꾼』은 이 일곱 가지 규칙조차 아무렇지도 않게 지속적으로 어긴다.

창의성이라는 면에서 쿠퍼는 그다지 풍부한 재능을 타고나지 못했다. 그래도 그런 재능이나마 발휘하고 싶었고, 그렇게 만들어낸 결과에 만족했고, 사실 꽤 그럴듯한 것도 얼마간 만들어내긴 했다. 무대 소품을 챙겨두는 그의 작은 상자에는 미개인과 나무꾼이 서로를 속이고 허점을 찌를 교묘한 장치나 속임수나 기교가 여섯 개나 여덟 개 들어 있고, 그는 이 순진한 소품들로 작업을 하면서 그것이 잘 되어가는 모습을 볼 때만큼 행복할 때가 없었다. 특히 좋아하는 것으로는, 모카신을 신은 인물이 모카신을 신은 적의 발자국을 그대로 밟으며 움직여 자신의 자취를 숨기는 것이다. 그 속임수를 활용하느라 닳아 없어진 모카신이 몇 상자인지 모른다.

소품 상자에서 자주 꺼내 쓰는 또 다른 소품으로는 부러진 나뭇가지가 있다. 부러진 나뭇가지를 어떤 무대 효과보다 귀하게 여겨 가장 심하게 부려먹는다. 어느 소설이 되었건 누군가 마른 나뭇가지를 밟아 그 소리에 200야드 반경의 모든 원주민과 백인이 화들짝 놀라는 장면이 나오지 않는 장은 참 평온한 장이다. 쿠퍼의 인물이 위험에 처해서 1분에 4달러를 주고라도 절대적인 정적을 유지해야 할 때면 아니나 다를까 꼭 나뭇가지를 밟는 것이다. 더 나은 밟을 만한 것이 주위에 수두룩하지만, 쿠퍼는 그런 거로는 만족하지 못한다. 쿠퍼의 인물은 꼭 마른 나뭇가지를 찾아내고야 마는 것이다. 찾지 못하면 가서 빌려 오기라도 한다. 사실 『긴 가죽양말 이야기』 연작에는 '부러진 나뭇가지' 연작이라는 제목을 붙여볼 만도 하다.

네티 범포를 비롯하여 다른 쿠퍼식 전문가들이 거행하는 정교한 숲의 기술을 몇십 개는 들 수 있지만 유감스럽게도 지면이 허락하질 않는다. 그래도 대표적인 예를 두세 개 들 수는 있겠다. 쿠퍼는 배를 탄 적이 있다. 그는 해군 사관이었다. 그런데도 선박이 강풍에 해안으로 밀려가는 와중에도 선장은 그에 맞서 선박을 붙들어 구해줄 저류를 잘 알기 때문에 특정한 지점으로 배의 진로를 조종한다는 설명을 자못 심각하게 늘어놓는다. 순전한 삼림 기술이나 선원 기술, 아니면 다른 뭐가 되었건, 그런 면에서 보면 정말 끝내주는 일 아닌가?

쿠퍼는 수년 동안 매일 대포를 다뤘으니 대포알이 땅에 떨어지면 땅속으로 파고들거나 100피트쯤 튀어 날아간다는 사실을 분명 알았을 것이다. 그러곤 또 튕겨서 다시 100피트 날아가고, 그렇게 반복하다가 진이 빠져서 굴러간다는 것을. 자, 그의 소설의 한 대목에서 안개가 자욱한 어느 날 밤 평원 근처 숲 가장자리에서 '여자'(females)—그는 여성을 언제나 이렇게 일컫는다—몇이 길을 잃는다. 네티 범포가 정교한 숲의 기술을 자랑할 기회를 주기 위해서다. 그들은 요새를 찾다가 길을 잘못 들었다. 그때 대포 소리가 들리고, 대포 한 알이 곧 숲으로 굴러들어와 그들 발 앞에 멈춰 선다. 여자들은 이걸 보고도 별 생각이 떠오르지 않는다. 하지만 존경스러운 네티 범포는 전혀 다르다. 그가 곧 당당히 앞으로 나서 대포알의 흔적을 따라가며 안개로 한 치 앞도 보이지 않는 평원을 가로질러 요새를 찾는 그런 일만 하지 않으면 정말 원이 없겠다.

멋지지 않나? 만약 쿠퍼가 자연의 진행 방식을 진짜로 알고 있는 거라면, 그 사실을 숨기는 기술이 정말로 기가 막히다고 봐야 한다. 예를 들어, 그와 함께 다니는 명민한 전문가인 원주민 칭가치국(Chingachgook, 아마 '시카고'라고 읽을 것이다)도 숲속에서 누군가를 쫓다가 발자국을 놓친다. 보아하니 발자국을 찾을 가능성이 전혀 없어 보인다. 당신이나 나나 그걸 다시 찾을 방법은 짐작조차 못 할 것이다. 하지만 시카고는 전혀 달랐다. 시카고의 당황은 오래가지 않았다. 흘러가는 개울의 물길을 막아 그 흐름을 바꾸자, 그 오래된 진흙 바닥에 찍힌 모카신 자국이 드러난다. 다른 경우라면 다 물에 씻겨 사라졌겠지만, 이 경우에는 달랐던 것이다. 아니, 쿠퍼가 독자에게 정교한 삼림 기술을 자랑하고 싶을 때면 영원한 자연의 법칙조차 자리를 떠야 하는 것이다.

쿠퍼의 소설이 "비범함 창의력을 오롯이 보여준다"는 브랜더 매슈의 말은 섣불리 받아들여서는 안 된다. 대체로 나는 브랜더 매슈의 문학적 판단을 기꺼이 받아들이고, 명료하고 우아한 그의 문체에도 찬탄을 아끼지 않는다. 하지만 저 특정한 진술은 에누리해서 들어야 하는데 그것도 보통 에누리가 아니다. 안타깝게도, 쿠퍼의 창의력은 말보다도 못하다. 그것도 일류 말이 아니라 빨래걸이 목마를 말하는 것이다. 쿠퍼의 소설에서 정말 영리한 '상황'을 만나기란 무척 힘들고, 어떤 상황이건 그가 다루어 우스꽝스러워지지 않는 상황을 찾기란 더욱 어렵다. '동굴' 장면을 보라. 그리고 며칠 뒤 고원에서 마쿠아와 다른 인물들이 벌인 이름난 난투극은 어떻고. '성급이' 해리가 성에서 방주까지 물길을 따라 이동하는 기묘한 장면이나 나중에 '성급이' 해리와 사슴 사냥꾼 사이에서 벌어진 다툼이나 또… 각자 알아서 찾아보시라. 못 찾을 리는 없을 것이다.

쿠퍼가 세심한 관찰자였다면 창의력이 더 잘 발휘될 수 있었을 것이다. 더 흥미롭게 발휘되지는 않았겠지만, 더 타당하게, 더 그럴듯하게 발휘되었을 거라는 뜻이다. '상황'이라고 할 만한 것 가운데 쿠퍼가 가장 자랑스러워하는 결과물조차 그것을 지켜줄 관찰자의 재능이 없어서 눈에 띄게 어그러진다. 쿠퍼의 눈은 놀랍도록 부정확하다. 뭐든 정확하게 보는 적이 별로 없다. 만사를 유리 눈알로 보는데, 그것도 침침하다.

가장 평범한 일상의 일을 정확히 보지 못하는 사람은 당연히 '상황'을 구성할 때 불리한 입장에 놓인다. '사슴 사냥꾼' 이야기에서 쿠퍼는 호수에서 흘러나오는, 폭이 50피트에 이르는 개울을 묘사한다. 그러다 아무 까닭도 없이 그 개울이 굽이를 이루며 흘러갈 때는 20피트로 좁아진다. 개울이 그런 일을 할 때는 스스로 설명을 해야만 하는데도 말이다. 열네 쪽 뒤에서는, 호수와 이어지는 개울의 초입이 난데없이 30피트로 쪼그라들며 '개울의 가장 좁은 구간'이 된다. 왜 그렇게 쪼그라들었는지 설명은 없다. 개울에 굽이가 있으니, 흙이 쌓여 제방이 생겼을 것이고 물길이 그 사이를 뚫고 지나가는 것이 분명하긴 하다. 하지만 이 굽이들은 길이가 30피트와 50피트다. 쿠퍼가 꼼꼼하고 좋은 관찰자였다면 개울의 굽이는 그 길이가 900피트가 넘으면 넘었지 그보다 짧지 않다는 사실을 알아챘을 것이다.

쿠퍼는 처음에는 특정한 이유도 없이 개울 초입의 폭이 50피트라고 했다가 그다음에는 미국 원주민들을 위해 그것을 20

피트도 못 되도록 줄여버린다. 이 좁은 개울물 위로 '어린나무'를 아치 모양으로 휘어 그 이파리 아래 여섯 명을 숨기려는 것이다. 그들은 개울을 거슬러 호수로 향하는 나룻배인지 방주인지를 기다리며 '잠복'하고 있다. 그 배는 밧줄 한쪽 끝을 닻에 연결해 호수에 고정해놓고 그 밧줄을 잡아당기며 거센 물살을 거슬러 나아간다. 그런 식으로는 시속 1마일로도 나아가지 못할 것이다.

쿠퍼는 방주를 묘사하기는 하지만 그 묘사가 꽤 애매모호하다. 용적은 "현대 운하용 선박 정도"라고 한다. 그렇다면 어림짐작으로 길이가 140피트 정도일 것이다. 또 "보통 선박보다 폭이 아주 넓다"고 한다. 그렇다면 대략 16피트 정도라고 해보자. 이 거대한 선박이 길이가 그것의 3분의 1밖에 되지 않는 개울의 굽이를, 양편으로 2피트 여유밖에 없는 둑을 긁어가며 살그머니 지나간다는 것이다. 이렇게 놀라운 기적이라니, 입이 마르도록 찬사를 보내도 모자란다. 선상에는 '선박 길이의 3분의 2' 크기인 지붕 낮은 통나무 가옥이 들어앉아 있다. 길이 90피트에 폭 16피트 정도의 가옥이니 열차 객차 정도라고 할 수 있겠다. 이 가옥에는 방이 두 개 있다. 각각 대략 가로 45피트 세로 16피트 정도라고 해보자. 하나는 허터 집안의 두 딸인 주디스와 헤티의 방이다. 다른 하나는 낮에는 응접실로 쓰고 밤에는 아빠의 침실로 쓴다. 방주가 이제 개울 하구에 이른다. 하구의 폭은 이제 원주민들이 숨을 수 있도록 그 폭이 20피트도 안 되게—18피트라고 하자—쪼그라들었다. 선박 양편의 여유는 1피트 남짓뿐이다. 배가 아주 바짝 다가올 거라는 사실을 원주민들은 알아챘을까? 구부려놓은 어린나무에서 빠져나와 방주가 둑에 닿을 듯 말 듯 지나갈 때 그냥 배에 올라타면 돈을 벌 수 있다는 걸 알았을까? 아니, 다른 원주민이라면 당연히 알았겠지만 쿠퍼의 원주민들은 아무것도 알아채지 못한다. 쿠퍼 말로는 그들이 뭔가를 알아채는 기막힌 재주를 지녔다고 하지만, 자신의 원주민에 관해서는 맞는 적이 거의 없다. 그중에 제정신인 사람이 한 사람이라도 있는 경우가 별로 없다.

방주는 길이가 140피트 남짓이고 그 위의 가옥은 길이가 90피트 정도다. 원주민들의 계획은 방주가 아래쪽으로 시속 1마일의 속도로 기어갈 때 구부러진 어린나무 아래에서 나와 가만히, 몰래 배로 뛰어내려 가족을 몰살하는 것이다. 방주가 그 아래로 지나가는 데 1분 30초가 걸릴 것이다. 90피트 가옥이 그 아래를 지나가는 데는 1분 정도 걸린다. 자, 이제 여섯 원주민은 어떤 일을 하겠는가? 분명 그걸 추측하려면 30년은 걸릴 거고 30년을 고민해도 알아내지 못해 포기할 거다. 그러므로 원주민들이 뭘 어떻게 할지 내가 알려주겠다. 쿠퍼의 원주민치고는 꽤 비범한 지능을 지닌 인물인 우두머리가 아래쪽에서 폭이 좁은 선박이 겨우 지나가는 것을 예의 주시한다. 그리고 세밀하게 계산한 끝에 본인이 판단하기에 딱 맞는 지점에 이르렀을 때 아래로 몸을 던진다. 그런데 정작 떨어진 자리는 배 위의 가옥이 아닌 다른 곳이었다! 실제 그랬다. 뛰어내린 지점이 가옥이 아니라 고물이었던 것이다. 그렇게 높은 곳에서 뛰어내린 것도 아니건만 멍청하게 머리를 박았다. 그러곤 의식을 잃고 쓰러졌다. 통나무 가옥의 길이가 97피트였다면 제대로 내렸을 것이다. 그러니 그의 탓이 아니라 쿠퍼의 탓이다. 가옥의 구조에 잘못이 있었던 것이다. 쿠퍼는 전혀 건축가가 아니었으니까.

아직 다섯 명의 원주민이 위쪽에 남아 있다.

배는 어지간히 나아가 이제 그들이 뛰어내리기엔 너무 멀어지고 있다. 그 다섯 명이 어떤 일을 했는지 내가 설명하겠다. 여러분들이 혼자 생각해낼 수는 없을 테니. 1번 원주민은 배를 향해 뛰어내렸다가 고물을 지나쳐 물 위로 떨어진다. 2번은 배를 향해 뛰어내렸지만 그보다 더 뒤쪽 물로 떨어진다. 3번이 뛰어내려 한참 더 뒤쪽으로 떨어진다. 4번이 뛰어내려 그 뒤쪽으로 떨어진다. 그런데도 5번 역시 배를 향해 뛰어내린다. 그는 쿠퍼의 원주민이니까. 지능의 측면에서 쿠퍼의 원주민과 담배가게 앞에 서 있는 원주민은 별반 다르지 않다. 이 선박 장면은 정말이지 숭고한 창의력의 발산이다. 하지만 세부 묘사가 부정확해서, 지어냈다는 분위기, 전반적으로 그럴듯하지 않다는 분위기가 드리워져 짜릿하지는 않다. 이는 쿠퍼가 관찰자로서 부적합해서 초래되는 결과다.

부정확한 관찰이라는 측면에서 쿠퍼의 재능이 얼마나 놀라운지는 『개척자들』의 사격시합 묘사에서도 그 예를 찾아볼 수 있다.

표적에 흔히 쓰는 못을 살짝 박아놓고, 우선 못대가리에 색을 칠했다.

무슨 색인지는 밝히지 않는다. 중대한 누락이지만, 쿠퍼는 원래 중대한 누락을 후하게 제공한다. 아니, 결과적으로는 중대한 누락은 아니었다. 이 못대가리는 총잡이로부터 거의 100미터나 떨어져 있어서, 그 거리에서는 그게 무슨 색이 되었건 보이지 않을 테니 말이다.

가장 시력이 좋은 사람이 얼마나 멀리 떨어진 집파리를 알아볼 수 있을까? 100미터? 거의 불가능하다. 그렇지. 100미터거리의 파리가 보이지 않는다면 같은 거리의 못대가리도 볼 수 없다. 둘은 같은 크기이니까. 50미터 거리에서도 파리나 못대가리가 보이려면 보통 시력으로는 힘들다. 여러분은 할 수 있나?

못을 살짝 박아놓고, 못대가리에 색을 칠하고, 시합 시작을 알린다. 그러자 쿠퍼의 기적이 시작된다. 첫 번째 총잡이의 총알이 못대가리 가장자리를 치고 지나간다. 다음 총잡이의 총알은 못을 맞춰 못이 좀 더 깊이 박힌다. 그리고 색칠이 모두 벗겨진다. 이 정도 기적이면 충분하지 않나? 쿠퍼는 그 정도로 직성이 풀리지 않는다. 이 장면은 오롯이 그의 신동인 사슴 사냥꾼-호크아이-장총-가죽 각반-개척자 범포를 숙녀분들 앞에서 내세우기 위해 기획된 것이기 때문이다.

"이봐, 다들 잘 보라고!" 친구들이 물러나자마자 그 자리에 들어서며 개척자가 외쳤다. "못, 새로 박을 필요 없네. 색칠이 벗겨졌어도 다 보이니까. 그리고 내 눈에 보이기만 하면 모기 눈이라 한들 100미터 거리에서도 맞출 수 있지. 잘 보라고!"

날카로운 총소리와 함께 총알이 쌩 날아갔고, 못대가리가 완전히 나무 안으로 들어가 박히며 납작한 납 조각이 그 위를 덮었다.

보다시피 여기 장총으로 파리를 잡을 수 있는 자가 있으니, 그를 데리고 오기만 하면 지금 서부극에서 공작 부럽지 않은 돈을 벌 수 있을 것이다.

여기 기록된 위업은 확실히 그 자체만으로도 놀랍다. 하지만 쿠퍼에게는 충분하지 않다. 그래서 뭔가를 또 덧붙인다. 개척자는 이런 기적을 자신의 것이 아닌 남의 장총으로 이룬 것이다. 그것만이 아니라 직접 총을 장전하는 이득도 챙기지 않았다. 모조리 자신에게 불리한 조건이었으면서도 이런 불가능한 과업을 이룬 것이다. 그냥 이룬 것도 아니고, '잘 보라고'라는 말을 할 정도로 자신감이 충만했다. 이 정도 인물이라면 벽돌 조각으로도 마찬가지의 위업을 달성하겠다고 덤빌 수도 있고, 쿠퍼가 도와주기만 한다면 해낼 수도 있을 것이다.

개척자는 그날 숙녀분들 앞에서 멋지게 자기 능력을 과시했다. 맨 처음 이룬 과업은 서부극 뺨치는 것이었다. 그는 총잡이들 무리에 섞여 상황을 지켜보았다. 과녁은 100미터 떨어진 거리에 놓여 있다는 사실을 기억하길. 한 촌놈이 총을 쏴 과녁 한 가운데를 맞췄다. 다음으로 병참 장교가 쏘았다. 이번에는 과녁에 아무런 표시도 생기지 않았다. 좌중에서 웃음이 터져 나왔다. "한참 빗나갔구면." 런디 소령이 말했다. 개척자는 의미심장하게 잠시 기다렸다가, 특유의 차분하고 무심한, 다 안다는 말투로 이렇게 말했다. "아닙니다, 소령. 직접 가서 과녁을 살펴보면 알겠지만, 장교의 총알은 앞 사람의 총알 자국을 그대로 통과했습니다."

굉장하지 않나! 그 작은 총알이 허공을 가르고 저 멀리 총알 구멍을 빠져나가는 것을 어떻게 볼 수 있었단 말인가? 하지만 그가 하는 일이 이렇다. 쿠퍼의 인물에게 불가능이란 없기 때문이다. 그 자리의 어떤 인물이라도 이런 일에 깊은 의구심을 가진 적이 있을까? 전혀 없다. 그러려면 정신이 온전해야 할 텐데,

그들 모두가 쿠퍼의 인물들이기 때문이다.

다들 개척자의 기술, 그의 **날렵하고 정확한 시력**을 깊이 존중했기 때문에, 그의 이런 선언을 듣자마자 구경꾼들은 자신의 원래 판단이 못 미더워졌고 그 사실을 확인하기 위해 여남은 명이 과녁으로 달려갔다(강조는 인용자의 것이다). 아니나 다를까 장교의 총알이 앞선 총잡이가 뚫어놓은 총알구멍을 관통했고, 그것도 얼마나 정확하게 관통했는지 그 사실을 확인하기 위해 아주 면밀히 살펴봐야 했다. 하지만 과녁이 서 있는 그루터기 속에서 총알 두 개가 차례로 박힌 것을 찾아내어 그것은 사실로 확인되었다.

그들이 '면밀하게' 살펴봤다고 한다. 아니, 그런 말은 신경 쓸 필요 없다. 두 번째 총알을 파내지도 않았는데 구멍 안에 총알 두 개가 있는 건 어떻게 알았을까? 아무리 열심히 살펴봐야 인간의 시각으로는 하나 이상의 총알이 존재한다는 걸 증명할 수 없으니 말이다. 파봤을까? 앞으로 보겠지만 그러지 않았다. 이제 개척자의 차례다. 그가 숙녀분들 앞으로 나서서, 조준한 뒤 총을 발사한다.

아, 이런! 이렇게 실망스러울 데가. 믿을 수 없이, 상상할 수 없이 실망스럽다. 과녁에는 전혀 변화가 없었으니까. 앞서와 똑같은 총알구멍만 그대로 있지 않나!

"감히 이런 말을 할 수 있을지 모르겠지만, 개척자 역시 과녁을 벗어 났지 않았나!" 던컨 소령이 외쳤다.

아직까지 과녁을 벗어난 사람은 없었으니 여기서 '역시'라 는 말은 불필요하다. 하지만, 그건 넘어가자. 개척자가 할 말이 있으니까.

"아니, 아닙니다, 소령." 그가 자신 있게 말했다. "그렇게 위험한 단 언을 하시면 안 되죠. 총을 내가 장전하지 않았으니 무엇이 장전되 었는지 난 모릅니다. 하지만 그것이 탄환이었다면 저 촌놈과 장교의 것을 밀고 들어간 총알을 볼 수 있을 겁니다. 그게 아니라면 내 이름 이 개척자일 리가 없죠."
누군가 과녁으로 가서 확인해본 뒤 사실이라고 외쳤다.

이 정도만 해도 정말 대단한 기적 아닌가? 쿠퍼에게는 그렇 지 않다. 개척자는 "이제 천천히 여자들이 앉아 있는 자리로 다 가가" 다시 이렇게 말한다.

"그게 다가 아닙니다. 총알이 과녁을 조금이라도 건드리고 지나갔 다면 빗나갔다고 인정하죠. 장교의 총알은 나무에 상처를 냈지만,

마지막 내 총알은 나무를 건드리지도 않았다는 걸 확인할 수 있을 겁니다."

마침내 기적이 완성되었다. 그는 자신의 총알이 가장자리를 건드리지도 않고 구멍으로 들어간 것을 100미터 거리에서 알았던—의심의 여지 없이 보았던—것이다. 이제 그 구멍 하나에 세 개의 총알이 들어 있다. 과녁 뒤쪽의 그루터기 몸통에 탄환 셋이 겹겹이 박혀 있다. 어떤 식으로든 다들 그 사실을 알았다. 그 사실을 확인하기 위해 탄환을 파낸 사람은 아무도 없었는데도 말이다. 쿠퍼는 꼼꼼한 관찰자는 아니지만 흥미롭기는 하다. 무슨 사건이 일어나든 단연코 항상 그렇다. 그리고 자신이 무슨 일을 하는지 의식할 때보다 의식하지 않을 때 더 흥미롭다. 이것은 상당한 장점이다.

쿠퍼 소설에 나오는 대화는 우리 현대 독자들의 귀에는 이상하게 들린다. 그런 말이 진짜로 사람들의 입에서 나왔으리라 믿으려면, 할 말이 있는데도 전혀 급할 것이 없던 시절이 있었다는 걸 믿어야 한다. 2분이면 끝낼 말을 10분까지 늘리는 것이 관례이던 시절, 사람의 혀가 압연기라도 되는 양 4피트 길이 선철 정도의 생각을 죽죽 늘여 30피트 길이 선로의 대화로 바꾸느라 하루 종일 정신없이 바쁘던 시절, 화제는 도대체 정확하게 머리에 들어오지 않는데 말만 이리저리 헤매다가 결국 아무데도 이르지 못하던 시절, 대화가 대체로 요령부득이고 이따금 뜻이 통할 뿐인데, 그것도 어쩌다가 그렇게 되었는지 설명할 수 없어 얼떨떨한 채로 뜻이 통하던 시절 말이다.

확실히 쿠퍼는 대화를 지어내는 장인은 아니었다. 다른 일을 할 때도 무수히 벌어지는 일이지만, 여기서도 그의 부정확한 관찰이 의기양양하게 등장한다. 어떤 인물이 일주일에 엿새 동안 비문법적인 영어를 구사했다면 이레째에도 마찬가지로 그런 영어를 구사하고, 그래야 하고, 그건 달리 어쩔 수 없는 일이라는 사실을 깨닫지 못한다. 사슴 사냥꾼 이야기에서 사슴 사냥꾼은 어떤 때는 책에서나 나올 법한 현란한 말투를 쓰다가 또 다른 때에는 완전 무지렁이 사투리를 쓴다. 예를 들어 누군가 그에게 애인이 있느냐고, 있으면 어디 살고 있느냐고 물었을 때 그의 대답은 이러하다.

"나뭇가지가 벽처럼 주위를 둘러싸고 는개가 피어오르는 곳에 삽니다. 너른 평원에 이슬이 내리고 푸른 천상에 구름이 흘러가고 새들이 숲에서 노래하고 내가 목을 축일 수 있는 맛 좋은 샘이 있고, 그것 말고도 신께서 온갖 장엄한 선물을 선사한 곳이지요!"

그런데 그보다 약간 앞서 이런 말을 했다.

"동무가 걸려 있는 일이믄 당연히 동무로서 걱정 안 되냐, 그러니 걱
정이쟈."

또 이런 말도 있다.

"내가 인디언으로 태어났다면, 말할 수 있겠지. 머릿가죽을 벗겨 가
서 부족 사람들 다 모아놓고 전리품을 자랑할 수도 있겠지. 아니면
무찌른 적이 고작 곰이었다면."

스코틀랜드의 베테랑 총사령관이 마치 장황한 신파극 배우
처럼 전장에서 이런 식으로 자기위안을 하는 장면을 우리로서
는 상상할 수가 없지만 쿠퍼라면 할 수 있다. 또 한번은 앨리스
와 코라가 안개 자욱한 아버지의 요새 근처에서 프랑스군에게
쫓기고 있었다.

"저년들을 죽여버려!" 적군에서 작전을 지휘하는 듯한 열의에 찬 추
격자가 외쳤다.
"용맹한 60대대! 물러서지 말고 사격 준비!" 난데없이 위쪽에서 고
함이 들렸다. "적이 보일 때까지 기다리고 사격은 낮게, 경사면을 훑
어라."
"아버지? 아버지!" 안개를 뚫고 날카로운 외침이 들려왔다. "저예요,

앨리스! 아버지 딸 엘지예요! 살려주세요! 아버지, 딸들을 구해주세요!"

"중지!" 앞서 명령했던 자가 아비의 고통이 담긴 비통한 말투로 외쳤다. 그 소리가 숲까지 뻗어 나갔다가 침통한 메아리로 되돌아왔다. "내 딸이야! 신이 내 딸을 돌려보내셨다! 출격 통로를 열어라. 전장으로, 60대대, 전장으로! 내 아이들이 다칠 수 있으니 총은 쏘지 말라! 프랑스 개들을 총칼로 쫓아버려!"

쿠퍼의 단어 감각은 특이하도록 무디다. 음치는 음이 줄곧 반음씩 내려가고 올라가는데도 알아차리지 못한다. 비슷한 음이기는 하지만 정확하게 그 음은 아니다. 단어 감각이 없는 사람 또한 문학적 측면에서 반음씩 음이 올라가고 내려간다. 무슨 말을 하려는 건지는 알겠는데, 사실 정확히 그 말이 아니라는 것도 인지할 수 있다. 쿠퍼가 바로 이렇다. 단어를 구사하는 음악가는 아니었다. 그의 귀는 비슷한 단어로도 만족했다.

이런 혐의를 증명하기 위해 몇몇 정황증거를 제시하겠다. '사슴 사냥꾼'이라는 제목의 소설 여남은 쪽에서 추려낸 예다. 그는 '말로 하는(oral)'을 써야 할 자리에 '언어의(verbal)'를 쓴다. '용이(facility)' 대신 '정확함(precision)'을, '경이(marvels)' 대신 '현상(phenomena)'을, '예정된(predetermined)' 대신 '필요한(necessary)'을, '원시적인(primitive)' 대신 '투박한(unsophisticated)'을, '기대

(expectancy)' 대신 '준비(preparation)'를, '까라진(subdued)' 대신 '문책당한(rebuked)'을, '기인한(resulting from)' 대신 '기대는(dependent on)'을, '조건(condition)' 대신 '사실(fact)'을, '추측(conjecture)' 대신 '사실(fact)'을, '조심(caution)' 대신 '예방(precaution)'을, '결정하다(determine)' 대신 '설명하다(explain)'를, '실망한(disappointed)' 대신 '굴욕적인(mortified)'을, '꾸며낸(factitious)' 대신 '겉만 번지르르한(meretricious)'을, '상당히(considerably)' 대신 '실질적으로(materially)'를, '심화되는(deepening)' 대신 '줄어드는(decreasing)'을, '사라지는(disappearing)' 대신 '늘어나는(increasing)'을, '둘러싸인(enclosed)' 대신 '끼워진(embedded)'을, '적대적인(hostile)' 대신 '기만적인(treacherous)'을, '구부정한(stooped)' 대신 '서 있었다(stood)'를, '대체된(replaced)' 대신 '약화된(softened)'을, '발언했다(remarked)' 대신 '응수했다(rejoined)'를, '상태(condition)' 대신 '상황(situation)'을, '판이한(differing)' 대신 '다른(different)'을, '감각 없는(unsentient)' 대신 '무감한(insensible)'을, '기민함(celerity)' 대신 '간결함(brevity)'을, '미심쩍은(suspicious)' 대신 '불신을 받은(mistrusted)'을, '저능함(imbecility)' 대신 '정신적 저능함(mental imbecility)'을, '시각(sight)' 대신 '눈(eyes)'을, '대립하는(opposing)' 대신 '대응하는(counteracting)'을, '장례식(obsequies)' 대신 '장례 장례식(funeral obsequies)'을 쓴다.

쿠퍼가 영어로 글을 쓸 수 있다고 담대하게 주장했던 사람들이 세상에 존재하긴 했지만, 이젠 그들도 다들 세상을 떴다. 런스베리를 빼고는 죄다. 런스베리가 정확히 그렇게 말했는지는 기억할 수 없지만,『사슴 사냥꾼』이 '순전한 예술작품'이라고 했으니 마찬가지 이야기다. 그 맥락에서 '순전한'이란 '흠잡을 데 없는'—모든 세세한 면에서 흠잡을 데 없는—이라는 뜻이고 언어는 그 세세한 면에 해당하기 때문이다. 런스베리 씨가 쿠퍼의 영어를 자신이 쓰는 영어와 비교해보기만 했더라도… 하지만 그러지 않은 것이 분명하다. 그리고 십중팔구 지금 이 시각에도 쿠퍼의 영어가 자신의 영어만큼 깔끔하고 치밀하다고 상상할 것이다. 쿠퍼는 지금껏 존재했던 영어 가운데 가장 형편없다 할 영어를 구사했다는 것을,『사슴 사냥꾼』의 영어는 심지어 쿠퍼 자신이 구사해온 영어 중에서도 최악이라는 것을 이제 난 믿어 의심치 않는다.

내가 잘못 생각하는 것일 수도 있지만, 어느 면을 보나『사슴 사냥꾼』은 예술작품이라고 할 수 없다는 게 내 생각이다. 예술작품을 이루는 데 필요한 세부 요소가 전혀 갖춰져 있지 않기 때문이다. 사실『사슴 사냥꾼』은 그냥 문학적 진전섬망증[2]이 아

2　섬망(譫妄)은 착각과 망상을 일으키는 의식장애를 가리키며, 진전섬망(震顫譫妄) 또는 알코올 진전섬망은 일반적으로 알코올 금단으로 인하여 발생하는 섬망 상태를 말한다. 이 질병이 발생하면 3일을 금단 증상을 보이며 2~3일 지속된다.

닌가 싶다.

예술작품이라니? 그 안에는 창의성도 없다. 질서나 체계나 연속적인 사건이나 결과도 없다. 박진감도, 전율도, 동요도, 핍진함도 없다. 등장인물의 형상화는 혼란스러워서, 행동으로든 말로든 작가가 주장하는 바의 인물이 아니라는 것을 증명할 뿐이다. 유머는 애처롭고 비애감은 우습다. 대화는… 아, 뭐라 형언할 수가 없다. 남녀의 사랑 장면은 혐오스럽다. 구사하는 영어는 그 언어에 대한 죄악이다.

그런 것들을 다 빼면 남는 건 '기술(art)'이겠지. 그건 우리 모두 인정해야 할 것 같다.

2부 인간이란 무엇인가

나의 첫 번째 거짓말,
그리고 어떻게 발각되지 않았나

내가 이해하는 바로는 여러분이 원하는 것은 '내 첫 번째 거짓말 그리고 그것은 어떻게 발각되지 않았는가'입니다. 난 1835년에 태어났습니다. 그로부터 한참 세월이 흘렀고 기억력도 예전만 못합니다. 내가 처음 진실을 말했던 상황에 대해 물었다면 대답하기도 더 쉬웠을 것이고 여러분 입장에서도 더 나았을 겁니다. 그건 아주 잘 기억하거든요. 지난주 일처럼 생생해요. 집안 식구들은 지지난주라고 하지만, 그건 공연히 내 기분 맞춰주려고 그러는 거고 각자 뭔가 바라는 게 있어서일 겁니다. 누구든 세상사에 닳고 닳으면서 예순넷이라는 나이—사리분별이 되는 나이죠—에 이르면, 가족의 칭찬이 여전히 기분은 좋지만 그렇다고 순진하던 옛날처럼 그 때문에 분별력을 잃지는 않습니다.

내가 처음으로 한 거짓말은 기억이 나지 않습니다. 워낙 오래된 일이니까요. 하지만 두 번째 거짓말은 아주 잘 기억해요.

태어난 지 아흐레 되었을 때였는데, 핀이 내 살을 찔렀을 때[1] 으레 하는 식으로 그 사실을 요란하게 알리면 다들 나를 사랑스럽게 달래고 어르고, 가엾어하며 기분을 맞춰주고, 밥때 사이사이에 간식도 준다는 사실을 깨달았습니다.

그런 재물을 바라는 것은 인간 본성이라 나도 거기 굴복했습니다. 거짓으로 핀에 찔린 척을 했죠. 있지도 않은 핀으로 난리를 친 거죠. 여러분이라도 그렇게 했을 겁니다. 조지 워싱턴도 그랬고, 누구든 그랬을 거예요. 처음 반평생을 사는 동안 난 그 유혹에 흔들리지 않고 그 거짓말을 하지 않은 아이는 한 명도 본 적이 없어요. 1867년까지 이 세상에 태어난 모든 문명국의 아이들은 거짓말쟁이였어요. 조지도 물론이고요. 그 후 안전 옷핀이 나오면서 그런 재미도 끝났습니다. 그런 개선이 과연 무슨 가치가 있었을까요? 없었어요. 억지로 이루어진 개선이고 달리 장점이 있었던 것도 아니었으니까요. 단지 그 특정한 형식의 거짓말이 중단되었을 뿐, 거짓말하는 성향은 전연 줄지 않았어요. 불과 칼로 개종을 강요하거나 금주법으로 절제의 원칙을 강요하는 방식을 요람에 적용했을 뿐이죠.

어릴 적 그 거짓말로 다시 돌아가보죠. 사실 핀이 없었다는 걸 알아챈 사람들은 세상의 수많은 거짓쟁이 무리에 또 한 명이

---

1 갓난아기의 배냇저고리를 핀으로 고정했기 때문이다.

추가되었음을 깨달았습니다. 그리고 흔치 않은 영감의 덕으로 아주 흔하지만 좀처럼 알아차리지 못하는 사실을 자각하기 시작한 것이죠. 즉 거의 모든 거짓은 행위이고, 말은 별다른 역할을 하지 않는다는 겁니다. 좀 더 잘 살펴봤다면 누구나 빠짐 없이 태어난 그 순간부터 거짓쟁이라는 것을, 아침에 눈을 뜨면서 거짓을 시작해서 밤에 잠자리에 들 때까지 쉼 없이 그런 일을 한다는 것을 깨달았겠죠. 그런 진실에 이르러 비통한 마음이 들었겠죠. 책과 선생님을 통해 뭣도 모르는 부주의한 가르침을 받았다면 확실히 비통했을 것이고요. 하지만 자기 본성의 영원한 법칙에 따를 뿐 본인은 어쩔 수 없는 문제를 두고 비통할 이유가 뭐가 있습니까? 본인이 만든 법칙이 아니잖아요.

우리가 할 일이란 가만히 법칙을 따르는 것뿐입니다. 보편적인 공모에 가담해서도 잠자코 있어서, 마치 자신은 그런 법이 존재하는지도 몰랐다는 식으로 동료 공모자들을 속이는 거지요. 우리가 하는 일이 다 그렇잖아요. 다 알면서도 말이죠. 내가 지금 말하는 거짓은 침묵의 주장이라는 거짓입니다. 말 한마디 하지 않고도 거짓을 행하고 있고, 다들 그러고 있어요. 다 알면서 말입니다. 그것은 문명이 광대무변한 자신의 영역에서 어떻게든 잘 지키고 보호하고 전파하려고 노심초사하며 성스러운 노력을 기울이는 가장 장엄한 거짓의 하나입니다.

예를 들어보죠. 인정 있는 지성인이라면 노예제에 대해 어떤 합리적 구실도 만들어내지 못할 겁니다. 하지만 노예해방 운동이 일어난 초창기에 북부에서 내보인 지지와 도움은 미미했습니다. 아무리 열변을 토하고 호소하고 기도해도 종교계와 언론계부터 사회의 기층까지 확고히 자리 잡은 전반적인 잠잠함을 깰 수가 없었죠. 인정 있는 지성인들이 관심을 보여야 할 일이라고는 전혀 없다는, 침묵의 주장이라는 거짓으로 창출되고 유지되는 냉랭한 잠잠함 말입니다.

어떤 한 인물이 아무 잘못도 없이 박해를 받은 드레퓌스 사건 때도, 전혀 잘못된 일이 없다는 침묵의 주장이 처음부터 끝까지 내내 프랑스 전체에 숨 막히도록 짙게 드리워 있었습니다. 도덕적인 옹호자 몇십 명을 제외하고는 말이죠. 그와 비슷한 짙은 안개가 최근 영국을 뒤덮기도 했죠. 체임벌린 씨[2]가 남아프리카에서 전쟁을 일으키려 하는데도, 그곳의 광물을 차지하려 대단한 대가를 지불하려 하는데도 국민의 반은 자신들은 아는 바 없다는 침묵의 주장에 함께했으니까요.

겉으로 문명국이라는 주요 세 국가가 이렇게 침묵의 주장이라는 거짓을 행하는 예를 보았습니다. 이 세 나라에서 다른 예도 찾아볼 수 있을까요? 그럴 겁니다. 아마 아주 많지는 않아서

2　Joseph Chamberlain. 영국의 급진적 자유주의 정치가였으나 남아프리카에서 제국주의 영향력을 확대하기 위해 보수당과 연합하여 제2차 보어 전쟁을 일으켰다.

십억 가지 정도 될까요. 그것도 굳이 한도를 정하자면 그렇다는 겁니다. 그 세 나라가 한시도 쉬지 않고 수천수만 가지 다양한 방식으로 허구한 날 그런 종류의 거짓을 행사하고 있는 걸까요? 네, 우리가 알기로 그것이 사실입니다. 침묵의 주장이라는 거짓의 보편적 공모는 언제나 어디서나 열심히 이루어지고, 절대 훌륭하거나 존경할 만한 것을 위해서가 아니라 항상 어리석음과 사기를 위해 이루어집니다.

그것은 가장 소심하고 구차한 종류의 거짓일까요? 그렇게 보입니다. 오랜 세월에 걸쳐 폭정과 귀족제, 집안의 노예제와 군대의 노예제와 종교적 노예제의 이익을 위해 말없이 힘을 써왔고 그것들이 살아 유지할 수 있게 했습니다. 여기저기, 저 멀리까지 세계 어디에서나 여전히 그것이 사멸하지 않도록 애쓰고 있고, 침묵의 주장이라는 거짓이 완전히 은퇴할 때까지 계속 그런 식으로 해나갈 겁니다. 공정한 지성인들이 의식하는 일 가운데 자신들이 막아야 할 의무가 있는 그런 일은 전혀 일어나고 있지 않다는 침묵의 주장 말입니다.

내가 말하고자 하는 바는 이것입니다. 모든 인종과 모든 민족이 공모하여 폭정과 사기를 위한 거대한 침묵의 거짓을 퍼뜨리는 마당에 개개인의 사소한 거짓에 왜 신경을 써야 하나요? 거짓말을 하지 않는 것이 미덕이라는 듯이 애쓸 필요가 뭐가 있나요? 어째서 그런 식의 눈가림을 원하는 겁니까? 수치심도 없이 이 나라의 거짓을 거들면서 우리 자신을 위해 대수롭지 않은 거짓말을 하는 일을 수치스러워하는 까닭이 무엇입니까? 차라리 솔직하고 떳떳하게 기회가 생길 때마다 거짓말을 하는 게 어떤가요? 그러니까 차라리 일관성 있게 내내 거짓말을 하던지 아예 하지 말아야 하는 게 아닐까요? 국가의 거짓을 온종일 거든 마당에, 잠자리에 들 때 나를 위해 단 하나의 사소한 거짓말을 하는 일에 반대할 이유가 뭔가요? 그러니까 기분 전환으로, 입안에 감도는 고약한 맛을 없애기 위해 그럴 수도 있잖아요.

영국 사람들이 사는 방식은 참 희한합니다. 거짓말은 절대 입 밖에 내려 하지 않아요. 아무리 구슬려도 절대 안 합니다. 정치나 종교 같은 중대한 도덕적 문제가 아니라면 말이죠. 손톱만큼이라도 사적인 이득을 얻기 위해 거짓말을 한다는 것은 그들에게는 있을 수 없는 일입니다. 그 점에서 얼마나 완고한지 때로는 나 자신이 부끄러워지기도 하죠. 재미 삼아 하는 거짓말도 절대 하지 않아요. 누구에게든 해가 되거나 이득이 생길 기미가 조금이라도 없으면 절대 하지 않는 거죠. 도대체 이치에 맞지 않는 일인데도 나도 그에 영향을 받아서 점점 실력이 떨어지고 있어요.

물론 그들도 다른 사람들처럼 말로 하지 않는 자잘한 거짓은 무수히 행하고 있지요. 하지만 누군가 그 사실을 거론하기 전까지는 알아채지 못합니다. 나도 얼마나 그들에게 시달렸는지, 이제는 좀 완화된 방식이 아니라면 절대 입으로 거짓말을 하지 않기도 합니다. 그들은 완화된 방식도 용납하지를 않아요. 그러나 점점 친밀해지는 두 나라 간의 관계를 생각해서 내가 할 수 있는 한도는 거기까지입니다. 나도 내 자존감은 지켜야 하니까요. 건강도 지켜야 하고. 거짓말 양을 꽤 줄이고 살 수는 있지만 아예 안 하고는 살 수가 없으니까요.

물론 그들도 입으로 거짓을 말할 때가 있기는 합니다. 누구에게나 이따금 그런 일이 생길 수밖에 없고, 혹시 천사가 이곳에 자주 내려온다면 천사도 그럴 테니까요. 사실 특히 천사에게 그런 일이 생길 겁니다. 지금 내가 말하는 거짓말이란 비열한 목적이 아니라 너그러운 목적으로 이루어지는 자기희생적 거짓말이거든요. 그런데도 이들은 그런 종류의 거짓말을 할 때조차 겁을 집어먹고 심란해합니다. 보고 있으면 아주 가관이라, 다들 제정신이 아니라는 걸 알 수 있어요. 사실 영국이라는 나라는 아주 흥미로운 미신을 잔뜩 지닌 나라입니다.

내게는 스물다섯 해 동안 알아온 영국인 친구가 있습니다. 어제 함께 버스 윗층에 앉아 시내로 가는 중에 내가 어쩌다가 거짓말을 하게 되었어요. 물론 잡종이나 혼혈 같은 완화된 형식의 거짓말이지요. 다른 식의 거짓말은 이제 전혀 할 수 없어요. 그쪽 시장은 아주 불황이거든요.

작년에 오스트리아에 갔을 때 난감한 상황에서 벗어났던 일

123

을 친구에게 들려주고 있었어요. 경찰에게 내가 왕세자와 한 가족이라고 말할 생각이 우연히 떠오르지 않았다면 일이 어떻게 되었을지 모른다고 했죠. 그 말에 분위기가 누그러지며 경찰이 날 풀어주었거든요. 미안하다고 사과를 하고, 아주 친절하고 상냥하고 공손하게 뭐라도 더 해줄 것이 없나 안절부절못하더라고요. 어쩌다가 그런 실수를 하게 되었는지 그 나름대로 해명을 하면서, 나를 붙잡아 세운 경찰관을 교수형을 시키겠다고, 지나간 일이니 그냥 덮고 어디 가서 이 일을 언급하지 않았으면 좋겠다고 했죠. 그래서 난 걱정 말라고 했고요. 그러자 내 친구가 근엄하게 이렇게 물었어요.

"그걸 지금 완화된 거짓말이라고 부르는 건가? 그게 어딜 봐서 완화되었나?"

내가 경찰에게 진술한 말의 형식이 그러하다고 대답했죠.

"내가 왕실 사람이라고는 말하지 않았거든. 왕세자와 한 가족이라고만 했지. 당연히 인간이라는 가족을 뜻한 거지. 통찰력이 있었다면 그들도 알 수 있었을 걸세. 내가 나서서 경찰에게 두뇌를 제공할 순 없잖아. 그런 걸 기대하면 안 되지."

"그러고 나니 기분이 어떻던가?"

"글쎄, 경찰이 내 말을 오해한 걸 알고 당연히 좀 괴롭긴 했지만, 여하튼 거짓말만 아니라면 밤새 잠 못 이루며 걱정할 일은 없잖나."

내 친구는 마음속으로 그 문제를 이리저리 굴려보고 살펴보며 몇 분 동안 혼자 씨름을 하더니, 자기 생각으로는 설명이 필요한 사실을 설명하지 않아 오해를 초래했으므로 완화된 말 자체도 거짓이고 따라서 내가 하나가 아닌 두 개의 거짓말을 했다고 말했습니다.

"나라면 그러지 않았을 걸세." 친구가 말했죠. "난 절대 거짓말을 하지 않는 사람이라 그런 일을 한다면 아주 유감스러울 거네."

바로 그때 이륜 마차를 타고 옆을 지나가던 한 신사를 본 그 친구는 모자를 들어 올리면서, 놀라며 반가워하는 미소를 한 바가지 쏟아부었습니다.

"누구신가, G?"

"나도 몰라."

"그런데 왜 그랬어?"

"보아하니 나를 아는 사람으로 착각해서 나 역시 아는 체를 하려니 기대했으니까. 내가 받아주지 않으면 민망하지 않았겠나. 사람 많은 거리 한가운데에서 그 사람을 민망하게 하기 싫었으니까."

"글쎄, 마음은 가상하구먼, G. 옳은 행동이기도 하고. 자네가 한 일이 친절하고 아름답고 예의에 맞는 일이야. 나라도 그랬을 거야. 하지만 그건 거짓이네."

"거짓이라고? 난 입도 벙긋하지 않았는데? 그게 무슨 뜻인가?"

"자네가 입도 벙긋하지 않은 건 나도 알지. 그래도 어쨌든 자네는 무언극으로 아주 열렬하게, 아주 명백하게 이렇게 말한 거나 다를 바 없어. '안녕하세요! 시내 나오셨네요? 이렇게 만나다니 정말 반가워요, 형씨. 언제 돌아가나요?' 자네 말에 따르면 '설명이 필요한 사실을 설명하지 않아 오해를 초래'한다던 바로 그것이 자네 행동에 숨겨져 있잖아. 그 사람을 본 적도 없다는 그 사실 말이지. 그를 길에서 마주쳐 아주 반갑다는 표시를 한 것, 그건 거짓이야. 그리고 필요한 설명을 하지 않은 것, 그것도 거짓이지. 그러니까 내가 한 일과 똑같은 거네. 하지만 마음 쓰지 말게, 다들 하는 일이니까."

두 시간 뒤 저녁식사 자리에서 다른 문제를 논의하다가 친구가 말하기를, 오래 친분을 쌓아온 어떤 집안에 아슬아슬하게 때맞춰 큰 도움을 준 일이 있었다고 했습니다. 그 집 가장이 끔찍스러울 만치 치욕스러운 상황과 환경에서 급작스레 세상을 떴다는 겁니다. 그 사실이 알려지면 아무것도 모르는 가족이 크게 상심하고 견디기 힘든 수치스러움을 떠안게 되리라고 했지요. 엄청난 거짓 외에 달리 도리가 없었고 그래서 친구는 각오를 단단히 하고 그 거짓말을 했다더군요.

"그래서 그 집안 사람들은 전혀 진실을 눈치채지 못했나,

G?"

"전혀. 지금까지 한 치의 의심도 없네. 늘 가장을 자랑스럽게 여겼고, 여전히 그렇다네. 물론 그럴 만도 했고. 가족들에게 그의 기억은 신성하고 흠집 하나 없이 훌륭하지."

"가까스로 모면했구먼."

"정말 그랬어."

"그들이 바로 다음에 만나게 될 인물이 무정하고 파렴치하게 진실을 퍼뜨리는 사람이 될 수 있으니 말이야. 자네는 평생 무수한 진실을 말해왔지만, 그 특별한 거짓말이 그걸 다 속죄하고도 남겠네. 계속 힘써보게나."

혹자는 내 도덕 관념이 허술하다고 여길 수도 있겠지만 그런 주장은 근거가 별로 없습니다. 내가 찬성하지 않는 거짓말은 수두룩해요. 해로운 거짓은 좋아하지 않습니다. 다른 사람에게 해가 되는 게 아니라면 말이죠. 허세를 부리는 거짓도 좋아하지 않고, 미덕에 열광하는 거짓도 좋아하지 않죠. 앞엣것은 칼라일의 거짓이고 뒤엣것은 브라이언트의 거짓입니다.[3]

브라이언트가 이런 말을 했어요. "지상에서 짓밟힌 진실이 다시 일어설지니." 나 자신도 세계 경진대회에서 열세 개의 메

---

3 토머스 칼라일(Thomas Carlyle, 1795~1881)은 영국의 사학자, 사회비평가이고, 윌리엄 컬런 브라이언트(William Cullen Bryant, 1794~1878)는 미국의 시인이다.

달을 받았고 그만한 실력이 없지 않다고 주장할 수는 있지만, 저런 엄청난 거짓말은 한 번도 한 적이 없습니다. 브라이언트는 대중의 인기를 얻으려고 그랬던 겁니다. 그런 일은 누구나 하죠.

칼라일은 이런 말을 했습니다. 정확한 문구는 기억이 나지 않지만 대충 이런 요지입니다. "거짓이 살아남지 못하리라는 이 복음은 영원하다." 난 칼라일의 저서에 존경과 애정을 가지고 있고 그의 『프랑스 혁명사』는 여덟 번이나 읽었어요. 그래서 그가 저런 말을 완전히 제정신으로 했을 리는 없다고 생각하고 싶어요. 내 생각으로는 벽돌을 던지고 욕을 하며 미국인들을 자기 뒷마당에서 쫓아내느라 흥분한 상태에서 한 말이 아닌가 해요. 미국인들이 그 뒷마당에서 신을 섬기곤 했거든요. 가슴 밑바닥에서는 아마 미국인들을 좋아했겠지만 그 마음을 항상 숨길 수 있었죠. 필요할 경우를 대비해 벽돌을 마련해두었는데 던지기에 별 소질이 없었어요. 그래서 그가 벽돌을 던졌을 때 미국인들은 재빨리 피한 뒤 그 벽돌을 들고 달아났다는 것이 역사적인 사실이지요. 우리 미국인이 워낙 유물을 좋아해서, 그런 걸 얻을 수만 있다면 유물함이 무슨 생각을 하는지는 별로 신경 쓰지 않잖아요.[4]

---

4 토머스 칼라일은 『의상철학』으로 미국의 초월주의에 큰 영향을 주었고 에머슨

거짓이 살아남을 수 없다는 그 엄청난 거짓을 말했을 때, 칼라일은 벽돌로 미국인을 맞추려다 실패해서 너무 흥분한 상태였으리라고 확신합니다. 그가 그렇게 말한 지 30년이 넘었는데, 그것은 여전히 살아 있습니다. 살아 있는 정도가 아니라 아주 건강하고 팔팔해서 어떤 역사적 사실보다 오래 살아남을 것 같아요. 칼라일은 침착할 때는 진실한 사람이지만, 미국인과 벽돌 조각을 적당히 제공하기만 하면 분명 메달도 딸 수 있을 겁니다.

조지 워싱턴이 진실을 말했던 그때와 관련해서도 당연히 한마디 안 할 수가 없죠. 그가 미국이라는 왕관의 한가운데에 박힌 보석이니,「마지막 음유시인의 담시」에서 밀턴이 말한 대로 우리가 그 가치를 최대한 살려야 하는 것이 당연하니까요. 시의적절하고 사려 깊은 진실이었고, 나라도 그런 상황에서 그런 진실을 말했을 겁니다. 하지만 나라면 거기서 그쳤을 거예요. 그것은 웅장하고 고결한 진실이었어요. 높은 탑이었죠. 그러니 그 옆에 그보다 열네 배는 높은 탑을 또 하나 세워서 원래의 숭고함에 바쳐야 할 주의를 딴 데로 돌리는 일은 잘못입니다. 나는

과도 오랜 친분을 유지했다. 여기서 미국인들이 유물을 좋아해 유물함의 생각은 신경쓰지 않고 벽돌을 들고 달아났다는 말은, 민주주의에 반대하는 보수적 사상을 지닌 칼라일을 미국에서 무비판적으로 수용했던 일을 풍자적으로 표현한 것이다.

지금 '난 거짓말을 할 수 없었다'는 워싱턴의 진술에 대해 이야기하고 있는 겁니다. 나라면 그런 일은 해병대나 실컷 하라고 하든지, 칼라일에게 맡겨두든지 했을 겁니다. 그에게 맞는 일이니까요. 그 정도면 유럽 어느 대회에서도 메달을 딸 수 있을 것이고, 잘 아껴두었다면 시카고에서 장려상도 탈 수 있었을 텐데 말이죠. 하지만 이제 넘어갑시다. 우리의 국부께서는 너무 흥분했던 겁니다. 나도 그런 상태에 놓인 적이 있지만 곧 정신을 차립니다.

이미 지적했다시피 그가 말한 진실 자체에 대해서는 전혀 이의가 없습니다. 사전에 생각해둔 말이 아니라 순간적으로 영감이 떠올라 한 말이지 싶어요. 군인다운 훌륭한 정신으로 아마 동생 에드워드가 벚나무 사건의 책임을 다 떠맡도록 손을 썼겠지만, 순간적인 영감으로 적절한 기회를 알아채고 그것을 이용했던 거지요. 진실을 털어놓으면 아버지가 놀라겠지. 아버지는 만나는 이웃마다 그 이야기를 할 테고 이웃들은 다시 그 말을 널리 전할 테고. 그 말이 난롯가란 난롯가는 다 찾아가 마침내 난 그것으로 대통령이 될 수 있을 거야. 그냥 대통령도 아니고 초대 대통령이.

그는 어릴 적부터 먼 앞날을 내다볼 수 있었기 때문에 아마 이 모든 것을 다 생각했을 겁니다. 그러므로 내 생각에 그의 행동은 정당화될 수 있습니다. 하지만 다른 (거짓의) 탑은 그렇지 않아요. 그건 실수였어요. 그렇지만 여전히 잘 모르겠어요. 다시 생각해보면 실수가 아니었던 것도 같아요. 왜냐하면 바로 그 탑 때문에 다른 탑이 살아남거든요. '난 거짓말을 할 수가 없다'는 그런 말을 하지 않았다면 격변은 일어나지 않았겠죠. 그것이 바로 지구를 뒤흔든 지진이었으니까요. 영원히 살아남을 그런 종류의 진술이라 거기 들러붙은 사실 역시 덩달아 불멸의 존재가 될 가능성이 커진 겁니다.

요약하자면 난 대체로 지금 세상 돌아가는 방식에 만족합니다. 사람들은 말로 하는 거짓에 편견이 있지만 다른 거짓에 대해서는 전혀 편견이 없죠. 조사를 하고 수학적 계산을 해보니 말로 하는 거짓과 다른 거짓의 비율이 대략 1 대 2만 2,894 정도더군요. 말로 하는 거짓은 전혀 대수롭지 않으니 그걸 가지고 호들갑을 떨고 마치 중요한 문제라도 되는 척할 필요가 없는 거지요. 민족들에게 가해지는 온갖 폭정과 기만과 불평등과 부당함과 공모하여 그것을 지탱하는 민족의 거대한 침묵의 거짓, 그것이야말로 벽돌을 맞고 설교를 들어야 할 당사자입니다. 하지만 그런 문제는 다른 사람이 꺼내도록 사려 깊게 물러납시다.

그러면—한데 내가 주제에서 너무 벗어나버렸네요. 두 번째 내 거짓말이 들통나는 일을 어떻게 모면했느냐고요? 아주 훌륭하게 모면했다고 생각하지만 확실하진 않습니다. 워낙 오래전 일이라 구체적인 내용은 기억에서 지워졌거든요. 몸이 뒤집혀 누군가의 무릎 위에 길게 놓이고, 또 무슨 일인가 벌어지지 않았나 싶은데 정확히 무슨 일이었는지는 기억이 나지 않아요. 음악 소리가 들려왔던 것 같아요. 하지만 이제 세월이 많이 흘러 만사가 너무 침침하고 흐릿하니, 내가 망령이 들어서 없던 일을 상상하는 건지도 모르죠.

린치의 왕국 미국[1]

1

그렇게 위대한 주, 미주리주마저 몰락했다! 그 자식들 일부가 린치에 합류했고, 우리 모두 그 오물을 뒤집어썼다. 한 줌도 안 되는 그들이 우리의 면모를 규정지었고, 이름을 붙였고, 그래서 지구 방방곡곡의 사람들에게 우리는 이제 '린치 가해자'이고, 영영 그럴 것이다. 왜냐하면 세상은 잠깐 멈춰 생각하는 법이 없기 때문이다. 절대 그러는 법은 없다. 그렇게 생겨먹지 않

---

[1] 마크 트웨인은 글 첫머리에 언급된 미주리 린치 사건이 신문에 실린 1901년 8월 말에 이 글을 썼다. 그는 미국의 린치 역사서를 써서 이 글을 서론으로 쓸 생각까지 했지만 결국에는 이 글마저도 발표하지 않기로 결정했다. "이것이 출판되면 이 아래(미국 남부) 내 친구들이 반 이상 떨어져나갈 것"이라고 출판사에 말했다고 한다. 이 글은 그의 사후 13년이 지나 출간된 『유럽과 그 밖의 다른 지역』에 처음으로 실렸다.

았으니까. 세상은 단 하나의 사례로 일반화하도록 생겨먹었으니까.

"미주리 주민들은 지난 80년 동안 명예로운 이름을 얻기 위해 무척 애를 써왔다. 린치를 자행한, 미주리 한구석의 백 명 남짓한 그들은 진정한 미주리 주민이 아니라 탈선한 이들일 뿐이다." 이런 진실이 머릿속에 떠오르는 일은 없을 것이다. 정도에서 벗어난 한두 사례를 가지고 이렇게 일반화할 것이다. "미주리 주민들은 린치를 자행하는 사람들이다." 심사숙고하는 법도 없고 논리도 없고 균형 감각도 없다. 숫자를 들이대도 소용없다. 그들에게는 숫자가 알려주는 바가 없으니까. 합리적으로 사리를 따지지도 못한다. 예를 들어 중국에 매일 아홉 명의 기독교인이 새로 생긴다는 사실을 들어 중국 전체가 급속도로 기독교화될 것이 분명하다고 말할 것이다. 중국에서 매일 3만 3000명의 이교도가 태어난다는 사실을 고려하면 그 주장이 설득력이 떨어진다는 사실을 깨닫지 못하는 것이다. 마찬가지로 "미주리에 린치 가해자 백 명이 있으니 미주리주 전체가 린치 가해자"라고 말할 것이다. 린치 가해자가 아닌 미주리 주민이 250만 명이 있다는 엄청난 사실을 들이댄들 그 판결에 영향을 미치지 못할 것이다.

2

오, 미주리!

그 비극은 남서쪽 구석의 피어스시티에서 일어났다. 일요일 오후에 교회에서 혼자 집으로 돌아가던 젊은 백인 여성이 살해된 채 발견되었다. 그곳에도 교회가 있으니까. 내 젊은 시절에는 북부에 비해 남부에서 종교가 더 보편적이고 더 널리 퍼져 있었다. 아마 더 정력적이고 진실하기도 했을 것이다. 지금도 마찬가지라고 믿을 만한 근거를 얼마간 댈 수도 있다. 어쨌든 젊은 여성이 살해되었다. 그 지역에는 학교도 있고 교회도 있었지만, 마을 사람들이 들고 일어나 세 명의 흑인—그 가운데 두명은 아주 연로한 사람이었다—에게 린치를 가하고 다섯 채의 흑인 주택을 불태우고 30명의 흑인 가족을 숲으로 내몰았다.

사람들이 이런 범죄를 저지르도록 만든 어떤 도발이 있었는지는 따지지 않으련다. 그건 이 문제와는 아무 관련이 없기 때문이다. 지금 문제가 되는 것은 그들이 사적인 처벌을 했는가, 그것뿐이다. 아주 간단하고 공정한 질문이다. 그들이 잘못을 바로잡는다면서 법의 권한을 침해했다고 판명되면 그걸로 문제는 끝이다. 아무리 많은 도발이 있었다고 한들 변명의 여지가 없다. 피어스시티 주민들을 향한 지독한 도발이 있긴 했다. 알려진 구체적인 사항으로 보자면 무엇보다 지독한 도발이었다.

하지만 그와 상관없이 그들은 자신들이 직접 법적 권한을 행사했다. 법이 알아서 하도록 내버려두었다면 주 법률에 따라 살인자가 교수형에 처해질 것이 확실했는데도 말이다. 그 지역에는 흑인 인구가 얼마 안 되어 그들이 권한을 갖지도 못하고, 위압적인 배심원단에서 영향력을 행사할 수도 없으니 말이다.

이 나라의 몇몇 지역에서 야만적인 여러 행위를 부수적으로 동반한 린치가 '흔히 일어나는 범죄'를 단죄하는 규제 방식으로 각광을 받게 된 것은 어째서일까? 감옥에서 비공개적으로 행해지는 냉철하고 무덤덤한 교수형보다는 충격적이고 끔찍한 처벌이 더욱 강력한 대중적 교훈이 되고 더욱 효과적인 억제력을 가진다는 생각 때문일까? 정신이 나가지 않고서야 그렇게 생각할 리 만무하다. 어린아이라도 그렇게 생각하지는 않을 것이다. 조금만 부추기면 그나마 머릿속에 든 얼마 안 되는 이성까지 다 내던진 채 평소라면 생각해보지도 않았을 일들을 벌이는 흥분 잘하는 사람들이 세상에 넘쳐나므로, 특이한 사건이 장안의 화제가 되면 늘 모방을 낳는다는 것은 어린아이도 알기 때문이다. 누군가 브루클린 다리에서 뛰어내리면 그걸 따라 하는 사람이 생기고, 누군가 술통을 타고 나이아가라 소용돌이를 건너가는 모험을 하면 분명 그걸 따라 하는 사람이 생기며, 어두운 골목에서 여성을 난도질하는 토막 살인자 잭이 악명을 떨치면 역시 모방 살인이 생기고, 만약 누군가 왕의 목숨을 노렸고 온 세상 신문이 그걸로 호들갑을 떨면 여기저기에서 국왕 시해가 일어나리라는 것을 말이다.

흑인이 살인을 저지르고 그에 분노가 들끓었던 한 사건이 사람들 입에 오르내리면, 그러잖아도 변변찮은 다른 흑인들의 지능을 더 망가뜨려 지역사회가 열심히 막으려 한 바로 그 비극이 생겨나리라는 건 세 살 먹은 아이도 알 것이다. 이렇게 하나둘 생겨나는 범죄에서 일련의 다른 범죄가 생겨나고, 그래서 해가 갈수록 참사가 줄어들기는커녕 더 증가하리라는 것, 한마디로 결국 린치를 행하는 자들이 바로 자기 일가친척 여자들의 가장 위험한 적이라는 것을 말이다. 세 살 먹은 아이라도 알 만한 사실은 또 있다. 우리가 생겨먹은 바에 따르면 개개인만이 아니라 지역사회 모두가 모방에 능하다는 것을, 하나의 린치가 화젯거리가 되면 틀림없이 여기저기에서, 저 멀리에서도 다른 린치를 야기하고, 결국 얼마 안 있어 광풍과 유행을 불러오리라는 것을, 그 유행이 해가 갈수록 점점 널리 퍼져, 마치 전염병이 돌듯이 모든 주로 퍼져 나가리라는 사실을 말이다. 린치는 이미 콜로라도에 이르렀고, 캘리포니아에도 이르렀고, 인디애나에도 이르렀다. 그리고 이제 미주리까지 오지 않았나! 내가 죽기 전에 뉴욕의 유니언스퀘어에서 5만 명의 군중이 모여 흑인 한 명을 불태우는 광경을 볼 수도 있을 것이다. 보안관이나 주지사, 순경, 대령, 목사, 의회 의원 어느 누구도 코빼기도 비추지 않고 말이다.

린치의 증가

1900년에는 1899년에 비해 8건의 린치가 더 발생했으며, 아마 올해
는 작년보다 더 많이 일어날 것이다. 작년 한 해 동안 115건이 발생
했는데, 올해 상반기가 지난 지금 이미 88건이나 일어났다. 앨라배
마와 조지아, 루이지애나, 미시시피, 이 남부 네 주에서 가장 심각하
다. 작년의 경우, 앨라배마에서 8건, 조지아에서 16건, 루이지애나에
서 20건, 미시시피에서 20건이 일어나, 총 발생 건수의 반 이상을 차
지했다. 현재까지 올해의 발생 건수는 앨라배마에서 9건, 조지아에
서 12건, 루이지애나에서 11건, 미시시피에서 13건으로 역시 지금
까지 미국 전역에서 일어난 린치의 절반이 넘는다.

—『시카고 트리뷴』

린치의 증가는 인간의 타고난 모방 본능에서 나오는 것이
분명하다. 그 본능에 덧붙여 인간의 보편적인 취약함, 곧 괜히
소수의 편에 섰다가 안 좋은 쪽으로 사람들 눈에 띄어 손가락
질 당하고 왕따당할까 이를 염려하는 마음도 작용한다. 다른 말
로 도덕적 비겁함이라 부르는 그 특성이 1만 명 가운데 9,999명
의 기질에서 우세한 자리를 차지한다. 이건 내가 발견한 사실이
아니다. 아무리 둔한 사람이라도 마음속으로는 다 아는 이야기

니까.

역사를 들여다보면 우리 인성에서 패권을 휘두르는 이 특성을 절대 잊을 수도 없고 모른 척할 수도 없다. 세상이 시작된 이래로 공적인 악행이나 억압에 대한 저항이 1만 명 가운데 단 한 명 용맹한 사람에 의해 시작되지 않은 적이 없다는 것을, 나머지는 소심하게 기다리다가 그 사람의 영향으로, 그리고 다른 1만 명 중 한 명인 동지들의 영향으로 마지못해 느릿느릿 가담한다는 것을 역사는 끈질기게 냉소적으로 우리에게 상기시키지 않나. 노예폐지론자는 이 점을 명심해야 한다. 대중은 처음부터 남몰래 그들의 주장에 공감했지만, 자신이 남몰래 지닌 생각을 이웃들 역시 남몰래 지니고 있다는 암시를 받을 때까지는 다들 두려워하며 자기 생각을 공개적으로 밝히지 않았다는 사실을 말이다. 그때가 되어야 너도나도 가담한다. 언제나 그런 식이다. 언젠가는 뉴욕에서도 그럴 것이고, 펜실베이니아에서도 그럴 것이다.

다들 린치 현장에 있는 사람들이 그 구경거리를 즐기고 그런 광경을 볼 기회가 생겨 기뻐한다고 생각들을 했고, 그렇게 말하기도 했다. 그건 사실일 리가 없다. 어떤 경험을 살펴봐도 그렇지 않다. 남부 사람들도 북부 사람들과 다를 바가 없다. 대부분 마음이 올곧고 동정심이 있고, 그런 광경을 보면 무척이나 괴로울 것이다. 하지만 그 자리에 가긴 갈 테고 전반적인 분위기가 요구한다면 기쁜 척도 할 것이다. 우리는 그렇게 생겨먹었고, 어쩔 수가 없다. 다른 동물들은 그렇지 않은데, 그것 역시 우리가 어떻게 할 수 있는 게 아니다. 다른 동물들은 도덕 관념이 결여되어 있는데, 5센트 동전이나 그보다 더한 것을 줘도 우리와 그들을 맞바꿀 수는 없다. 도덕 관념은 무엇이 옳은지를 우리에게 가르쳐주지만, 다수의 입장이 아닐 경우 그것을 어떻게 회피할지도 가르쳐준다.

이미 말했다시피 린치 현장의 군중들이 그 광경을 즐긴다고 생각들을 한다. 분명 사실이 아니다. 믿을 수 없는 일이다. 최근 신문에서 많이 보이는 견해로, 지금까지 린치 충동을 잘못 이해해왔다는 거리낌 없는 주장들이 있다. 복수심에서 나온 것이 아니라 "인간의 고통을 지켜보려는 극악한 갈망"에서 나온 것이라고 한다. 사정이 그렇다면 불길에 휩싸인 윈저 호텔을 지켜본 사람들은 그들의 시야에 들어온 그 끔찍한 광경을 즐겼어야 마땅하다. 정말 그랬나? 누구도 그렇게 생각하지 않을 것이고 누구도 그들에게 그런 비난을 던지지 않을 것이다. 많은 사람들이 몸을 사리지 않고 위험에 처한 남녀를 구하려 했다. 왜 그런 일을 했을까? 그런 일을 못마땅해하는 사람은 아무도 없기 때문이다. 아무 제약도 없으므로 자신의 타고난 본성을 따를 수 있었다.

그렇다면 같은 부류인데도 텍사스와 콜로라도와 인디애나

의 군중들은 어째서 가슴 찢어지는 참담한 심경으로 그곳에 서서 보란 듯이 좋아라 하는 모습을 내보였을까? 손을 들거나 목소리를 높여 그에 항의하지 않았을까? 그건 그저 전반적인 분위기를 거스르는 일이기 때문이다. 다들 이웃의 비난을 두려워한다. 인간의 일반적 특성상 다치고 죽는 일보다 그걸 더 두려워한다. 린치가 벌어진다는 말을 들으면 사람들은 그걸 보겠다고 부인과 자식들까지 데리고 수 마일을 마차를 몰고 간다. 정말 그걸 보겠다고 가는 걸까? 그게 아니라, 집에 남아 있으면 사람들 눈에 띄어 입방아에 오를까 봐 그게 두려워서 가는 것일 뿐이다. 그런 광경을 바라보는 사람들 심정이 어떤지 다들 아니까 이 말도 믿을 수 있을 것이다. 또한 주변에 그런 압력이 있을 때 대개 어떻게 행동하는지도 다들 아니까. 우리는 특출하게 잘나지도 않았고 용감하지도 않다. 그러니 그게 아닌 척 기를 쓰지 말아야 한다.

사보나롤라[2] 정도라면 눈빛만으로도 린치의 광분을 잠재우고 사람들을 해산할 수 있을지 모른다. 메릴이나 블롯[3] 같은 이도 그럴 수 있다. 군중은 누구보다 용맹하기로 유명한 사람 앞

---

2 Girolamo Savonarola. 르네상스기 피렌체의 도미니쿠스 수도사이자 종교개혁가로 타락한 교회와 전제군주제에 맞서 싸웠다.

3 Joseph Merrill과 Thomas Beloat. 그들은 각각 조지아주 캐럴 카운티와 인디애나주 깁슨 카운티의 보안관으로, 당시 린치를 자행하는 군중에 맞섰다.

에서는 꽁무니를 빼기 마련이니까 말이다. 게다가 린치 현장에 모인 군중은 잘도 흩어진다. 다들 그곳 아닌 다른 곳에 있기를, 용기만 있다면 그 자리를 뜨길 바라지, 그렇지 않은 사람은 분명 열 명도 채 안 될 것이기 때문이다. 내가 어렸을 때 어떤 용감한 신사가 무리 지은 군중을 조롱하고 경멸하여 모두 쫓아버리는 것을 본 적이 있다. 나중에 네바다에서도 유명한 악당이 건물 아래층이 불에 타고 있는 중에도 자신의 허락이 떨어질 때까지 200명의 남자들을 앉은 자리에서 꼼짝 못 하게 만드는 것도 보았다. 당찬 사람은 혼자서도 기차 승객 전부를 상대로 돈을 강탈할 수도 있다. 용맹한 사람 반 정도 되는 사람도 역마차를 세우고 승객의 돈을 다 뺏을 수 있다.

그렇다면 린치를 해결하는 방법은 결국 이것뿐이다. 린치가 벌어진 마을마다 용맹한 자를 한 사람씩 두어, 그들의 힘으로 사람들의 내밀한 마음에 감춰진 린치에 대한 거부감을 독려하고 지지하여 밖으로 드러나도록 하는 것이다. 틀림없이 거부감이 마음속에 있을 것이기 때문이다. 그러면 마을 사람들은 더 나은 모방거리를 찾게 될 것이다. 인간이라 당연히 모방하지 않을 수 없으니까.

그런 용맹한 사람을 어디에서 구해야 할까? 정말이지 그게 어려운 일이다. 그런 사람은 지구상에 300명도 없을 테니 말이다. 그저 물리적으로 용맹한 사람으로 된다면 그건 쉽다. 화물

칸마다 잔뜩 실어 공급할 수 있다. 홉슨[4]이 목숨을 잃을 게 뻔한 아주 위험한 임무에 자원할 사람 일곱 명을 원했을 때 4,000명이 그에 응했다. 함대 하나를 만들고도 남을 인원이었다. 세상 사람들 모두 훌륭하다고 인정할 일이었기 때문이다. 스스로 그 사실을 알았던 것이다. 하지만 만약 홉슨이 계획한 일이 친구들과 동료들─그들에게서 좋은 평가와 인정을 받는 것이 해군들에게 중요하니까─의 비웃음과 조롱을 받을 일이었다면 일곱 명을 모으기도 힘들었을 것이다.

생각해보니 아무래도 안 되겠다. 그 계획은 실현 가능성이 없다. 우리에게는 도덕적으로 용맹한 사람들의 재고가 충분하지 않다. 도덕적 용기라는 자질이 다 떨어졌다. 극심한 궁핍에 처해 있는 것이다. 저 아래 남부에 보안관 두 명이 있는데─아니, 관두자. 그걸로 어떻게 해볼 수도 없으니. 그 사람들은 자기 지역에 남아 그곳 일을 챙겨야 하니까 말이다.

그런 위대한 유형의 보안관이 서너 명만 더 있다면! 그럼 도움이 될까? 그럴 거라고 본다. 우리는 다들 모방하기를 좋아하니까. 다른 용맹한 보안관들이 그 뒤를 따라 생겨날 것이다. 의연한 보안관이 되는 것이 올바른 길로 인정되고, 그와 다른 부

---

4 Richmond P. Hobson. 미국 해군 소장으로 미국-스페인 전쟁(1898년)의 공적으로 명예훈장을 받았다.

류에게는 무시무시한 비난이 떨어질 테니까. 신병이 곧 소심함을 버리고 그 대신 용기를 얻게 되듯이, 이 직업에서도 용기가 관례가 되고 용기가 부족하면 망신살이 뻗치게 될 것이다. 그렇게 되면 군중과 린치가 사라질 것이고, 그리고…

다만 이런 일은 누군가 앞장서지 않으면 절대 실행되지 않는데, 앞장 설 사람을 어디서 구해야 할까? 광고를 낼까? 좋아, 광고를 한번 내보자.

그사이 다른 계획도 생각해볼 수 있다. 중국에 가 있는 미국인 선교사들을 불러다가 린치 현장에 보내는 것이다. 지금 중국에 나가 있는 선교사가 1,500명인데, 하루에 이교도가 3만 3천 명씩 태어나는 가파른 오르막에서 각자 일 년에 두 명씩 개종을 시킨다고 치자. 그러면 균형을 이룰 만큼 많은 중국인을 개종시켜 맨눈으로 보더라도 그 나라가 기독교화된 것으로 보일 때까지는 백만 년도 더 걸릴 것이다. 그러니 비용도 적게 들고 위험 요소라는 측면에서도 상당히 만족스러운 국내의 풍요로운 현장을 선교사들에게 제공하면, 고국으로 돌아와 우리를 대상으로 한번 해보는 것이 올바르고 공정한 일로 여겨지지 않겠는가? 중국인들이 정직하고 고결하며 부지런하고 믿을 만하고 상냥하고 등등, 온갖 자질을 갖춘 뛰어난 민족이라는 것은 대체로 인정하는 바이니 그 사람들은 그냥 놔둬도 된다. 지금 그대로도 충분히 좋은 사람들이니까. 게다가 다른 민족을 개종시키면 그들 모두가 우리를 따라잡을 위험도 있지 않나. 아주 조심해야 한다. 그런 위험을 조장하기 전에 한 번 더 생각해봐야 한다. 왜냐하면 중국이 일단 문명화가 되면 그걸 다시 물릴 수는 없기 때문이다. 지금까지는 그런 점을 고려하지 않았는데, 이제는 그런 생각을 해야 한다.

선교사들은 이곳에도 몸 바쳐 일할 현장이 있다는 사실을 알게 될 것이다. 게다가 1,500명 정도가 아니라 1만 5천 열한 명이 뛰어들어도 될 정도라고. 다들 다음 전보를 한번 보고 과연 중국에 이보다 더 구미가 당기는 일이 있는지 직접 확인했으면 한다. 텍사스에서 온 전신문이다.

흑인을 나무로 끌고 가 대롱대롱 매달았다. 그 아래에 장작과 사료를 잔뜩 쌓은 뒤 불을 붙였다. 그런데 그가 너무 빨리 죽으면 안 된다는 의견이 제기되어, 흑인을 다시 땅에 내려놓고 한 무리가 등유를 구하러 이 마일 떨어진 덱스터로 갔다. 장작불에 등유를 부어 일을 제대로 처리했다.

선교사들이 돌아와 어려움에 처한 우리를 도와주기를 간청한다. 애국심이 있다면 그런 의무를 떠맡아야 한다. 우리나라가 지금 중국보다 더 상황이 안 좋다. 그들도 우리 국민이지 않은가. 그래서 현재 깊은 곤경에 빠진 고국이 그들의 도움을 간절히 원하는 것이다. 우리와 달리 그들은 이 일에 적임자니까. 우리와 달리 그들은 조롱과 비웃음과 욕설과 위험에 단련되어 있으니까. 그들에겐 순교자 정신이 있고, 지금 순교자 정신만이 린치하는 군중에 맞서서 으름장을 놓으며 해산시킬 수 있다. 그들이야말로 고국을 구할 수 있는 장본인이므로 간청하건대 고국에 돌아와 그 일을 해줬으면 한다.

저 전신문을 다시 읽어보고, 그리고 그 광경을 마음속에 떠올리며 진지하게 숙고하기를 바란다. 거기에 115를 곱하고 88을 더해보라. 그렇게 나온 203을 일렬로 늘어놓고, 불길에 휩싸인 각 인물에게 600피트의 공간을 부여하라. 그래야 그 주위로 5천 명의 남녀노소 미국 기독교인들이 주위를 둘러싸고 구경할 테니까. 음산한 분위기여야 하니까 시간은 밤 늦은 때여야 하고, 완만한 오르막 경사를 이루는 들판에서 화형대가 오르막으로 죽 이어져야 한다. 그래야 중간에 끊어지지 않고 24마일을 이어지는, 생살을 태우는 화형식의 불이 한눈에 다 들어올 테니까. 그렇지 않고 평평한 땅에 늘어서 있으면 지구가 둥글기 때문에 저 끝은 지평선 아래로 내려가 보이지 않을 테니 말이다. 이제 다 준비가 되고 부연 어둠이 내려앉고 인상적인 정적—밤바람의 나직한 신음소리와 희생당할 자들의 숨죽인 울음소리 외에 다른 소리는 있으면 안 된다—이 사위에 깔리면 끝 모르게 이어진 등유 뿌린 장작더미에 동시에 불을 붙여, 이글거리는 불빛과 비명과 고통이 신이 계신 왕좌까지 솟구치게 하라.

백만 명 이상이 모여 있다. 치솟는 불길이 내쏘는 빛에, 컴컴한 밤을 배경으로 늘어선 5천 개의 교회 십자가가 흐릿하게 윤곽을 드러낸다. 오, 친절한 선교사여, 오, 동정심 많은 선교사여. 중국을 떠나 당신의 고국으로 돌아와 이 기독교인들을 개종시켜달라!

전염병처럼 번지는 피비린내 나는 이 광기를 멈출 수 있는 게 있다면 그것은 눈도 깜짝 않고 군중에게 맞설 수 있는 전투적 인성뿐이다. 그리고 수도 없이 위험에 처하고, 위험에 맞서 단련되고 훈련함으로써만 그런 인성이 발달할 수 있으므로, 지난 1, 2년간 중국에서 교육을 받고 있는 선교사들 사이에서 그런 인성을 찾아볼 수 있는 가능성이 가장 크다. 이곳에 그들이 할 일은 차고 넘치고, 그 현장이 매일 점점 확장되고 늘어나니 수백 명 수천 명이 더 와도 일거리는 충분하다. 그런 사람들을 찾을 수 있을까? 시도해볼 수는 있을 것이다. 7,500만 인구 중에 메릴과 블롯 같은 사람들은 틀림없이 더 있을 것이다. 그리고 어떤 모범이 나타나면 그를 통해 각자의 내면에 잠자고 있는 동일한 훌륭한 기사도가 깨어나 전면에 나서도록 생겨먹은 것이 우리 인간이다.

모로 학살에 대하여

이 사건은 지난 금요일 필리핀의 미군 사령관이 워싱턴의 미 정부에 보낸 공식적인 전신과 함께 폭탄처럼 세상에 떨어졌다. 그 내용은 다음과 같다.

피부가 검은 미개인인 모로족이 홀로(Jolo)에서 수 마일 떨어진 사화산 분화구 속에 요새를 만들었다. 워낙 적대적인 종족인 데다, 8년 동안 자신들의 자유를 빼앗으려 한 미국에 대한 원한이 강한 이들이라 그런 식으로 진을 치고 있는 것이 우리에겐 위협이 되었다. 이곳 사령관인 레너드 우드 장군이 정찰을 명령했다. 그곳의 모로족은 여자들과 아이들을 포함하여 600명가량이었다. 그들이 진을 치고 있는 분화구는 해발 2,200피트 높이의 산 정상에 있어서 기독교 군대와 대포로 접근하기가 매우 어려웠다. 우드 장군은 기습 공격을 명령했고, 그 명령이 제대로 수행되도록 몸소 공격에 참가했다. 우리 군은 대포까지 들고 구불구불하고 험한 길을 따라 가파른 산을 올랐다. 어떤 대포인지 특정하지는 않았지만, 한 지점에서는 도르래를 이용해서 300피트가량의 가파른 경사로 위로 끌어올려야 했다. 분화구 가장자리에 이르러 전투가 시작되었다. 미군은 540명이었다. 거기에 우리가 임금을 지급하는 원주민 경찰 파견부대—정확한 수는 보고되지 않았다—와 역시 그 규모는 알 수 없는 해군 파견부대로 이루어진 조력부대가 있었다. 숫자상으로는 양측이 비슷해 보였다. 우리 쪽 600명이 분화구 가장자리에 있고, 남녀노소 600명이 분화구 바닥에 있었다. 분화구의 깊이는 50피트였다.

우드 장군의 명령은 "600명 전원을 죽이거나 생포하라"였다.

우리 군이 대포와 정확도가 높은 치명적인 소형 무기를 분화구 아래로 마구 쏘아대면서 전투—공식적으로 이렇게 부른다—가 시작되었다. 미개인들도 격렬하게 응수했는데, 아마 돌조각을 사용했을 것이다. 미개인들이 어떤 무기를 사용했는지는 전신문에 나와 있지 않으므로 이건 그저 내 추측일 뿐이긴 하다. 지금까지 모로족이 사용한 무기는 주로 칼과 곤봉이었다. 물물교환을 해서 얻은 허접한 장총이 혹시 있다면 그것도 썼을 테고.

공식적인 보고에 따르면 하루 반 동안 양측은 혼신의 힘을 다하여 전투를 벌였고, 이는 미국 무기의 완전한 승리로 끝났다. 승리가 얼마나 완벽했는지는 이런 사실로 확고해졌다. 즉

600명 모로인 가운데 살아남은 사람이 단 한 명도 없었다. 빛나는 승리는 또 이런 사실을 봐도 확실했다. 600명의 우리 영웅들 가운데 목숨을 잃은 사람은 고작 열다섯 명이었다는 것이다.

우드 장군이 전장에 몸소 나와 전투를 지켜보았다. 그의 명령은 "저 미개인들을 죽이거나 생포하라"였다. 분명 우리 군대는 '－거나'라는 표현을, 구미에 맞는 대로 죽이거나 생포할 수 있는 권한을 주는 것으로 보았나 보다. 그리고 그들의 구미란 미군이 그곳에 주둔했던 80년 동안 늘 그랬듯이 기독교 도살자의 구미였다.

공식적인 보고는 우리 군의 '영웅주의'와 '용맹함'을 아주 적절하게 부풀리고 극찬했다. 전사한 열다섯 명을 깊이 애도하고 부상을 입은 서른두 명의 상태를 자세하게 알려주었다. 미국의 미래 역사가들을 위해 어떤 부상인지 그 특성을 충실하고 세세하게 묘사하기까지 했다. 적군이 투척한 무기에 이등병 하나가 팔꿈치에 찰과상을 입었다면서 그 이등병 성명까지 알려주었다. 또 다른 이등병 역시 적이 투척한 무기로 코끝에 찰과상을 입었다고 한다. 그의 이름도 나와 있었다. 단어 하나에 1달러 50센트가 드는 전신에 말이다.

다음 날 신문도 전날의 보고 내용을 확인해주면서 또 다시 열다섯 명의 전사자와 서른두 명의 부상자 이름을 싣고, 다시 한번 부상을 상술하면서 적절한 형용사로 그들을 반짝반짝 장식해주었다.

미국 전쟁사의 두세 가지 사실을 한번 살펴보자. 남북전쟁 당시 어느 주요 전투에서는 교전하던 양측 병력의 10퍼센트가 전사하거나 부상을 입었다. 양측을 합해 40만 명의 병력이 싸웠던 워털루 전투에서는 다섯 시간 만에 5만 명이 죽거나 부상을 당해서, 전투를 계속 이어나갈 수 있을 만큼 멀쩡한 남은 병력이 35만이었다. 8년 전, 쿠바전투[1]라는 한심하고 웃긴 일이 벌어졌을 때 미국은 25만 병력을 동원했다. 현란한 전투를 수없이 벌였고, 전쟁이 끝났을 때 25만 병력 가운데 268명이 전투 중에 목숨을 잃거나 부상당했는데, 그 숫자는 병원과 막사에서 군의관들의 의협심 때문에 발생한 사상자의 열네 배 정도에 불과했다. 그러고도 스페인 부대를 말살하지 못했다. 말살은커녕 교전 때마다 전장에서 우리가 죽이거나 부상을 입힌 적군은 평균 2퍼센트밖에 되지 않았다.

이 사실을 저 모로 분화구에서 전해진 위대한 숫자와 대조해보라! 양측에서 600명이 싸웠는데 우리는 열다섯 명이 전장에서 즉사하고 서른두 명이 부상을 입었다. 코끝과 팔꿈치의 찰과상까지 쳐서 말이다. 상대는 여자들과 아이들을 포함하여 600명에 달했는데, 우리는 그들을 완전히 말살해버렸다. 죽은

---

1 1898년의 미국-스페인 전쟁.

엄마 곁에서 우는 아기 하나 없었다. 이것은 미국의 기독교 군대가 지금껏 이룬, 비할 바 없이 가장 위대한 승리다.

그래서 그 소식이 어떻게 받아들여졌는가? 그 찬란한 소식은 금요일 아침, 401만 3천 명의 인구가 사는 이 도시의 모든 지면에 찬란한 장식의 제목과 함께 머릿기사로 등장했다. 하지만 사설에서 한마디라도 이 사건을 언급한 신문은 하나도 없었다. 그 소식은 같은 날 모든 석간신문에 다시 등장했지만, 마찬가지로 사설에서 우리의 눈부신 업적을 언급한 신문은 전혀 없었다. 다음 날에도 모든 조간신문에 이런저런 통계와 상세 정보가 추가로 실렸지만, 여전히 사설에서 그에 기쁨을 보이거나 어떤 식으로든 그 일을 언급하는 문장은 한 줄도 없었다. 같은 날 토요일자 석간신문에도 추가적인 정보가 등장했지만 역시 논평은 한마디도 없었다.

금요일과 토요일의 조간과 석간의 독자투고란 어디에도 '전투'라는 단어는 찾아볼 수 없었다. 보통 독자투고란은 독자들이 열정적으로 의견을 쏟아내는 장이다. 작은 사건이든 큰 사건이든 어떤 사건도 그냥 넘어가는 법이 없어서, 독자들은 그 지면에 여러 문제에 대한 칭찬이나 비난을, 기쁨이나 분노를 쏟아낸다. 그런데 이미 말한 대로 이틀 동안 독자 역시 편집자와 마찬가지로 침묵을 지켰다. 그래서 내가 알아낸 바로는 8천만 인구 가운데 이 위대한 사건에 대해 공개적으로 발언할 특권이 허락된 사람이 단 하나 있었으니, 바로 미국 대통령이었다. 금요일 내내 대통령 역시 다른 사람들과 마찬가지로 의도적으로 침묵을 지켰다. 그러나 토요일이 되자 아무래도 뭐라도 한마디 하는 것이 자기 의무임을 깨닫고는 펜을 들어 그 의무를 수행했다. 내가 아는―분명 안다고 보는데―루스벨트 대통령[2]이라면, 그에게는 지금껏 글로 쓰거나 말로 한 어떤 발언보다 이 발언이 더 고통스럽고 수치스러웠을 것이다. 절대 대통령을 비난하려는 마음이 아니다. 내가 그의 입장이라도 대통령이라는 공식적 의무에 따라 마찬가지의 말을 할 수밖에 없었을 것이다. 관습이 그렇고 오랜 전통이 그러하고, 그래서 그는 그것을 충실히 따를 수밖에 없었다. 어쩔 수가 없는 것이다. 대통령의 발언은 이러했다.

3월 10일, 워싱턴, 마닐라의 우드 장군에게
미국 국기의 명예를 훌륭하게 드높인 혁혁한 전투 업적에 대해 귀하와 귀하가 거느린 장교들과 군인들을 치하함.

Theodore Roosevelt

이 발언 전체가 그저 관례일 뿐이다. 그가 적은 어떤 단어도

2   테디라는 애칭으로 불린 26대 대통령 시오도어 루스벨트(Theodore Roosevelt).

진정에서 나온 것이 아니다. 변변한 무기도 없는 무력한 미개인 600명을 구멍에 든 쥐처럼 구석에 몰아넣은 뒤 안전하게 위쪽에 자리를 잡고 하루 반 사이에 한 명도 남김없이 학살하는 일이 혁혁한 전투 업적이 아니라는 것은 대통령도 아주 잘 알기 때문이다. 보수를 받는 병사가 대표하는 기독교 국가 미국이 설령 총알이 아닌 성경과 황금률로 그들을 쏘아 쓰러뜨렸더라도 혁혁한 전투 업적이 아니라는 것도. 제복 입은 암살자들은 미국 국기의 명예를 드높인 것이 아니라, 8년 동안 필리핀에서 줄곧 해온 일을 했을 뿐이라는 것, 그러니까 명예를 더럽혔다는 사실도 너무 잘 아는 것이다.

다음 날인 일요일—어제였다—에도 전신으로 들어온 소식은 더 있었다. 더욱 찬란한 소식에 더욱 우렁차게 미국의 명예를 읊어댔다. 맨 위에 자리 잡은 표제가 고함을 지르듯 대문자로 이런 말을 독자에게 집어던졌다. "모로 학살에서 여성들도 죽임을 당하다."

'학살'이 적합한 단어다. 확실히 영어 대사전에도 이 경우에 맞는 더 적절한 단어는 없을 것이다. 다음 표제는 이러했다.

"분화구의 무리에는 아이들도 있었고, 모두 함께 사망했다."

발가벗은 미개인에 불과하지만, 그래도 아이들이라는 단어가 우리 눈에 들어오면 일종의 비애감이 생겨난다. 그 단어는 언제나 순진함과 무력함의 오롯한 상징을 우리 앞에 불러오니 말이다. 그 불멸의 영향력 덕택에 교리나 국적은 자취를 감추고 그들이 어린이라는 것, 그저 어린아이들이라는 사실만을 의식하게 된다. 아이들이 겁에 질려 울거나 곤란에 처하면, 타고난 본성으로 동정심이 일어나기 마련이니까. 우리가 보는 것은 사진이다. 작은 형상이, 공포에 질린 얼굴이 보인다. 눈물이 보인다. 애원하며 엄마에게 달라붙은 고사리손이 보인다. 하지만 우리는 지금 이야기되는 그 아이들을 보는 것이 아니다. 그 대신 우리가 알고 사랑하는 어린 존재를 볼 뿐이다.

다음 표제에서 미국과 기독교의 영광이 정오의 햇빛처럼 이글댄다.

"사망자가 이제 900명."

지금껏 미국 국기를 향한 나의 자부심이 이렇게 열정적으로 불타오른 적이 없다!

다음 표제는 용맹한 우리 군인들이 얼마나 안전한 곳에 자리 잡고 있었는지 알려준다.

"다호산 꼭대기에서 격렬한 전투를 벌이다 보니 성별을 구별할 수 없었다."

까마득한 아래쪽 궁지에 몰린 발가벗은 미개인들이 워낙 멀리 있어서, 우리 군인들은 여성의 가슴과 남성의 납작한 가슴을 구별할 수 없었다는 것이다. 얼마나 멀리 떨어져 있는지 막 걸음마를 뗀 아이와 180센티미터 흑인도 구별할 수 없었다는 것이다. 전 세계를 통틀어 기독교 군인들이 지금껏 벌인 전투 가운데 어디를 보나 가장 위험하지 않았던 전투가 틀림없다.

다음 표제는 이러하다.

"나흘 동안의 전투."

그러니까 우리 군은 하루 반이 아니라 나흘 동안 그 일을 한 것이다. 다들 편안히 앉아 아래쪽 무리에게 황금률을 쏘아대면서, 찬탄을 금치 못할 고국의 식구들에게 보낼 편지에 뭐라고 쓸까 상상하며 끝도 없이 영광을 쌓아 올리기만 하면 되었을 테니 행복한 소풍을 오래도 즐긴 셈이다. 자유를 위해 싸웠던 그 미개인들에게는 같은 나흘의 시간이 얼마나 비참한 시간이었겠나. 매일 이백스물다섯 명의 부족 사람들이 죽어나가는 것을 목격했고, 밤이면 슬픔에 잠겨 그들을 애도했을 것이다. 자신들이 적군을 네 명 죽였고, 그보다 많은 적군의 코와 팔꿈치에 부상을 입혔다는 사실을 몰랐을 게 틀림없으니, 그로부터 위로나 위안을 얻지도 못하고 말이다.

마지막 표제는 이러하다.

"용맹하게 돌격을 지휘하던 존슨 중위가 화약 폭발로 흉벽에서 떨어지다."

처음부터 전신에는 존슨 중위의 이름이 도배되어 있었다. 타다 남은 종잇조각의 부서질 듯한 검은 조직 사이를 유람하듯 구불구불 이어지는 불길처럼 불꽃을 일으키며 그의 이름과 그

의 부상이 기사를 헤집고 다녔다. 몇 년 전 나온 질레트[3]의 소극
(笑劇) 「존슨이 너무 많아」(Too Much Johnson)가 생각날 정도다.
분명 우리 편 부상자 가운데 내세울 만한 사람은 존슨밖에 없
는 모양이다. '험프티 덤프티'가 담에서 떨어져 다친 이래로[4] 세
상에서 벌어진, 그에 비견될 만한 어떤 엄청난 사건도 그 정도
로 요란을 떤 적이 없다. 긴급 공문 역시 존슨의 사랑스러운 부
상과 900명의 살인 가운데 어느 쪽을 더 강조해야 할지 잘 몰라
헤맨다.

한 글자에 1.5달러를 지불하며 군 사령본부에서 지구 반
대편의 백악관까지 흘러온 황홀경이 대통령의 가슴속에서도
마찬가지의 황홀경에 불을 붙인다. 마치 절대 죽지 않을 부상
을 입은 그 인물이 산후안 힐 전투—워털루 전투를 무색케 하
는—에서 당시 연대장이었고 현재 육군소장인 레너드 우드 박
사가 약을 가지러 뒤쪽으로 갔다가 전투를 놓쳤던 그때, 루스
벨트 중령 휘하의 '러프 라이더'[5]라도 되는 듯이. 대통령은 군사
태양계의 이 잔혹한 충돌의 현장에 함께했던 사람이라면 누구

---

3 William Gillette. 19세기 말에서 20세기 초에 활동한 미국 극작가이자 무대감독.
4 험트피 덤프티는 영국의 전래동요에 나오는 인물로, 이 노래는 '험프티 덤프티
가 벽 위에 앉아 있네 / 험프티 덤프티가 된통 떨어졌네'로 시작한다.
5 Rough Rider. 미국-스페인 전쟁 당시 모집한 의용 기병대원.

에게든 따뜻한 마음을 지니고 있어서, 부상 입은 영웅에게 당장 전보를 보내 '어떠냐'고 물었고, '괜찮습니다. 감사합니다'라는 답신을 받았다. 정말 역사적인 일이 아닐 수 없으니 후대에 길이길이 전해질 것이다.

존슨의 어깨 부상은 산탄으로 인한 것이었다. 산탄은 탄창 안에 들어 있었다. 보고에 따르면 탄창이 터지면서 존슨이 흉벽 바깥으로 튕겨 나가 부상을 입었다고 했기 때문이다. 아래쪽 구덩이에 몰려 있던 사람들에겐 총기가 없었다. 따라서 존슨을 튕겨 나가게 한 것은 우리 편 총기였다. 그러니 이제 바깥에 떠들어댈 만한 부상을 입은 유일한 우리 편 장교의 부상이 적이 아닌 우리 편에 의한 것이라는 사실도 역사 기록에 남길 만하다. 우리 군사를 우리 무기에 접근하지 못하게 했다면 역사를 통틀어 가장 기이한 전투를 찰과상 하나 없이 승리할 수 있었을 공산이 크다.

불길한 마비 증상은 계속된다. 이 비열한 학살을 "혁혁한 전투 업적"이라고 칭하고, 도살자들을 그렇게 특이한 방식으로 "성조기의 명예를 드높였다"며 치하한 대통령에게 분개한 질타가 신문 독자투고란에 간혹, 가뭄에 콩 나듯이 실렸다. 하지만 사설에는 전투 업적에 관한 내용이 눈을 씻고 찾아봐도 없었다.

이런 침묵이 지속하기를 바란다. 아주 격분한 말만큼이나 말해주는 바가 많고, 효과적이고 파괴적이기 때문이다. 아주 큰 소음 속에서 잠을 자면 평온하게 잠을 이어갈 수 있다. 그러다 소음이 그치면 그 고요함 때문에 잠에서 깬다. 침묵이 이제 닷새째 이어지고 있다. 졸고 있는 이 민족을 잠에서 깨울 것이 분명하다. 그러면 무슨 일인가 궁금해할 것이다. 세상이 깜짝 놀랄 만한 사건이 벌어졌는데 닷새 동안 침묵이 이어진 일은 일간 신문이 발명된 이래로 일어난 일이 없다.

오늘 유럽으로 휴가를 떠나는 조지 하비를 위해 어제 소집된 점심 모임에서는 나오는 말마다 혁혁한 전투 업적에 대한 것이었다. 그렇지만 대통령이나 우드 소장이나 부상당한 존슨 편에서 칭찬으로 받아들일 만한 말이나 역사에 남을 만한 합당한 논평으로 여겨질 이야기는 아무도 하지 않았다. 하비는 이 사건의 충격과 치욕이 민족의 심장 깊숙이 갉아 들어가 거기서 곪아 터져 문제를 일으킬 것이라고 말했다. 공화당과 루스벨트 대통령을 파멸시킬 것이 분명하다고 했다. 난 그 예견이 실현되리라고 보지 않는다. 소중한 일, 바랄 만한 좋은 일, 훌륭한 일을 보장하는 예견은 절대 실현되는 일이 없기 때문이다. 그런 예견은 정당한 전쟁과 유사하다. 즉 워낙 드물어서 없는 거나 마찬가지다.

그제, 행복한 우드 소장이 보낸 전신도 여전히 찬양 일색이었다. '필사적인 육박전'이라는 것을 자랑스럽게 소상히 설명하고 있었다. 우드 소장은 자신이 시쳇말로 스스로 들통날 짓을 하고 있다는 생각이 들지 않는 모양이다. 정말로 필사적인 육박전이 있었다면, 그리고 정말로 필사적이었다면, 필시 상대편 900명 전사들은 남녀노소 가릴 것 없이 자기 편이 몰살당하기 전에 적군을 열다섯 명 이상은 죽였을 것이기 때문이다.

어쨌든 어제 오후 공문의 분위기는 좀 달랐다. 우드 소장이 어조를 누그러뜨리고 해명과 사과를 내놓을 것 같은 기색이 아주 약간 비쳤다. 그 전투에 대해 자신이 전적으로 책임을 지겠다고 선언했다. 지금까지의 침묵 속에 특정인을 비난하는 경향이 깔려 있다는 사실을 의식한 것이다. 그는 "육박전에서 모로족이 여자와 어린아이를 방패로 삼았기 때문에 불가피하게 죽일 수밖에 없었지만, 전투 중에 여자와 어린이를 마구 해친 일은 없었다"고 말했다.

이런 해명이라도 그나마 없는 것보단 낫다. 상당히 낫다. 하지만 만약 그렇게 치열한 육박전을 벌였다면 나흘이 끝나갈 즈음 어느 시점엔가는 살아 있는 부족민이 단 한 명이라도 남았을 것이다. 우리 편은 600명이었고 사망자는 열다섯 명뿐이었다. 그 600명은 어째서 최후에 남은 한 남자를—혹은 한 여자나 아이를—죽였을까?

우드 소장은 자신이 해명하는 일에 소질이 없음을 깨달을 것이다. 자신이 그런 일을 왜 그렇게 무자비하게 끝냈는지 설명하느니, 합당한 기백과 자신이 거느린 합당한 물리력을 가지고 무장하지 않은 900마리 동물을 말살하는 일이 더 쉽다는 것을 알게 될 것이다. 이어서 그는 뜬금없이 이런 무의식적인 농담을 던졌는데, 보고서를 전신으로 보내기 전에 편집을 좀 해야 하지 않았나 싶다.

"많은 모로 부족민이 죽은 척을 하고는 부상자를 구호하던 미국 의료진을 난도질했다."

의료진이 돌아다니면서 부상당한 미개인을 구호하는 희한한 광경이 눈 앞에 펼쳐진다. 무슨 이유로? 미개인은 모조리 학살당했다. 생존자를 하나도 남기지 않고 모조리 학살하려는 것이 명백한 의도였다. 그렇다면 곧 죽임을 당할 사람을 잠깐 구호하는 게 무슨 소용이 있단 말인가? 통신문은 이 몰이사냥을 '전투'로 지칭한다. 그것이 어떤 면에서 전투인가? 전투와 닮은 구석이라고는 전혀 없다. 전투에서는 언제나 즉사한 사람 한 사람당 부상자 다섯 명이 생긴다. 그러니 그들이 말하는 전투가 끝났을 때 부상당한 미개인이 적어도 200명은 전장에 뒹굴고 있어야 한다. 그들은 다 어떻게 되었나? 생존한 미개인이 단 한 사람도 없지 않나!

거기서 추론할 수 있는 사실은 명백하다. 미군은 나흘간의 작전을 끝낸 후 무력한 생존자를 모조리 학살함으로써 그 일을 완결한 것이다.

자기가 아끼는 우드 소장의 혁혁한 공로에 기뻐하는 대통령을 보니 예전에 대통령이 환희에 젖었던 때가 떠오른다. 1901년 펀스턴 대령[6]이 민족주의자 아기날도[7]의 산속 은신처에 침투하여 그를 사로잡았다는 소식이 전해졌다. 위조와 거짓말이라는 기술을 써서 한 일이었다. 습격할 태세를 갖춘 군인에게 적의 제복을 입혀 아기날도의 친구인 척 가장한 후 아기날도의 장교들과 다정하게 악수를 나누며 경계를 풀게 하고는 곧장 총으로 쏘아 죽이는 기술이었다. 신문기사에 따르면 이러한 '혁혁한 전투 업적'을 알리는 통신문이 백악관에 도착했을 때 누구보다 온화하고 유순하며 상냥한, 남성적인 면과는 거리가 먼 맥킨리 대통령이 얼마나 감격하고 기쁨에 겨웠는지 춤과 유사한 동작으로 그 마음을 표현했다고 한다. 맥킨리 대통령은 자신의 경의를 다른 식으로도 표현했다. 민병대 대령이었던 펀스턴을 곧장 정규군의 준장으로 임명한 것이다. 깨끗하고 고결한 참전 장교 백여 명을 다 제쳐놓고. 그렇게 그 지위의 명예로운 제복을 그에게 입힘으로써 제복과 국기와 민족과 그 자신의 명예에 먹칠을 했다.

　우드는 군의관 시절 서부에서 몇 년에 걸쳐 적대적인 아메

6　Frederick Funston. 미국-스페인 전쟁과 필리핀 전쟁에 참가했던 대령으로 필리핀 전쟁의 공적으로 명예훈장을 받았다.

7　Emilio Aguinaldo. 미국-스페인 전쟁에서 미국에 맞서 싸웠던 필리핀의 지도자.

리카 원주민을 상대했다. 루스벨트는 그를 알게 되었고 사랑에 빠졌다. 루스벨트는 전혀 정당하지 않은 쿠바-스페인 전쟁 당시 한 연대의 대령 자리를 제안받았을 때 자신은 중령이 되고, 뒤로 힘을 써서 우드를 더 높은 자리에 올려주었다. 전쟁이 끝난 후 우드는 쿠바의 총독이 되었고, 계속해서 악취 풍기는 기록을 써나갔다.

루스벨트 대통령에 힘입어 이 의사는 군대에서 점점 더 높은 자리로 올라갔고―늘 더 나은 사람들을 밀치고―마침내 루스벨트는 그를 정규군의 육군 소장 자리에 앉히고 싶었다(그와 국군통수권자 사이에는 소장이 단 다섯 명뿐이었다). 하지만 우드를 그렇게 막중한 지위에 임명하는 일을 상원이 인준하지 않으리라 보고, 혹은 그렇게 믿고는, 정말 온당하지 않은 방법으로 임명을 처리했다. 대통령이 직접 임명을 하고 회기가 아닐 때 임명을 인준하는 방법이 있었던 것이다. 그런데 그렇게 할 만한 기회가 마땅하지 않았고, 그러자 루스벨트는 아예 그런 기회를 만들어냈다. 임시국회는 정오에 끝나게 되어 있었다. 의사봉을 두드려 임시국회 회기를 종결하면 곧바로 정기국회 회기가 시작되었다. 루스벨트는 초시계로 재면 그 사이에 1/20초의 시간이 있고, 그동안은 국회가 회기 중이 아니라고 주장했다. 그런 얄은 꾀를 써서 그는 평판이 좋지 않은 의사를 군대와 민족에게 떠안겼고, 상원은 그것을 거부할 기백도 없었다.

인간이란 무엇인가

4장 교육

청년　'교육'이라는 말을 계속 쓰시는데, 그 말로 딱히 염두에 두시는 뜻이…

노인　공부, 지도, 강연, 설교 같은 거냐고? 그런 것도 들어가지. 하지만 커다란 부분을 차지하진 않아. 내가 의미하는 '교육'은 **모든** 외적 영향이네. 수백만 가지가 있지. 요람에서 무덤까지, 깨어 있는 시간 내내 인간은 교육을 받는 셈이지. 교육 담당자 가운데 맨 윗자리를 차지하는 것이 연계(association)라네. 연계란 인간의 정신과 감정에 영향을 주고 각자에게 이상을 제공하고 앞길을 놓아주고 꾸준히 그 길을 가도록 하는 인간 환경을 말하지. 그 길을 따르지 않으면 자신이 가장 사랑하고 존경하는 사람들, 다른 누구보다 자신을 인정해주기를 바라는 그 사람들이 그를 피할 거네.

인간은 카멜레온과 같아. 본성상 자신이 자주 다니는 장소의 색깔을 띠게 마련이지. 주변의 영향력에 의해 자신의 선호와 반감, 정치 성향, 취향, 도덕, 종교가 생겨나는 거네. 어느 것도 자기 스스로 만들어내는 게 아니야. 그럴 거라고 **생각**할지도 모르지만 그건 그 문제를 제대로 살펴보지 않아서 그런 거네. 장로교 교인들을 본 적 있나?

청년   많이 봤죠.

노인   그들은 어쩌다가 회중교 교인이 아닌 장로교 교인들이 되었을까? 그리고 회중교 교인들은 왜 세례교 교인이 안 되었고, 세례교 교인은 로마가톨릭 교인이, 로마가톨릭 교인은 불교 신자가, 불교 신자는 퀘이커 교도가, 퀘이커 교도는 영국성공회 교인이, 영국성공회 교인은 재림주의자들이, 재림주의자들은 힌두교도가, 힌두교도는 무신론자가, 무신론자는 강신론자가, 강신론자는 불가지론자가, 불가지론자는 감리교도가, 감리교도는 유교 신도가, 유교 신도는 유니테리언주의자가, 유니테리언주의자는 이슬람교도가, 이슬람교도는 구원전사파가, 구원전사파는 조로아스터교도가,

165

조로아스터교도는 신앙요법주의자가, 신앙요법주의자는 모르몬교도가 안 된 이유는 뭐겠나?

청년 어르신이 하신 질문이니 답도 직접 해주셔야겠습니다.

노인 지금 열거한 분파의 목록은 **학문**이나 탐구, 진리의 빛을 추구한 기록이 아니네. 주로 (그것도 풍자적으로) **연계**가 수행하는 일을 보여줄 뿐이지. 어떤 사람의 국적을 알면 그 사람의 종교적 면모를 거의 정확히 추측할 수 있네. 영국인은 개신교, 미국인도 마찬가지. 스페인, 프랑스, 아일랜드, 이탈리아, 남아메리카 사람들은 로마가톨릭, 러시아인은 그리스정교, 터키인은 이슬람교 등등. 그리고 종교적 면모를 알게 되면 그가 좀더 깨우침을 얻고 싶을 때 어떤 종류의 책을 읽는지를 알 수 있고, 또 우연히라도 원하는 이상의 깨우침을 얻는 일이 없도록 어떤 종류의 책을 피하는지도 알 수 있지.

미국에서는 선거권자가 어떤 정당 표식을 달고 있는지를 알면 그의 연계를 알 수 있네. 어떻게 그 정치적 입장을 갖게 되었는지, 깨우침을 얻기 위해 어떤 부류의 신문을 읽고 어떤 부류의 신문은 열심히 피하는지. 그리고 좀 더 폭넓은 정치적 지식을 얻기 위해 어떤 대중집회에 참석하는지, 어떤 대중집회는 피하는지도 알 수 있어(야유를 던지며 반박하려는 목적이 아니라면 말이지).

진리를 구한다는 사람들 이야기야 주변에서 늘 들리지. 하지만 난 (영구적인) 표본이 될 만한 사례는 지금껏 본 적이 없네. 지금까지 존재한 적이 없지 않나 싶어. 하지만 자신이 '영구적인 진실 추구자'라고 **생각**하는, 어딜 보나 진지한 사람들은 여럿 보았지. 그들은 부지런하게, 집요하게, 주의 깊게, 신중하게, 곰곰이, 완전한 정직성과 잘 조절된 판단력을 갖고 진실을 구한다네. 틀림없이, 의심할 바 없이 '진리'를 찾았다고 믿을 때까지는 말이야. 그러고 나면 끝이야. 그 이후로는 평생 자신의 '진리'를 비바람에서 막아줄 지붕널을 찾아다닐 뿐이지. 정치적 '진리'를 구하고자 했다면, 지상의 인간을 통치하는 100가지 정치적 복음 가운데 한두 가지에서 그것을 발견한다네. "단 하나의 진실한 종교"를 구하고자 했다면 시장에 나와 있는 3천 가지 가운데 한두 개에서 그걸 찾아내지.

어찌 되었든 '진리'를 찾으면 그 뒤로 **더는 구하지 않아**. 그날부터는 줄곧 한 손에는 납땜용 인두를, 다른 한 손에는 몽둥이를 들고, 새는 곳을 때우고 반대자들과 격론을 벌일 뿐이지. "일시적인 진리 추구자"는 수도 없이 많았어. 하지만 자네는 "영구적인 진리 추구자"를 들어본 적이 있나? 인간의 본성상 그런 인물은 있을 수가 없어. 다시 요점으로 돌아와보지. 교육 말이야. 모든 교육은 이러저러한 **외적 영향**이고, 그 가운데 **연계**가 가장 큰 부분을 차지하네. 인간은 외적 영향이 이룬 존재일 뿐이야. 교육을 통해 더 위로 올리건 더 아래로 내리건, 어쨌든 영향이 인간을 **교육**하는 걸세. 언제나 그것이 인간을 주물러대면서 만들고 있지.

청년 어르신 논리에 따르면, 어떤 사람이 어쩌다가 나쁜 환경에 놓이면 거기서 벗어날 방도는 없는 거네요. 아래로 향하는 교육을 받게 될 테니까요.

노인 방도가 없다고? 이 카멜레온 같은 존재에게 말인가? 잘못 생각한 거야. 인간의 가장 큰 행운은 바로 카멜레온 같은 그 특성에 있는 거네. 서식지를 바꾸기만 하면 돼. 자신의 **연계**를 바꾸는 거지. 하지만 그렇게 하도록 이끄는 자극도 **외부에서** 와야만 하네. 그런 목적이 마음에 있어도 그것을 스스로 끌어낼 수는 없어. 때로는 아주 사소하고 우연한 일이 그가 새로운 길에 들어서거나 새로운 방안을 찾아 나서게 하는 최초의 자극이 되기도 하지. "듣자 하니 당신 겁쟁이라며." 연인이 어쩌다 던진 이런 말 한마디가 씨앗에 물을 주어서, 그 씨앗이 싹을 틔우고 꽃을 피우고 쑥쑥 자라나 종국에는 놀랄 만한 결실을 맺을 수도 있는 거지. 전장에서 말이야.

인간의 역사에는 그런 우연한 사건들이 차고 넘친다네. 속되고 상스럽던 군인이 어쩌다가 다리가 부러진 후 종교에 심취해 새로운 이상을 갖게 될 수도 있고. 그런 우연에서 예수회가 생겨나서 200년 동안 왕권을 흔들고 정책을 바꾸고 다른 엄청난 일을 해왔던 것이고, 앞으로도 계속되겠지.[1] 우연히 읽은 책 한 권이나 신문에 실린 문장 하나가 누군가를 새로운 길에 들어서게 할 수 있네. 기존의 연계를 끊고 **자신의 새로운 이상과 어울리는** 새로운 연계를 찾아 나서는 거지. 그렇게 해서 그의 인생이 완전히 달라지는 결과가 생겨날 수 있고.

---

1 예수교의 창립자인 이냐시오 데 로욜라(1491~1556)는 스페인 귀족집안에서 태어나 종교에 전혀 무관심하다가 프랑스와의 전투에서 포격으로 다리에 큰 부상을 입었다. 몇 주 동안 침대에 누워 있던 중에 성서와 성인들 이야기를 읽고 성인의 삶을 따르겠다고 결심했다.

청년　　경로의 기획 같은 걸 말씀하시는 건가요?

노인　　요즘 건 아니고 예전 것이지. 인류만큼 오래된 것.

청년　　그게 뭔데요?

노인　　그저 사람들에게 덫을 놓는 일이야. **높은 이상을 향한 최초의 자극**이라는 미끼가 놓인 덫이지. 소책자 돌리는 사람들이 하는 일이 이런 일 아닌가. 선교사들이 하고. 정부가 해야 하는 일이지.

청년　　이미 하고 있지 않나요?

노인　　어떤 면에서는 그런데, 다른 면에서는 그렇지 않아. 천연두에 걸린 사람을 멀쩡한 사람들과 떼어놓기는 하지. 그런데 범죄라는 측면에서는 건강한 사람을 병에 걸린 사람들이 득시글거리는 격리병원에 집어넣는단 말이야. 그러니까 초범자들을 골수 범죄자와 같이 두는 거지. 인간이 천성적으로 선함에 이끌리는 존재라면 그래도 상관없겠지.

　　그런데 그게 아니거든. 그러니 **연계**에 의해 초범

170

자들이 처음 감옥에 갇혔을 때보다 더 나빠지는 거잖아. 간혹 상대적으로 무고한 사람들에게 아주 심한 형벌을 내리기도 하지. 어떤 자를 교수형에 처한다고 쳐. 별것 아닌 처벌이지. 그런데 그 때문에 가족들 가슴이 찢어져. 이건 아주 무거운 처벌이야. 아내를 때리는 남편은 감옥에서 편안히 잘 먹으며 살고, 그 때문에 무고한 부인과 가족은 굶어 죽기도 하고.

청년　인간이 선악을 직관적으로 인식하는 능력을 타고났다는 주장을 믿으시나요?

노인　아담에겐 없었잖아?

청년　하지만 이후 인간은 그런 능력을 얻지 않았나요?

노인　아니. 어떤 종류의 인식 능력도 없다고 보네. 그의 사상과 인상이 **전부** 외부에서 오는 거야. 내가 이 말을 반복하는 건, 자네가 내 말에 관심이 생겨나 자신을 잘 관찰하면서 그게 사실인지 거짓인지 알아봤으면 하는 마음에서라네.

청년 어르신은 그 터무니없는 관념을 어디서 얻으셨어요?

노인 그거야 **외부**에서 얻었지. 내가 발명한 게 아닐세. 알려지지 않은 수천 가지 자료에서 집적된 거야. 대개 **무의식적으로** 모인 거지.

청년 신께서 본성이 정직한 인간을 창조할 수 있다는 걸 믿지 않으세요?

노인 믿지. 그렇게 할 수 있었다는 건 믿어. 하지만 그런 적이 전혀 없다는 것도 알지.

청년 어르신보다 학식 높은 인물들이 "정직한 인간은 신의 가장 고귀한 작품"이라는 사실을 기록했는데도요?

노인 사실을 기록한 게 아니라 거짓을 기록한 거야. 아주 거창하고 듣기 좋은 말이긴 하지만 사실이 아니야. 신은 정직함과 부정직함의 **가능성**을 지닌 인간을 창조했고, 그걸로 끝이었어. 인간의 **연계**가 가능성을 발전시키지. 어느 쪽으로든 말이야. 그 결과 정직한 사람이나 부정직한 사람이 되는 거야.

청년   그러면 정직한 사람은 당연히…

노인   칭찬받아 마땅하다고? 아니지. 도대체 몇 번을 말해야 알아듣나? 정직함은 **그 자신**이 만들어낸 게 아니라고.

청년   그렇다면 고결한 삶을 살도록 사람들을 교육하는 일이 도대체 무슨 의미가 있는지 묻지 않을 수가 없네요. 그렇게 해서 무슨 이득이 생기나요?

노인   그 자신이 아주 커다란 이득을 얻게 되지. 그게 가장 큰 부분이야. **그에게** 말이지. 또한 그가 이웃에게 해를 끼치거나 위험한 존재가 아니게 됨에 따라, **이웃들**이 그의 고결한 삶에서 이득을 보잖아. 그게 가장 큰 부분이야. **그들에게는.** 그렇게 해서 그와 관련된 사람들이 상대적으로 편안히 살 수 있는 거지. 이런 교육을 등한시하면 쌍방 모두에게 사는 일이 늘 위험하고 고통스러워질 테고.

청년   교육이 전부라고 하셨잖아요. 교육이 곧 **그 사람**이다, 왜냐하면 교육으로 현재의 그 사람이 만들어진 거니까.

노인 교육, 그리고 **다른** 것이라고 말했지만, 일단 다른 건 넘어가도록 하지. 하려는 말이 뭐였지?

청년 저희 집에 집안일 하는 할멈이 있어요. 함께 산 지 스물하고도 두 해가 되었나 봐요. 지금까지 흠잡을 데가 없었는데 요즘 자주 깜박깜박해요. 우리 식구들은 다들 그 할멈을 좋아하고, 나이가 많아 그런 거니 어쩔수 없다고 봐주죠. 할멈이 태만한 모습을 보여도 다른 식구들은 야단치는 법이 없는데 저는 간혹 그럴 때가 있어요―저 스스로 자제할 수가 없는 것 같아요. 안그러려고 노력하지 않느냐고요? 당연히 하죠.

　오늘 아침만 해도 옷을 입으려고 하는데 입을 옷이 준비되어 있지 않은 거예요. 버럭 화를 냈어요. 이른 아침이면 특히 그렇게 별것도 아닌 일에 성질이 나요. 벨을 울린 뒤, 화내지 말자, 신중하고 차분하게 말하자 그렇게 다짐을 했어요. 아주 진중하게 마음을 가다듬었죠. 무슨 말을 할지 미리 생각해놓기까지 했어요. "옷을 새로 준비하는 걸 잊었네, 제인." 이렇게요. 제인이 문간에 나타났을 때 준비한 그 말을 하려고 입을 열었는데―저 자신도 예상하지 못했던 부아가 치밀어 미처 억누를 새도 없이 이렇게 튀어나왔어요. "또 잊어버린 거야!"

누구나 자신의 '내면의 주인님'이 가장 기뻐할 일을 하게 되어 있다고 어르신이 말씀하셨잖아요. 할멈을 야단쳐서 모욕을 주지 않으려고 세심히 마음의 준비를 하게 한 그 충동은 어디에서 온 건가요? 그것도 항상 최우선으로 자신에게만 관심이 있는 주인님에게서 온 건가요?

노인   당연히 그렇지. 어떤 충동이건 달리 나올 데가 없어. **이차적으로는** 그 할멈을 지켜주려고 그런 일을 한 거지만, **일차적인** 목적은 주인님을 만족시켜서 자네 자신을 지키려는 것이었지.

청년   그게 무슨 말이에요?

노인   가족 중에서 자네에게 제발 할멈에게 성질 좀 부리지 말라고 간청한 사람이 있나?

청년   네, 어머니가 그러시죠.

노인   어머니를 사랑하나?

청년   말도 못하게요!

노인   어머니를 기쁘게 해드리기 위해 언제나 할 수 있는 일
      은 다 할 만큼?

청년   어머니가 기뻐하실 일을 할 수 있다면 그거야말로 제
      기쁨이죠!

노인   왜 그렇지? **오로지 거기서 어떤 대가를 얻을 때만 그런 일
      을 할 텐데**—어떤 **이득**이 있어서 말이야. 그런 투자를
      해서 어떤 이득을 얻기를 기대하고 또 얻을 수 있다고
      보나?

청년   저 개인적으로요? 그런 건 없죠. **어머니가 기뻐하신다**
      면 그걸로 충분해요.

노인   그렇다면 자네의 일차적인 목적은 할멈에게 모욕을
      주지 않으려는 것이 **아니라 모친을 기쁘게** 하려는 것이
      었네. 보아하니 모친을 기쁘게 하는 일이 **자네**에게도
      대단한 즐거움이고. 그 투자에서 자네가 얻는 이득이
      바로 그것 아닌가? 그거야말로 **진짜** 이득이자 **우선적**

인 이득 아닌가?

청년   그런가요? 계속해보세요.

노인   **모든** 거래에서 '내면의 주인님'은 자네가 **우선적인 이득을 얻도록** 신경을 쓴다네. 그렇지 않으면 거래가 이루어지지 않지.

청년   제가 그렇게 그 이득을 얻기를 원하고 얻으려 애를 쓴다면, 자제력을 잃고 성을 내는 이유는 뭔가요?

노인   가치라는 측면에서 갑자기 그것을 밀어내고 들어온 **다른** 이득을 얻기 위해서지.

청년   그런 게 어디 있었는데요?

노인   자네의 타고난 성정 뒤에 잠복하면서 기회를 엿보고 있었지. 자네의 타고난 불같은 성미가 난데없이 전면으로 나서면서 **어느 순간 그 영향력이** 더 강력해져 모친의 영향력을 없애버린 거지. 그 순간에는 할멈을 심하게 꾸짖으며 그걸 즐기고 싶은 마음이 간절했던 거야.

실제로 즐겼잖나, 그렇지?

청년 그 순간 잠깐 동안은요. 사실 그랬어요.

노인 좋아, 그러니 내가 말한 대로잖아. 언제가 되었건, **한순 간일지라도** 말이야, 자네에게 **가장 큰** 기쁨을, 가장 큰 만족을 주는 건 바로 자네가 늘 하게 될 그 일이야. 무엇이 되었건 주인님이 **바로 직전에** 보이는 변덕에 맞춰야 하는 거지.

청년 하지만 할멈의 눈에 눈물이 글썽거리는 걸 보니 내가 무슨 짓을 했나 싶어서 내 손모가지를 부러뜨리고 싶었어요.

노인 그랬겠지. 결국 **자네 자신**이 굴욕적인 상황에 처했고 그래서 자신에게 **고통**을 주고 말았으니까. **자신**에게 해가 되거나 득이 되는 결과가 아니라면 그 무엇도 **최우선의** 중요성을 지니지 않아. 나머지는 모두 **이차적인** 것이지. 자네가 주인님에게 복종했음에도 주인님은 자네가 마음에 들지 않았어. 그래서 자네에게 곧바로 **뉘우치라고** 명령했지. 자네는 역시 그 명령에 따랐고.

그럴 **수밖에 없어.** 주인님의 명령에서 결코 벗어날 수가 없으니까. 아주 엄한 데다 변덕스럽기까지 하지. 잠깐 사이에 마음을 바꾸지만, 자네는 언제나 따를 준비가 되어 있어야 하고 또 **언제나** 따르겠지. 자네더러 뉘우치라고 하면 자네는 주인님을 만족시켜야 하니 항상 그렇게 하는 거지. 주인님이라는 존재는 돌봐주고 사랑해주고 애지중지하고 원하는 걸 들어주고 그래야 하거든. 어떤 조건에서든 말이야.

청년   교육은요! 그게 무슨 소용이 있어요? 저 스스로도 그렇고 제 어머니께서도 할멈에게 성질을 부리지 말라고 교육하지 않았나요?

노인   그러지 않으려고 참은 적이 한 번도 없었나?

청년   당연히 있었죠. 한두 번이 아니에요.

노인   작년보다 올해 더 그랬나?

청년   훨씬 더 많이 참았죠.

노인　　작년에는 재작년보다 더 참았고?

청년　　그렇죠.

노인　　그러면 2년 사이에 무척 나아진 게 아닌가?

청년　　확실히 그렇죠.

노인　　그럼 자네 질문에 대한 답은 나온 셈이군. 그러니까 교육이 소용이 **있는** 거지. 계속 그렇게 해나가게. 성실하게 해나가. 잘하고 있으니까.

청년　　제 교화가 완성될까요?

노인　　그럴 걸세. **자네** 한도까지는.

청년　　제 한도요? 그게 무슨 뜻입니까?

노인　　내가 교육이 **전부**라고 했다고 자네가 말했지? 그래서 내가 그게 아니라 '교육, 그리고 **다른** 것'이라고 말했고. 그 다른 것이 **기질**일세. 그러니까 타고난 자네의 성격이지. **타고난 성격은 하다못해 손톱만큼도 뽑아버릴 수가 없어.** 그저 꾹꾹 눌러서 가만히 있게 할 수 있을 뿐이지. 성질이 불같다고 했지?

청년　네.

노인　그 성질은 절대 없앨 수 없을 거야. 열심히 감시하면 대부분 눌러놓을 수는 있겠지만. **그 존재가 자네의 한도네.** 이따금 자네가 자네 성질에 질 때가 있을 테니 교화는 절대 완전할 수 없지만 상당히 근접할 수는 있지. 귀중한 진척을 이루었고 더 해나갈 수 있을 걸세. 그래서 교육이 소용이 **있는** 거지. 그것도 어마어마한 소용이. 곧 새로운 발전 단계에 이르게 될 거고, 그러고 나면 앞으로 나아가기가 더 수월할 걸세. 근거가 더 단순해지니까.

청년　무슨 뜻인지 설명해주세요.

노인　지금은 **모친을** 기쁘게 함으로써 **스스로** 만족을 얻기 위해 성질을 누르지만, 얼마 안 되어 나 자신의 성질을 이긴다는 사실 자체만으로도 자부심이 생기면서, 지금 자네 모친의 **인정**에서 얻는 것보다 더 달콤한 즐거움과 만족감을 얻을 수 있을 거라는 뜻이야. 그렇게 되면 모친을 거쳐 에둘러 가는 식이 아니라 바로 **직통으로** 자네 자신을 위해 노력하는 거지. 그렇게 문제가 단순해지고 충동 역시 강해지지.

청년 아, 세상에! 나 자신이 아니라 **일차적으로 할멈**을 위해 그런 일을 할 경지에는 절대 이를 수 없다는 말인가요?

노인 글쎄… 될 수도 있어. 하늘나라에서는.

청년 (잠시 말없이 고심하더니) 기질이라. 타고난 기질을 고려해야 한다는 건 알겠어요. 확실히 아주 커다란 자리를 차지하겠죠. 어머니는 사려 깊은 성격이지 전혀 다혈질이 아니세요. 그날 옷을 입고 어머니 방으로 갔는데 어머니가 방에 안 계셨어요. 어머니를 불렀더니 욕실에서 대답을 하세요. 물소리가 들렸어요. 뭐하시냐고 물었더니, 전혀 화가 난 기색이 없이 제인이 목욕물 받는 걸 잊어서 직접 하신다는 거예요. 할멈을 부르겠다고 했더니 어머니는 이렇게 말씀하셨어요. "아냐, 놔

뒤라. 자기가 깜박한 걸 알게 되면 할멈이 괴로워할 테니, 그것 역시 나무라는 일이야. 그런 일을 당할 이유가 없어. 나이가 들어 기억이 장난을 치는 건데 그게 할멈의 잘못은 아니잖아." 그때 어머니에게도 '내적 주인님'이 있었나요? 어디 있었나요?

노인　　거기 있었지. 바로 거기에서 자신의 평화와 기쁨과 만족을 추구하고 있었잖아. 할멈이 고통스러워하면 **자네 모친도** 괴로웠을 거야. 그게 아니라면 할멈이야 어떻게 되건 벨을 눌러 불렀겠지. 내가 아는 여자들만 해도, 툭 하면 제인을 불러대면서 최고의 **쾌락**을 얻을 법한 여자들이 있어. 그들은 틀림없이 벨을 눌러 자신들의 천성과 교육―그들의 '내적인 주인님'의 충실한 하인들이지―의 법칙을 따르겠지. 자네 모친의 참을성이 얼마간 교육에서 나왔을 수도 있어. **선한** 교육이지. 스스로 만족을 얻을 때마다 이차적으로 다른 사람에게도 이득이 생기도록 문하생들을 가르치는 것을 최고의 목적으로 삼는 그런 교육 말일세.

청년　　인간 조건을 전반적으로 나아지게 할 어르신의 계획을 하나의 훈계로 압축한다면 어떤 식이 되겠습니까?

훈계

노인 너 자신을 만족시키는 동시에 네 이웃과 공동체에도 반드시 이득이 돌아가도록 하는 행동에서 삶의 주된 기쁨을 얻을 수 있는 경지에 이를 때까지 교육을 통해 너의 이상을 **위로, 더 위로** 부지런히 올리도록 하라.

청년 새로운 복음인가요?

노인 아니지.

청년 예전에도 그걸 가르친 적이 있나요?

노인 1만 년에 걸쳐.

청년 누가요?

노인 모든 위대한 종교가 가르쳤지. 모든 위대한 복음이.

청년 그럼 새로운 건 전혀 없는 건가요?

노인   아니, 있긴 해. 지금은 감추지 않고 그대로 말하니까. 예전에는 그런 적이 없었어.

청년   무슨 뜻이에요?

노인   내가 말하길 **자네가 먼저**고, 이웃과 공동체는 그다음이라고 하지 않았나?

청년   아, 그러셨죠. 정말 그게 다르네요.

노인   정직한 말과 부정직한 말의 차이지. 감추지 않는 태도와 얼버무림의 차이고.

청년   더 설명해주세요.

노인   다른 종교들은 자네에게 선한 인물이 되라고 수백 가지 뇌물을 제공하네. 그렇게 자네 내면의 주인님을 우선 잘 달래서 만족시켜야 하고 자네가 하는 일은 그 무엇도 **일차적으로** 자네를 위한 일이 아니라 주인님을 위한 일이라는 걸 인정하는 거지. 그런데 곧 180도 달라져서 **주로 다른 사람들**을 위해 선한 일을 하라고 하고,

주로 **의무 자체**를 위해 의무를 다하라고 하고, **자기희생**
을 하라고 해.

처음에는 그들이나 나나 입장이 같았어. 인간 내면
에 자리 잡은 절대적인 최고 권력자를 인정하고, 우리
가 그 앞에서 굽실거리고 간청해야 한다는 걸 인정했
던 거지. 그런데 그러고 나서 다른 종교는 회피하고 얼
버무리는 거야. 똑바로 바라보지 못하고 부정직하게,
일관되지 못하게, 논리적이지도 않게, 간청의 대상을
바꾸어 사실 인간에게 존재하지도 않는 이차적인 힘
을 움직이려 힘을 쏟고, 그렇게 그 힘을 우선적인 지위
로 올려놓는 거지. 그와 달리 나의 훈계에서 나는 논리
적이고 일관되게 원래의 입장을 고수하네. 내적 주인
님의 요구를 **최우선**으로 놓고 계속 그렇게 하는 거지.

청년 편의상 어르신의 체계와 다른 체계가 같은 결과—**올
바른 삶**—를 목표로 삼고 같은 결과를 만들어낸다고
인정했을 때, 어르신 것이 더 나은 점이 있나요?

노인 하나 있지. 상당한 장점이야. 숨기지 않고 속이지 않는
다는 점이지. 내 체계에서는 어떤 사람이 올바르고 보
배로운 삶을 살아갈 때 자신을 추동하는 진짜 주요한

동기와 관련해 스스로 속고 있지 않네. 다른 경우에는 속고 살아가지.

청년   그게 장점이에요? 구차한 명분으로 고결한 삶을 산다는 게 나은 점이에요? 다른 경우에는 자신이 고결한 명분을 받들며 살아간다는 **인상**을 지니고 고결한 삶을 살잖아요. 그게 더 나은 거 아닌가요?

노인   그럴 수도 있겠지. 실제로는 공작(公爵) 근처에도 못 가는 위인이 자신이 공작이라며 깃털이다 뭐다 온통 야단스럽게 치장하고 공작처럼 사는 삶에 나은 점이 있다면 말이야. 족보만 뒤져봐도 사실을 알 수 있는데도 말이지.

청년   그래도 어쨌든 공작의 역할을 하긴 하잖아요. 자기 재산을 털어서 자신이 감당할 수 있을 만큼 큰 규모로 자선을 베풀 테고, 그러면 지역사회는 거기서 이득을 얻잖아요.

노인   그런 일이야 공작 노릇을 안 하고도 할 수 있지.

청년 하지만 과연 그렇게 할까요?

노인 지금 자네 주장이 어디로 흘러가는지 안 보이나?

청년 어디로 흘러가는데요?

노인 다른 체계의 관점으로 가고 있잖아. 무식한 공작에게 자기 자부심이라는 꽤나 천박한 동기로 보여주기식 자선을 하게 만들면서, 혹시 자신을 추동하는 실제 동기를 깨닫게 되면 지갑을 닫고 더는 선행을 하지 않을까 봐 경고 한마디 하지 않고 그런 식으로 계속해나가게 두는 게 좋은 도덕이라는 건가?

청년 하지만 그가 다른 사람을 위해 선행을 한다고 **생각하는** 한은 그 동기를 모르는 채로 두는 게 최선이지 않나요?

노인 그럴지도 모르지. 다른 체계의 입장이 그렇다네. 선행과 훌륭한 행위를 배당금으로 얻을 수만 있다면 사기협잡도 어지간히 좋은 도덕이라고 보는 거지.

청년　제 생각으로는 **선행 자체**를 위해서가 아니라 일차적으로 **자기 자신**을 위해서 선행을 한다는 어르신 체계에서는 아무도 선행을 하지 않을 것 같아요.

노인　최근에 행한 선행이 있나?

청년　있죠. 오늘 아침에요.

노인　자세히 말해보게.

청년　제가 어렸을 때 절 돌봐주었고, 한번은 목숨을 잃을 위험을 무릅쓰고 절 구해주기까지 했던 흑인 할멈이 있는데, 어젯밤에 할멈이 사는 오두막에 불이 나서 전부 타버렸어요. 그래서 오늘 아침 슬픔에 잠겨 우리를 찾아와 새로 오두막을 지을 돈을 좀 달라고 했죠.

노인　그래서 돈을 줬나?

청년　그럼요.

노인　줄 돈이 있어서 다행스러웠나?

청년　　돈이요? 없었어요. 제 말을 팔았죠.

노인　　말이 있어서 다행스러웠나?

청년　　물론이죠. 말이 없었다면 돈을 줄 여력이 안 되었을 거고, 그럼 저 대신 **어머니**가 샐리 할멈을 도왔을 테니까요.

노인　　돈이 궁해서 도와줄 수 없는 상황이 아니어서 진심으로 기뻤나?

청년　　그랬죠!

노인　　좋아, 그렇다면…

청년　　잠깐만요! 지금부터 무슨 질문을 이어나가실지 저도 다 아니까, 굳이 시간 낭비하실 필요 없이 제가 알아서 대답할게요. 대답 전부를 이렇게 요약해보도록 하죠. 그 행위가 **내게** 대단한 만족감을 줄 것이고, 기뻐하며 연신 감사하는 샐리 할멈의 모습에 **내게** 또 다른 만족감이 찾아올 것이고, 할멈이 이제 곤경에서 벗어나 행복해한다는 생각에 **내 마음** 역시 행복감으로 가득 차리라는 것을 알고 내가 그 자선을 했다는 거죠. 두 눈을 똑바로 뜨고, **최우선**으로 **내** 몫의 이득을 추구한다는 사실을 의식하고 인정하면서 그 모든 일을 했다는 거죠. 자, 이렇게 자백했으니 말씀을 계속해보시죠.

노인   더 덧붙일 말이 없네. 필요한 점은 다 짚었구먼. 만약 **샐리**를 위해서, 오로지 **샐리**의 이득을 위해서 그 일을 한다는 착각에 빠져 있었다면 곤경에 빠진 샐리를 도와줘야겠다는 마음이 **더욱** 강하게 들었겠나? 그 일을 더 열정적으로 할 수 있었겠나?

청년   아뇨! 세상 그 무엇으로도 당시 내게 들었던 충동이 더 강해지거나 더 압도적이거나 더 불가항력적으로 되진 않았을 거예요. 저의 최대치였다고요!

노인   아주 좋아. 두 가지 일이 있을 때, 뭐 수십 가지 일이라도 상관없는데, 다른 것보다 특정한 **한 가지**를 해야겠다는 마음이 **아주 조금이라도** 더 들면 인간은 그것이 선행이건 악행이건 틀림없이 그 일을 하겠구나, 그런 생각이 이제 자네에게 조금씩 들기 시작하는 거야. 내

가 다 안다고. 그리고 그 일이 선행이었을 때, 온갖 궤
변으로 구슬렸다 한들 원래 그러한 일을 하게 만든 충
동이 요만치도 더 강해지지 않았을 테고, 그가 그 행위
에서 얻을 만족감이나 위안 역시 요만치도 더 늘어나
지 않으리라는 사실도 말이야.

청년   그럼, 어르신은 선행을 하는 이유가 우선적으로 제1의
것이 아니라 제2의 것을 위해서라는 착각을 없애버려
도 인간 마음속에 있는 선행의 경향이 줄어들지 않는
다고 믿으시는 건가요?

노인   그것이 내가 전적으로 믿는 바지.

청년   그렇게 되면 선행의 고결함이 좀 퇴색되지 않을까요?

노인   거짓에 고결함이 있다면 그렇겠지. 그런 고결함이라
면 아예 제거해버릴 테니까.

청년   그럼 이제 도덕주의자들은 뭘 해야 하나요?

노인   지금까지 한 입으로 두말하는 식으로 가르쳐왔던 것

을, 기탄없이 있는 그대로 가르쳐야지. **너 자신을 위해서** 옳은 일을 하라. 그리고 거기서 나오는 이득을 분명 네 **이웃**도 나눠 가지리라는 사실을 알고 기뻐하라고 말이야.

청년 아까 들려주신 훈계를 다시 말씀해주세요.

노인 너 자신을 만족시키는 동시에 네 이웃과 공동체에도 반드시 이득이 돌아가도록 하는 행동을 통해 삶의 주된 기쁨을 얻을 수 있는 경지에 이를 때까지 교육을 통해 너의 이상을 위로, 더 위로 부지런히 올리도록 하라.

청년 인간의 **모든** 행동이 외적 영향에서 생겨난다고 생각하시나요?

노인 그렇다네.

청년 내가 강도질을 하기로 마음먹으면, 그 생각이 내게서 **비롯된** 것이 아니라 **외부**에서 온 건가요? 가령 누군가 돈을 가지고 있는 걸 보고 **그것 때문에** 내가 범죄를 저

지르는 식으로요.

노인   그것만으로? 그건 전혀 아니지. 그건 오랜 기간에 걸쳐 그것을 준비해온 일련의 영향력 가운데 그저 **맨 나중의** 외적 영향력일 뿐일세. **단 하나의** 영향력으로 한 개인이 그 자신의 교육과 갈등을 일으키는 일을 하게 되는 일은 없어. 할 수 있는 일이라면 기껏해야 그의 마음이 새로운 길에 들어서서 **새로운** 영향을 기꺼이 받아들이도록 하는 정도지. 이냐시오 로욜라의 경우처럼 말일세. 이 영향력이 그를 교육하다 보면 어느덧 **최종의** 영향에 굴복하여 그 일을 하는 것이 자신의 새로운 인성에 부합하는 지점에 이르는 거지.

　자네가 내 이론을 확실히 이해할 수 있을 사례를 하나 들어보겠네. 여기 금괴 두 개가 있네. 두 금괴는 수년간 부지런히 올바른 교육을 받아 정제되어 완벽한 덕성을 지닌 두 인성을 대표하네. 만약 이렇게 단단하고 아주 옹골진 이 인성을 깨버리고 싶다면, 금괴에 어떤 영향력을 가하면 되겠나?

청년   어르신이 직접 해보시죠. 말씀 계속하세요.

노인   몇 시간 동안 내내 증기를 분사하면 어떨까? 뭐가 달
      라질까?

청년   제가 알기로는 아닐걸요.

노인   왜?

청년   증기 분사로는 금을 깨뜨릴 수 없으니까요.

노인   좋아. 증기는 **외적 영향**인데, 금은 증기에 **전혀 관심을
      보이지 않으니** 그건 효과가 없는 거지. 금괴는 예전 모
      습에서 하나도 달라지지 않아. 그럼 수은을 기체 형태
      로 만들어 그걸 섞어서 쏘면 곧바로 의미 있는 결과가
      나타날까?

청년   아니요.

노인   **수은**이라는 외적 영향은 금으로서는 (그 독특한 본성, 그
      러니까 **기질**이나 **성향**으로 인해) 무심할 수가 없는 영향력
      이네. 우리는 감지하지 못할지도 모르지만, 수은은 금
      의 관심을 불러일으켜. 하지만 단 한 번으로는 어떤 해

악도 입히질 못하네. 그걸 꾸준히 지속해나가면서, 이 때의 1분을 인생의 1년이라고 가정해보세. 10분, 20분 정도(10년, 20년)가 지나면, 작은 금괴는 수은으로 더럽혀져 가치가 사라지고 본성도 타락하게 된다네. 결국 10년, 20년 전이라면 거들떠보지도 않았을 유혹에 금방이라도 굴복할 상태가 되는 거지. 손가락으로 누르는 것이 그 유혹이라고 치면, 어떤 결과가 나올지 보이나?

청년   네, 금괴가 산산이 바스러지겠죠. 이제 알겠어요. 그런 일을 해낸 건 **단 하나의** 외적 영향이 아니라 오래도록 축적된 해체적 영향의 **맨 마지막** 것일 따름이군요. 그러니까 강도질을 하고 싶다는 **단 하나의** 충동에서 강도질이 일어나는 게 아니라 그것은 오랜 예비적 과정의 **최종의** 것일 뿐이라는 거죠. 우화로 이 점을 담아내면 좋겠네요.

우화

노인   그러지. 뉴잉글랜드에 아들 쌍둥이가 있었네. 둘 다 성격도 좋고 도덕 관념에도 흠잡을 데가 없고 생긴 모습도 똑같았어. 주일학교의 모범이었지. 둘 중 하나인 조지가 열다섯 살이 되었을 때 고래잡이배의 사환으로 일할 기회가 생겨 배를 타고 태평양으로 나갔어. 헨리는 시골 마을에 그냥 남았지. 열여덟 살에 조지는 선원이 되었고 헨리는 상급 성경교실 선생님이 되었어. 항해 중에도 그렇고 유럽과 동양 포구의 선원 하숙집에서 배운 싸움질과 술버릇으로 스물두 살이 되자 조지는 홍콩에서 깡패가 되었고 일자리도 구하지 못하는 신세가 되었지. 헨리는 주일학교의 교장이 되었네. 스물여섯에 조지는 떠돌아다니는 부랑자가 되었고 헨리는 마을 교회의 목사가 되었지.

그러다 조지가 고향에 돌아와 헨리의 집에 머물게 되었어. 어느 날 저녁, 집 앞을 지나 길 아래로 내려가는 한 남자를 보고 헨리가 애처로운 미소를 띠고 말했어. "나 기분 나쁘라고 일부러 그러는 건 아니겠지만, 저 사람만 보면 내 살림살이가 얼마나 궁색한지가 사무치게 느껴져. 언제나 돈을 두둑이 가지고 매일 저녁 이 앞을 지나가거든." 그 **외적 영향**―그 발언―만으로도 조지를 움직이기엔 충분했지만, **그것만으로** 그가 길가에 숨어 있다가 그 사람의 돈을 빼앗은 것은 아니었어. 그것은 단지 그러한 영향이 11년 동안 쌓여왔음을 알려줄 따름이고, 오랜 잉태기를 거치며 준비하고 있던 그 행위를 낳았던 것이지. 그 남자의 돈을 빼앗아야 겠다는 생각은 헨리의 머릿속에는 결코 떠오르지 않았어. 그라는 금괴는 깨끗한 증기만을 쐬어왔으니까. 반면 조지라는 금괴는 기화된 수은에 내내 노출되어 왔던 것이거든.

지구에서 온 편지

창조주께서 왕좌에 앉아 생각에 잠겨 있었다. 그 뒤로는 휘황한 빛과 색으로 물든 천국이 끝없이 펼쳐져 있었다. 앞쪽은 암흑의 밤 같은 우주 공간이 벽처럼 막고 서 있었다. 까마득한 위쪽으로 창조주의 어마어마한 몸집이 불뚝불뚝 산처럼 솟아 있고 그 위로 천상의 머리가 동떨어진 태양처럼 이글거렸다. 발치에 거대한 세 인물―대천사들―이 있었지만, 머리가 창조주의 발목에 이를 뿐인 그들은 창조주에 비하면 거의 없는 것이나 다름없었다.

창조주가 생각을 끝마치고 이렇게 말했다. "내가 생각을 끝냈다. 보아라!"

그가 손을 치켜들자 끝에서 불이 분수처럼 뿜어져 나왔다. 각각 백만 개의 거대한 태양이 되어 암흑을 가르며 저 멀리, 멀리멀리 날아갔다. 빛과 크기가 점점 줄어들며 우주의 저 먼 변방까지 날아가 마침내 우주의 거대한 둥근 천정 아래에서 작은 다이아몬드처럼 반짝거렸다.

한 시간이 지나 대회의가 끝났다.

깊은 인상을 받아 생각이 많아진 대천사들이 창조주 앞에서 물러나, 그들끼리 편하게 대화를 나눌 수 있는 장소로 갔다. 셋 중 누구도 먼저 말을 꺼내기를 원하지 않았다. 다들 다른 누군가 그래 주기를 바랄 뿐. 엄청난 사건을 논의하고 싶어 몸이 달았지만 그 일을 다들 어떤 식으로 바라보는지 알기도 전에 괜히 나서고 싶지 않았다. 그래서 시답지 않은 대화가 막연하게 이어지다가 끊어지곤 했다. 별 소득도 없이 이런 식으로 대화가 지루하게 이어지다가 마침내 대천사 사탄이 용기를 내어ㅡ용기라면 그에겐 차고 넘쳤다ㅡ이렇게 입을 열었다. "우리가 무슨 이야기를 하려고 모였는지 경들도 다 아는 바이니, 괜한 딴청은 그만 피우고 시작해봅시다. 이것이 대회의의 의견이라면…"

"그러합니다, 그러해요!" 가브리엘와 미가엘이 고마운 마음으로 말을 끊었다.

"좋아요, 그럼 논의를 진행해봅시다. 우리는 방금 놀라운 일을 목격했지요. 그 점은 다들 동의할 수밖에 없을 겁니다. 그 가치는, 가치가 있다면 말입니다, 그건 우리가 개인적으로 상관할 바가 아니지요. 각자 의견이야 얼마든지 가질 수 있지만, 우리가 할 수 있는 건 거기까지입니다. 의결권이 없으니까요. 나로서야 우주는 지금 이대로도 훌륭하고 유용하다고도 보는데. 춥고 어둡고… 지나치게 은은한 기후와 힘겨운 천국의 광휘를 한 계절 지내고 난 뒤 이따금 가서 휴식을 취할 만한 곳이니까요. 뭐, 이런 사소한 문제는 전혀 중요하지 않고, 새로운 면모, 그 엄청난 면모가—그게 뭐라고 했죠, 여러분?"

"우주 공간을 가르며 달리고 순환하는 저 무수히 많은 태양과 세상을 지배할 **법**을, 어떤 관리도 받지 않고 알아서 움직이는 자율적인 **법**을 발명하여 새로 도입한다는 것이죠!"

"바로 그겁니다!" 사탄이 말했다. "정말 대단한 방안 아닙니까. 지금껏 그와 근사한 방안도 마스터 인텔렉트에서 나온 적이 없잖아요. 법이라니. **자동으로** 움직이는 법, 정확하고 변함없는 법, 영원히 지속하는 동안 지켜볼 필요도 없고 교정하거나 재조정할 필요도 없는 법이라니! 저 수많은 거대한 별들이 황량하게 펼쳐진 우주 공간에서 수많은 세월 동안 상상할 수 없는 속도로 엄청난 궤도를 그리며 움직여도 절대 충돌하는 법이 없을 것이고, 2천 년이 지나도 백분의 일 초라도 궤도가 길어지거나 짧아지는 법이 없을 거라고 하셨잖아요! **자동으로 움직이는 법**이라니, 이건 새로운 기적이자 가장 대단한 기적이에요! 그리고 이름도 붙이셨죠. '자연의 법'이라고. 그리고 자연법은 곧 '신의 법'이라 둘이 매한가지라고 하셨죠."

"맞아요." 미가엘이 말했다. "그리고 자연법—신의 법—을 당신의 전 영지에 확립하여 거기에 누구도 거스를 수 없는 최상의 권위를 부여하겠다고 하셨죠."

"또한 동물도 곧 창조해서 동물 역시 그 법의 지배를 받도록 하겠다고 하셨고요." 가브리엘이 말했다.

"그래요." 사탄이 말했다. "그런 식의 말씀은 들었는데 잘 이해가 되지 않았어요. 동물이 대체 **뭔가요**, 가브리엘?"

"아, 난들 어떻게 알겠어요? 우리가 어떻게 알겠어요? 처음 듣는 단어인데."

천상의 시간으로 3세기—지상의 시간으로 1억 년에 해당하는 시간—가 흘렀다. 전령 천사가 들어온다.

"나리, 창조주께서 동물을 만들고 계십니다. 가서 보지 않으시렵니까?"

대천사들은 당장 보러 나갔고, 그러자 당혹감을 감출 수 없었다.

너무 당혹스러운 표정이라 창조주도 그걸 알아차리고는 말했다. "질문하거라. 내 대답하리라."

"신이시여." 사탄이 허리 숙여 절을 하며 물었다. "저걸 뭐에 쓰시려는 겁니까?"

"도덕과 행동을 실험하기 위한 것이다. 잘 보고 배우도록 하라."

수천 마리였다. 한시도 가만히 있지 않았다. 다들 바삐 움직였는데, 주로 서로를 못살게 구느라 그랬다. 성능이 엄청난 망원경으로 그중 하나를 살펴본 뒤 사탄이 말했다. "저 커다란 짐승이 약한 짐승을 죽이고 있습니다."

"호랑이지, 그래. 그 본성의 법칙은 포악함이다. 그 본성의 법칙은 곧 신의 법칙이니, 거역할 수가 없다."

"그렇다면 그 본성을 따라도 죄를 짓는 건 아닌 겁니까?"

"그렇지, 전혀 허물이 없다."

"여기 이 다른 동물은 얼마나 겁이 많은지 맞서지도 못하고 그냥 죽임을 당합니다."

"토끼구나, 그래. 토끼는 담대함이 없다. 그것이 그 본성의 법칙, 신의 법칙이지. 그러니 따라야 하고."

"그렇다면 본성에 맞서 명예를 걸고 저항하라고 할 수 없는 겁니까?"

"그럴 수 없다. 어떤 피조물에게도 명예롭게 본성의 법칙에 맞서라고 요구할 수 없다. 신의 법칙이니까."

오랫동안 많은 질문을 던진 후 사탄이 이렇게 말했다. "거미는 파리를 죽여서 먹고, 그 거미를 새가 죽여서 먹습니다. 삵은 거위를 죽이고, 또… 그러니까 다들 서로를 죽이는군요. 도처에서 살육이 벌어집니다. 셀 수 없이 많은 피조물이 있는데, 다들 죽이고, 죽이고, 또 죽이니, 모두가 살육을 저지릅니다. 그런데 도 그들의 죄가 아닌 겁니까, 신이시여?"

"그들의 죄가 아니다. 본성의 법칙일 뿐이지. 그리고 본성의 법칙은 언제나 신의 법칙이다. 자, 이제 저걸 보아라! 새로운 피조물이자 나의 걸작인 **인간**이다!"

남녀노소가 무리를 이루어 수도 없이 쏟아져 나왔다.

"저들로 무엇을 하려는 겁니까, 신이시여?"

"서로 다른 음영과 정도 차이를 두어 각자에게 온갖 다양한 도덕적 자질을 한꺼번에 집어넣을 것이다. 말을 하지 못하는 동물 세계에는, 용기나 겁약함, 포악함이나 온화함, 공정함, 정의, 교활, 기만, 아량, 잔인함, 적의, 앙심, 욕정, 자비, 연민, 순결, 이기심, 다정함, 명예로움, 사랑, 증오, 천박함, 고상함, 충성심, 거짓됨, 진실함, 부정직함, 이렇게 각자 다른 특성을 하나씩만 넣었지만, 인간은 각자 이 모든 것을 다 지닐 것이고 그것이 인간의 본성을 이룰 것이다. 한 인간에게서 훌륭하고 고귀한 특성이 악한 특성을 깊이 눌러버리면 그는 선한 인간으로 불릴 것이다. 악한 특성이 지배적인 자리를 차지하는 인간은 악한 인간으로 불릴 테고. 자, 보아라, 다들 사라져버렸느니라!"

"다들 어디로 간 겁니까?"

"지구로 갔다. 다른 모든 동물과 함께."

"지구가 무엇입니까?"

"내가 좀 전에 만든 작은 구(球)다. 경도 봤겠지만, 내 손끝에서 워낙 많은 세상과 태양이 뿜어져 나와 미처 알아채지 못했겠지. 인간은 내가 하는 실험이고 다른 동물들도 또 다른 실험이다. 수고를 들일 만한 일이었는지는 시간이 지나면 알게 되겠지. 전시는 이걸로 끝이다. 경들은 물러가도 좋다."

며칠이 흘렀다.

천상에서의 하루는 천 년에 해당하므로 이는 우리 시간으로는 아주 긴 시간이었다.

사탄은 그동안 창조주의 재기 넘치는 과업을 찬양하는 발언을 여러 번 했는데, 행간을 읽자면 빈정거림이었다. 그런 식의 발언이야 믿을 수 있는 다른 친구인 대천사들에게만 은밀하게 했지만, 다른 낮은 급의 천사가 그 말을 엿듣고는 사령부에 고해바쳤다.

사탄은 하루―천상의 하루―동안의 추방이라는 벌을 받았다. 워낙 거리낌 없이 혀를 놀리는 위인이라 그런 벌을 받은 것이 한두 번이 아니었다. 예전에는 추방할 곳이 달리 없었으므로 우주 공간으로 내쫓겼고, 영원히 밤이 이어지고 북극의 냉기가 가득한 그곳에서 무료하게 내내 날갯짓을 하며 돌아다녀야 했다. 하지만 이젠 좀 더 나아가 지구로 내려가 인간의 실험이 어떻게 되어가는지 한번 봐야겠다는 생각이 들었다.

곧 그는 그곳의 일을 편지에 적어 미가엘과 가브리엘에게 아주 은밀하게 보냈다.

첫 번째 편지

이곳은 이상한 곳이네. 정말 해괴하고 흥미로운 곳이야. 우리가 사는 천상과 닮은 구석이라고는 하나도 없네. 인간은 제정신이 아니고, 다른 동물도 제정신이 아니고. 땅도 제정신이 아니고, 자연 자체가 제정신이 아니라네. 인간은 놀랍도록 신기한 존재네. 아주 아주 훌륭할 때는 니켈로 도금한 저급 천사 같아. 최악일 때는 차마 형언할 수도, 상상할 수도 없고. 시종일관, 내내, 조롱거리에 불과해. 그런데도 태연하게, 진심을 담아 자신들을 '가장 고귀한 신의 작품'이라고 부른다네. 정말 진실 그대로를 전하는 걸세. 게다가 그들에게는 그것이 새삼스러운 것도 아니라 동서고금을 막론하고 다들 그런 말들을 하고 또 믿어왔다네. 그런 걸 믿었고, 인간 중에서 그걸 비웃는 자는 찾을 수가 없다네.

기막힌 일을 하나 더 들려주자면, 자신들이 창조주의 총애를 받는다는 그런 생각까지 한다네. 창조주가 자신들을 자랑스러워한다나. 자신들을 향한 사랑과 열정이 넘치고 감격에 겨워

잠을 설친다고 믿는다니까. 그래, 자기들이 어려움에 빠지지 않도록 내내 지켜본다고 말이지. 신에게 기도하면서 신이 그 기도를 듣는다고 생각한다네. 참 희귀한 생각 아닌가? 기도 속에 신의 비위를 맞추는 노골적이고 조야한 미사여구를 잔뜩 동원하고, 신께서 그런 과장된 표현을 듣고 기분이 좋아지고 흡족해할 거로 생각한다네. 도와달라고, 은혜를 내려달라고, 지켜달라고 매일 기도하는데, 응답을 받은 적도 없으면서 희망과 확신을 품고 기도를 하지. 매일 상처를 받고 매일 이루어지는 일이 없는데 낙담하지 않고 변함없이 계속 기도한다네. 그 정도 끈기라면 뭔가 바람직한 점도 있지 않을까 싶기도 해. 여기서 기막힌 일을 하나 덧붙여야겠네. 인간들은 자신들이 천상에 갈 거로 생각한다네!

그런 말을 해달라며 돈을 주고 선생을 고용한다네. 불이 꺼지지 않고 활활 타는 지옥이라는 곳이 있다고도 하면서, 십계명을 지키지 않으면 지옥에 간다고 해. 십계명이 뭐냐고? 정말 신기하기 짝이 없는 것이지. 그 이야기는 곧 해주도록 함세.

두 번째 편지

"인간과 관련하여 내가 하는 말 가운데 진실이 아닌 것은 하나도 없네." 앞으로 편지를 쓰면서 이 말을 반복하더라도 이해해주게. 내가 들려주는 이야기를 자네들이 진지하게 받아들여줬으면 하는 마음인데, 사실 내가 자네들 입장이고 자네들이 내 입장이라면 나라도 도저히 믿을 수 없을 것 같아 그런 말로 이따금 확실히 하고 싶은 거라네.

인간과 관련된 것 중에 우리 불멸의 존재에게 기이하게 여겨지지 않는 것이 하나도 없기 때문이라네. 그 무엇도 우리가 하는 식으로 바라보지 않고, 균형 감각도 우리와는 상당히 다르고, 가치관도 얼마나 우리와 동떨어지는지 우리처럼 풍부한 지력을 지닌 존재도, 우리 가운데 가장 재능이 뛰어난 존재도 도대체 이해하기가 힘들 거네.

간단한 예를 한번 들어봄세. 인간은 자신들의 상상으로 천상이라는 곳을 만들어내고는, 자신들에게 가장 최고의 기쁨을 주는 것, 모든 인간이—우리에게도 마찬가지지만—마음속으로 가장 최고의 희열로 여기는 것을 거기서 빼버렸다네. 바로 성교 말일세!

그건 마치 지글지글 끓는 사막에서 길을 잃고 죽어가는 사람을 구조대가 발견한 후 그에게 말하기를 그가 오랫동안 염원했던 것은 모두 다 가질 수 있지만 단 하나, 물은 가질 수 없다고 하는 것과 다를 바 없지 않은가!

인간의 천상은 인간과 매한가지라네. 기이하고 흥미롭고 놀랍고 해괴하지. 내가 장담하는데, 천상에는 인간이 실제로 귀중하게 여기는 면모는 단 하나도 들어있지 않다네. 전부, 완전히, 이곳 지상에서 하잘것없이 다뤄지는 것들만 가득 들어차 있는데, 천상에 가면 그런 것들을 좋아할 거라고 확신한단 말이지. 정말 신기하지 않나? 내가 과장한다고 생각할 수 있겠지만 절대 그렇지 않네. 이제 상세하게 설명하도록 하지.

인간들은 대부분 노래를 잘 안 부르고 부를 줄도 모른다네. 남들이 두 시간 이상 계속해서 노래하면 자리를 지키고 앉아 있지도 못해. 이 점을 잘 기억해두게.

악기를 다룰 수 있는 인간은 대략 백 명 중 두 명쯤 될 것이고, 악기를 배우고 싶어하는 사람도 백 명 중 네 명이 안 될 걸세. 이것도 잘 적어두게.

기도하는 인간은 많지만 좋아서 하는 인간은 그리 많지 않네. 오래 기도하는 인간은 손꼽을 정도이고 대부분은 짧게 끝내지.

교회에 나가는 사람들이 다 원해서 가는 건 아니라네.

쉰 명 가운데 마흔아홉 명에게 안식일은 지독히도, 지독히도 따분한 날이네.

일요일에 교회에 앉아 있는 인간들 가운데 3분의 2는 예배가 반도 지나지 않아 벌써 피곤해하고, 나머지도 예배가 끝나기 전에 다 피곤해한다네.

그들에게 가장 기쁜 순간은 목사가 손을 들어 축도할 때라네.[1] 그러면 다들 안도하며 가만히 바스락대는 소리가 건물 전체에서 일고 거기 감사의 마음이 가득 담겨 있다는 걸 알 수 있지.

모든 민족이 다른 민족을 업신여긴다네.

모든 민족이 다른 민족을 싫어한다네.

모든 백인 민족은 무슨 색이 되었건 다른 유색 민족을 경멸하고, 할 수 있을 때마다 그들을 억압한다네.

백인은 '검둥이'와 상종을 하지 않고, 결혼도 하지 않는다네.

자기네 학교와 교회에 발도 못 들이게 하지.

온 세상이 유대인을 증오하고, 부자 유대인이 아니라면 견디질 못한다네.

지금까지 말한 내용을 잘 명심하기 바라네.

이것만이 아니야. 정신이 제대로인 인간들은 모두 소음을 지독히 싫어한다네.

정신이 제대로이건 아니건, 모든 인간은 살면서 다양한 일을 경험하기를 원한다네. 단조로우면 금방 지겨워하지.

각자 자기 몫으로 타고난 정신 능력에 따라 모든 인간은 언제나, 끊임없이 지력을 행사하고, 그것이 각자의 삶의 커다란

---

[1] 축도(benediction)는 예배의 맨 마지막 순서다.

부분, 귀중하고 본질적인 부분을 이룬다네. 낮은 지력을 지닌 인간도 고도의 지력을 지닌 인간과 마찬가지로 자신의 지력을 시험하고 증명하고 완성하는 일을 커다란 낙으로 삼지. 또래 중에서 게임을 더 잘하는 꼬마는 조각가나 화가, 피아니스트, 수학자 등등과 마찬가지로 열성적이고 부지런하다네. 그 재능을 행사할 수 없으면 누구도 행복할 수가 없다네.

자, 지금까지 인간에 관한 사실을 알려주었네. 자네들은 이제 인간이 무엇을 즐겨 하고 무엇은 즐겨 하지 않는지 알겠지. 인간은 혼자서 자기 머릿속에서 천상이라는 것을 만들어냈다네. 자, 그게 어떤 것인지 한번 맞혀보라고! 영겁이 천오백 번 지나도 못 맞출 걸세. 오천만 억겁의 시간 속에서, 자네들과 내가 아는 가장 머리가 좋은 존재도 맞히지 못할 걸세. 그러니, 내가 알려주도록 하지.

1. 일단, 내가 처음에 언급했던 기이한 사실을 다시 떠올려주었으면 하네. 그러니까 불멸의 존재와 마찬가지로 인간도 당연히 성교를 어떤 다른 기쁨보다 우위에 놓는다는 사실 말이네. 그러면서도 천상에서는 그걸 완전히 없애버렸다는 사실! 인간은 성교를 머릿속에 떠올리기만 해도 몸이 달아오른다네. 실제 기회가 생기면 아예 정신이 나가버리지. 이런 상태에 빠지면, 그 기회를 이용해 압도적인 절정에 이르기 위해서 목숨이든, 명성이든, 그 무엇이라도—자신들의 기이한 천상까지도—다 내

놓을 거네. 젊은이부터 중년까지 남녀를 가리지 않고 성교를 다른 어떤 쾌락을 다 합친 것보다 높이 치면서, 정말 내가 말한 바 대로라네. 그러니까 천상에서는 그것이 완전히 사라져 기도가 그 자리를 대신한다는 거지.

그들은 그것을 그렇게 높이 친다네. 그러면서도 그 행위는 다른 소위 '은혜'와 마찬가지로 참으로 볼품이 없어. 가장 오래 가는 최고의 경우조차 상상할 수 없을 정도로 짧다네. 그러니까 불멸의 존재가 상상할 수 없을 정도로. 반복하는 문제에서도 참으로 제한적이어서—아, 불멸의 존재로서는 이해하기가 힘들지. 중단하지도 않고, 최고의 황홀경을 그대로 유지한 채로 그 행위를 수 세기 동안 이어갈 수 있는 우리로서는 절대 이해할 수가 없지. 우리처럼 그 선물을 풍부히 가지고 있다면 다른 소유물은 전부 하찮아져서 굳이 돈을 지불할 가치도 없을 텐데, 그 점에서 인간들은 얼마나 빈곤한지 제대로 연민을 보일 수도 없을 정도네.

2. 인간의 천상에서는 **모두가** 노래를 부른다네! 지상에서는 노래를 전혀 부르지 않던 사람도 천상에서는 노래를 부르고, 지상에서 노래를 못했던 사람도 천상에서는 할 수가 있다는 거야. 게다가 다 같이 노래 부르는 그 일을, 어쩌다가 생각날 때, 중간 중간 쉬어가며 하는 게 아니라 종일, 매일매일, 24시간 내내 한다네. 그런데 **다들** 자리를 지키는 거야. 지상에서라면 두 시간만

지나면 그곳이 텅텅 빌 텐데 말이지. 노래는 찬송가뿐이라네. 아니, **딱 하나의** 찬송이지. 음보도 여남은 개밖에 안 되는 노래인데 가사도 늘 똑같고 운율도 없고 시적인 표현도 없다네. "호산나, 호산나, 호산나, 만군의 주, 하나님, 라! 라! 라! 쉬! 붐! … 아!"

3. 그러는 사이 모두가 하프—수백만 대의!—를 연주하는데, 지상에서는 하프를 연주할 줄 알거나 연주하고 싶은 마음을 가지는 사람이 천 명 중 스무 명도 되지 않을 거네.

귀가 먹먹할 정도로 요란한, 폭풍우가 몰아치는 듯한 그 소리를 생각해보게. 수백만 군중이 동시에 째지게 목청을 높이고 수백만 하프가 동시에 이를 가는 듯한 그 소리를! 끔찍하지 않나? 역겹고 소름 끼치지 않나?

그것만이 아니야. 그걸 **찬양 예배**라고 한다네! 찬사를 보내고 알랑거리고 입에 발린 칭찬을 늘어놓는 예배 말이네. 이렇게 괴상한 찬사를, 이 말도 안 되는 찬사를 기꺼이 참아주는 존재가 누군지 아나? 단지 참아줄 뿐 아니라 그걸 좋아하고 즐기고 요구하고 **명령한다는** 존재가 누군지 아나? 기대하시라!

바로 신이라네! 그러니까 인간의 신 말이지. 그 신이 스물네 명의 장로, 그리고 자기 궁정에 속한 다른 고관대작을 주위에 거느리고 왕좌에 앉아 한없이 밀려드는 소란스러운 숭배자들을 내려다보며 흐뭇하게 미소를 짓고 기분 좋은 신음을 내뱉고 사방을 향해 고개를 주억거린다는 것이네. 온 우주를 통틀어 지금껏 전혀 상상해본 적 없는 천진하고 진기한 광경이 아닌가.

천상을 처음 창안한 자가 그것을 독창적으로 생각해낸 것이 아니라 동양 후미진 구석의 왕조의 허례허식에서 베껴 왔다는 건 쉽게 알아차릴 수 있지.

제정신일 때 백인들은 모두 소음을 끔찍이 싫어한다네. 그런데도 아주 평온하게, 별 생각 없이, 따져보지도 않고, 살펴보지도 않고 이런 식의 천상을 받아들이고, 사실 그걸 원하기도 한다는 거야!

백발이 성성한 아주 독실한 남자들이 이승의 근심을 다 내려놓고 그 즐거운 곳으로 들어갈 행복한 날을 꿈꾸며 시간 대부분을 보낸다네. 그렇게 엄청난 변화를 앞두고도 아무런 실질적인 준비를 하지 않는 것만 봐도 그들에게도 그곳이 너무 비현실적이라 실제 사실로 여겨지지 않는다는 걸 알 수 있지. 누구도 하프를 연주한다든지 노래 부르는 걸 본 적이 없으니 말이야.

이미 보았듯이 이 독특한 행사는 찬양 예배라네. 찬송으로 찬양하고 엎드려 찬양하는 것이지. 그걸 하려면 '교회'라는 곳이 필요하다네. 자, 지상에서 이들은 교회를 오래 견디지 못한다네. 1시간 25분이 한계이고, 일주일에 한 번 이상은 안 된다고 선을 긋지. 그러니까 일요일 말이네. 이레 중에서 하루. 그러고도 그날을 딱히 고대하지도 않아. 그런데, 그들의 천상이 그들을 위해 무엇을 마련해놓았는지 보게나. 영원히 지속하는 '교회'와 한없이 이어지는 안식일이라네! 지상에서는 일주일에 한 번뿐인 짧은 안식일도 금세 지겨워하면서 영원한 안식일을 갈망한다는 것이지. 그런 꿈을 꾸고, 그런 이야기를 나누고, 자기들이 그것을 즐길 거라고 **생각**한다네. 단순무지하게 그곳에서 행복할 거라고 생각하는 거지!

사실 그것은 그들이 생각이라는 걸 전혀 하지 않기 때문이네. 생각한다고 생각할 뿐이지. 그와 달리 그들은 생각이란 걸 할 수가 없어. 생각할 거리를 가진 인간은 만 명 가운데 두 명도 되지 않는다네. 그리고 상상력은―아, 그들이 만든 천상을 보라고! 그런 걸 받아들이고 인정하고 찬미하기까지 하잖나. 그들의 지적 수준이 어떠한지 알 수 있겠지.

4. 그 천상의 창안자는 지상의 모든 민족을 하나로 뭉뚱그려 그 안에 쏟아 넣었다네. 모두가 절대적으로 동등해서 누구도 다른 이의 등급을 매길 수 없지. 다들 '형제'가 되어야 하고, 모두 뒤섞여서 함께 기도하고 함께 하프를 연주하고 함께 호산나를 외친다는 거야. 백인이든 흑인이든 유대인이든 누구도 구별하지 않는다는 거지. 이곳 지상에서는 모든 민족이 서로를 증오하고 모든 민족이 하나같이 유대인을 증오한다네. 그런데 독실한 신자들이 그런 천상을 우러르며 그곳에 들어가기를 원하는 거야. 정말로 원한다네. 그리고 종교적인 열정에 휩싸일 때는, 그

곳에 들어가기만 하면 모든 인류를 가슴으로 받아들여, 끌어안고, 끌어안고, 또 끌어안으리라고 생각한다네!

정말 경이롭지 않나. 인간이란 말일세! 누가 인간을 창조했는지 알았으면 좋겠어.

5. 지상의 모든 인간은 크든 작든 얼마간의 지력을 지니고 있네. 크든 작든 그것에 자부심이 있지. 또한 같은 종족의 대단히 지적인 어떤 인물 이름만 들어도 가슴이 벅차오르고 그들의 뛰어난 업적을 즐겨 듣는다네. 동포인 그들의 업적을 칭송하면 자신들도 그 칭송을 받는 셈이라나. 오, 인간의 정신이 어떤 일을 이룰 수 있는지 보라! 그렇게 외치며 모든 시대의 걸출한 위인들을 하나하나 다 거론한다네. 세상에 나온 불멸의 문학작품과 놀라운 기계 발명품을 가리키며 과학과 예술에 영예로운 옷을 입힌다네. 왕에게 하듯이 그 앞에서 머리를 조아리고, 깊은 경의를, 기쁨에 도취한 마음으로 보일 수 있는 가장 진실한 경의를 표한다네. 그런 식으로 세상 그 무엇보다 지력을 떠받들면서 그것을 하늘 꼭대기에, 그 무엇도 범접하지 못할 높은 왕좌에 모신다네. 그러면서 어디를 봐도 지력은 요만큼도 찾아볼 수 없는 천상을 고안해냈다니까!

참으로 괴상하고, 희한하고, 당최 모를 일 아닌가? 도무지 믿기 힘들겠지만 내가 말한 그대로라네. 지상에서 지력을 진심으로 받들고 대단한 지력을 발휘한 위인에게 아낌없이 보상하는 자들이, 지력에 조금의 찬사도 보내지 않고, 그 특별함을 인정하지 않고, 후한 선물도 던져주지 않는 그런 종교와 그런 천상을 만들어낸 거라네. 실은 거기선 지력을 입에 올리지도 않는다네.

지금쯤이면 인간의 천상이 어떤 확고한 절대적 계획에 기초하여 고안되고 구성되었다는 것을 자네들도 눈치챘겠지. 그리고 그 계획이란 구체적인 세부 사항에 이르기까지 상상할 수 있는 혐오스러운 것은 몽땅 집어넣고 좋아하는 것은 단 하나도 집어넣지 않는다는 계획이라는 사실도 말일세.

그래, 더 알아보면 알아볼수록 이 희한한 사실은 점점 더 분명해질 걸세.

다음의 말을 잘 기억해두게. 인간의 천상에는 지력을 발휘할 일이 전혀 없고, 지력을 행사할 대상도 전혀 없다네. 그러니 지력은 그곳에서 일 년만 지내면 썩어버리겠지. 썩어서 악취를 풍기겠지. 썩어서 악취를 풍기면, 그런 단계가 되면 성스러운 존재가 되네. 축복받은 존재. 오직 성스러운 존재만이 그 난장판의 환희를 견딜 수 있기 때문이지.

세 번째 편지

인간이 참 희한한 존재라는 걸 이제 자네들도 알아차렸으리라 보네. 그들이 가진 종교가 과거에도 수백 가지나 되었고(그리고 다 닳아 던져버렸다) 지금도 수백 가지가 있고, 매년 적어도 세 개의 새로운 종교를 만들어낸다네. 그 수를 더 크게 잡아도 사실에서 벗어나지 않을 거야.

주요 종교 가운데 하나는 기독교라고 부르네. 간단하게만 그려 보여도 자네들로서는 아주 흥미로울 거야. 그 종교에 대해서는 구약과 신약이라고 하는, 200만 개가량의 단어로 이루어진 책에 상세히 설명되어 있네. 그 책에는 다른 이름도 있는데, '신의 말씀'이라고 하지. 기독교인들은 그 책의 한마디 한마디가 모두 신이 직접 하신 말씀이라고 생각하기 때문이야. 내가 지금까지 얘기한 그 신 말일세.

어딜 보나 정말 흥미로워. 고상한 시도 좀 들어 있고, 재치 있는 우화도 있고, 피비린내 나는 역사도 있다네. 괜찮은 도덕적 교훈도 있지만 음란함이 잔뜩 있고, 거짓말도 천 개는 넘을 걸세.

이 성서의 내용은 대체로 예전에 제 수명을 다하고 바스러져버린 오래된 성서의 파편에서 나온 것이라네. 그러니 그렇게 독창성이 떨어지는 것도 어쩔 수 없지. 아주 압도적이고 인상적인 사건 서너 가지는 모두 그전의 성서에서 가져온 것이라네. 최상의 계율과 행동규칙 역시 그 성서에서 따왔지. 새로운 것이라고는 두 가지 정도뿐인데, 그 하나가 지옥이고 다른 하나가 바로 내가 앞서 들려준 그 특이한 천상이라네.

우리가 뭘 어쩌겠는가? 우리가 인간들 편을 들며 그들의 신이 이런 잔혹한 것을 발명했다고 믿으면 그건 그 신을 중상모략하는 일일 테고, 인간들이 멋대로 만들어낸 거라고 하면 그들을 중상모략하는 일이 될 테니 말일세. 양편 모두 **우리에게** 아무런 해를 입힌 적이 없으니, 어느 쪽이 되었건 불쾌한 곤경이지.

하지만 마음의 평온을 위해 한쪽 편을 들어보도록 함세. 인간들과 힘을 합쳐 모든 불경한 짐—천상과 지옥과 성서를 포함한 그 모두—을 **그에게** 들씌워보도록 하지. 옳지 못한 일이고 뭔가 정당하지 않다는 찝찝함은 있어. 하지만 천상을 생각해보면, 인간이 지독히 싫어하는 모든 것들로 잔뜩 들어차 있는 그 천상을 생각해보면, 인간 자신이 그것을 만들어냈다고 어떻게 믿을 수가 있겠나? 내가 지옥 이야기까지 하게 되면, 그건 더 큰 오명이 될 거라서 필시 자네들은 이렇게 말할 걸세. 아니, 인간이 그런 장소를 일부러 만들었을 리가 없지. 자기들이 갈 곳으로든 다른 누가 갈 곳으로든 말이야. 그냥 그런 일은 있을 수가 없어.

그 무고한 성서는 창조의 이야기를 들려준다네. 창조하다니

뭘? 우주를? 그래, 맞아, 우주를. 그것도 엿새 만에!

그 일을 한 것은 신이라네. 우주라고 부르진 않았어. 우주는 현대에나 생긴 이름이니까. 신의 관심은 오로지 이 세계에 집중되어 있다네. 이 세상을 만드는 데 닷새가 걸렸지. 그다음에는? 단 하루 만에 2천만 개 태양과 8천만 개 행성을 만들어냈다네!

그런 건 왜 필요하냐고? 이들의 방안에 따르면 무슨 필요가 있느냐는 말이지? 이 자그마한 장난감 세상에 빛을 비춰주기 위해서라네. 그것이 신의 유일한 목적이야. 다른 목적이라고는 없어. 2천만 태양 가운데 하나(가장 작은 것)가 낮에 그것을 비추고 나머지 태양들은 우주의 무수한 달 가운데 하나가 그 밤의 어둠을 적절하게 조절하는 일을 돕는다는 거지.

첫날 만든 태양이 지평선 아래로 떨어진 순간 자신이 막 만들어낸 하늘에서 다이아몬드가 박힌 듯 수백만 별이 반짝거리리라는 것을 신 자신은 틀림없이 믿었겠지. 그런데도 실제로는 그 인상적인 한 주의 임무가 완수된 뒤 3년 반이 지나도록 그 시커먼 창공에 단 하나의 별도 반짝이지 않았다네. 그때가 되어서야 별 하나가 달랑 혼자 나타나서 반짝이기 시작했지. 3년 뒤 또 하나가 나타났고, 둘이 힘을 합쳐 4년 이상을 반짝이고 나서야 세 번째 별이 나타났다네. 그래서 백 년이 흐른 뒤에도 넓고 암울한 불모의 창공에서 반짝이는 별은 스무 개도 되지 않다네. 천 년이 지나도 내세울 만한 별은 없었어. 백만 년이 지나서야 현재의 반 정도에 이르는 별이 저 멀리 변방에서부터 빛을 비출 수 있게 되었고, 천박한 표현을 한번 써보자면 나머지 패들이 따라서 나타나기까지는 백만 년이 더 걸렸다지. 당시에는 망원경이 없었으므로 그 별의 등장은 관측하지 못했다네.

기독교를 믿는 천문학자가 자신의 신이 그 대단한 엿새의 기간에 별을 만들어내지 않았다는 사실을 알게 된 건 이미 300년 전이었네. 하지만 그 상세한 내용을 알리지 않았고, 성직자도 마찬가지였지.

신은 자기 책에서 본인이 한 대단한 일에 대한 찬사를 늘어놓고, 자신이 아는 가장 과장된 표현을 동원하는데, 그걸 보면 신은 마땅하게도 규모가 큰 것을 대단히 찬미한다는 걸 알 수 있다네. 그런데도 이 쪼그마한 행성을 비추는 작은 태양이 어마어마한 수백만 태양들을 춤추며 보좌하는 게 아니라 수백만 태양들이 이 쪼그마한 행성을 비추도록 했다네. 신은 성서에서 대각성[2]을 언급하는데―대각성 기억하지? 언젠가 함께 간 적이 있잖나. 그것이 밤에 지구를 비추는 별의 하나라는 거야! 지구의 태양보다 오만 배는 더 커서, 비유하자면 마치 멜론과 대성당 같을 그 거대한 별을 말이지.

그런데도 주일학교에서는 여전히 아이들에게 대각성이 지

---

2 Arcuturus. 목동자리의 가장 큰 별.

구를 비추기 위해 창조되었다고 가르치고 아이들은 성인이 된 후에도 여전히 그렇게 믿다가 한참 뒤에야 그것은 개연성이 너무 떨어진다는 사실을 깨닫게 된다네.

성서와 그 추종자들에 따르면 우주는 고작 6천 년밖에 안 되었다고 하네. 학구적이고 탐구심 많은 사람들이 지구 나이가 1억 년은 되었다는 사실을 알아낸 것이 겨우 백 년 정도밖에 되지 않았지.

신이 엿새 동안 인간과 다른 동물을 창조했다는군.

신은 남자와 여자를 하나씩 창조하여 그 둘을 다른 동물과 함께 근사한 정원에 놓았다네. 싱싱한 젊음으로 가득한 그들은 한동안은 만족하면서 조화롭게 살았다네. 그러다 문제가 생겼지. 신은 두 사람에게 어떤 특정한 나무의 열매를 먹어서는 안 된다고 경고를 했더랬지. 그러면서 아주 기이한 말을 덧붙였다네. 그 과일을 먹으면 틀림없이 죽게 될 거라고 했다는 거야. 지금까지 인간은 견본이 될 만한 죽음을 본 적이 없어 죽음이 뭔지 알 리가 없는데, 참 이상한 말 아닌가. 그 신도 그렇고 다른 어떤 신도 견본이 없이는 그 무지한 어린 존재에게 죽음의 의미를 이해시킬 수 없으니 말일세. 그냥 말로 설명해봐야, 태어난 지 며칠밖에 안 된 아기나 마찬가지로 그들에게는 그 말이 아무 의미가 없을 테니 말일세.

곧 뱀 한 마리가 몰래 두 사람에게 접근했다네. 곧추 선 채로 걸어갔다는데, 당시에는 뱀이 그랬던 모양이야. 뱀이 말하기를 금단의 열매를 먹으면 텅 빈 그들의 정신에 앎이 가득 들어찰 거라고 했네. 그래서 그들은 열매를 먹었지. 인간이란 앎을 열렬히 원하는 존재이니 당연한 일이지. 반면 신의 모방자이자 대리인인 성직자들은 신과 마찬가지로 애초부터 인간이 어떤 유용한 앎도 얻지 **못하도록** 하는 것을 자신들의 업으로 삼았지.

아담과 이브는 금단의 열매를 먹었고, 그러자 곧장 그들의 어둑한 머릿속에 위대한 빛 한 가닥이 비추었다네. 앎을 얻게 된 것이지. 어떤 앎? 쓸모 있는 앎이었을까? 아니, 그저 선한 것도 악한 것도 존재하지 않는다는 사실을 알고 어떻게 악한 일을 하는지 알게 된 것이지. 전에는 할 수 없던 일이거든. 그래서 그때까지 두 사람의 행동에 오점 하나 없고 비난할 여지도 없고 범죄 행위도 없었던 거네.

하지만 이제 두 사람은 악한 일을 할 수 있고, 그로 인해 고통받을 수 있게 되었네. 이제, 교회가 소중한 자산이라고 지칭하는 도덕 관념을 얻게 된 것이지. 도덕 관념 덕에 인간이 짐승과 다르고 짐승보다 높은 존재라고 하네. 짐승보다 낮은 존재여야 할 것 같은데 말이지. 사실 인간은 늘 마음이 더럽고 죄가 있지만, 그에 비해 짐승은 늘 마음이 깨끗하고 죄가 없으니 인간에게 적합한 자리는 짐승 아래가 아닌가. 그건 마치 시간이 틀릴 리 없는 시계보다 시간이 틀릴 수밖에 없는 시계를 더 높이

치는 식이지.

교회는 지금도 여전히 도덕 관념이 인간의 가장 고결한 자산이라고 치켜세운다네. 사실 신은 확실히 그것을 낮게 평가했고, 자신의 행복한 자식들이 그것을 얻지 못하도록 어설프게나마 할 수 있는 일을 다 했다는 사실을 교회도 잘 알면서 말이지.

자, 아담과 이브는 이제 악이 무엇인지, 어떻게 하면 악을 행하는지 알게 되었다네. 별별 나쁜 일을 할 수 있다는 걸 알게 되었는데, 그 가운데 가장 주된 것이 있었다네. 신이 주로 마음에 두었던 것이지. 바로 성의 신비와 성교의 기술이라네. 인간에게 그것은 정말 대단한 발견이었고, 이제 두 사람은 빈둥거리는 일을 그만두고 오롯이 그 일에 몰두했지. 기쁨으로 의기양양해진 가련한 젊은것들!

잔뜩 신나서 그 일을 하던 두 사람은 오후에 산책하는 습관이 있는 신이 덤불 속으로 걸어 들어오는 소리를 듣고 겁에 질렸다네. 왜냐고? 벌거벗고 있었기 때문이지. 예전에는 그런 걸 몰랐고, 괘념치도 않았다네. 신도 마찬가지였고.

그 기념비적인 순간에 음란함이 탄생한 거네. 그 이후로 그것을 소중히 여긴 사람들이 좀 있었지. 이유를 물으면 그들 자신도 설명할 수 없어 당혹스러워하겠지만.

아담과 이브는 처음 이 세상에 나왔을 때 발가벗고 있었고 그걸 부끄러워하지 않았다네. 발가벗은 순수한 마음이었지. 그리고 그 후손들도 모두 그런 식으로 세상에 나왔다네. 발가벗었지만 부끄러움을 모르는, 깨끗한 마음으로 말이지. 이 세상에 나올 때는 점잖았다네. 음란함과 더럽혀진 마음은 이후에 얻은 거라네. 기독교 신자인 어머니가 맨 처음 해야 할 임무는 아이의 마음을 더럽히는 일이고, 그 일을 등한시하는 법은 없거든. 자기 자식이 자라서 선교사가 되어, 순결한 미개인과 문명화된 일본인을 찾아가 그들의 마음을 더럽혀야 하거든. 그러면 그들은 음란함을 알게 되어 몸을 가리고, 남녀노소 함께 목욕하던 일도 그만두게 되지.

점잖음이라는 잘못된 이름의 관습은 기준이라는 게 없고, 사실 있을 수도 없네. 자연과 이성에 반하는 것이라 작위적일 뿐이고, 아무나 기분 내키는 대로고 누군가의 병든 변덕에 좌우될 수밖에 없기 때문이지. 그래서 인도에서는 세련된 귀부인이 얼굴은 가리면서 가슴과 다리 전부를 드러내고 다니고, 반면 유럽의 세련된 귀부인은 다리는 다 가리고 얼굴과 가슴을 드러내고 다니는 거라네. 순진한 미개인들이 사는 지역에서는 성인도 다 벗고 다니니까, 유럽의 세련된 귀부인도 그곳에 가면 그런 모습에 익숙해져서 그걸로 기분이 상하는 일은 없는 거지. 18세기에 아주 교양 있는 프랑스의 어떤 백작과 백작 부인—서로 아무 관계 없는 사이였다네—이 난파를 당해 무인도에서 고립무원의 처지에 놓였는데, 처음엔 잠옷을 입고 있었지만 곧 알몸으로 지내게 되었다지. 일주일 동안은 부끄러워했지. 하지만 이후 서로 알몸으로 지내는 일이 신경이 쓰이지 않게 되었고, 곧 아예 의식하지도 않게 되었다는군.

자네들은 옷을 입은 인간을 한 번도 본 적이 없겠군. 아, 아쉬워할 건 전혀 없네.

성서의 신기한 이야기로 다시 돌아가보도록 하지. 당연히 자네들은 신이 자신의 명령을 어긴 아담과 이브를 벌주겠다고 말은 했지만 그런 일이 실행될 리는 없다고 생각하겠지. 인간이 스스로 자신을 창조하지 않았고, 따라서 자기 본성이나 충동이나 약점을 스스로 만들어낸 것이 아니니까, 누군가의 명령을 제대로 따르지 않았다고 해서 그런 행동에 대해 다른 누군가에게 책임을 질 필요는 없을 테니까. 그런데 사실 그 벌이 실행되었으니 자네들도 놀라지 않을 수 없을 걸세. 아담과 이브는 추방되었고, 그것을 옹호하는 사람들은 지금까지도 있다네. 죽음이라는 선고도 이행되었지.

자네들도 알아차렸겠지만, 그 두 사람의 잘못에 유일하게 책임을 져야 할 그 존재는 책임을 모면했다네. 책임을 모면한 정도가 아니라 결백한 두 사람의 사형집행인이 되었지.

자네들과 내가 사는 곳에서야 이런 종류의 도덕은 당연히 조롱거리가 되고도 남겠지. 하지만 여기서는 그런 일은 무정한 처사로 여겨진다네. 많은 인간이 추론 능력을 지니고 있지만,

종교 문제에서 그것을 쓰는 사람은 하나도 없다네.

자고로 성현이라면 아이를 낳으면 따뜻하게 보살피고, 옷을 입히고, 밥을 먹이고, 버릇없는 것도 좀 참아주고, 인도적으로 그 애가 잘 되길 바라는 마음에서가 아니라면 손찌검을 하지 않고, 어떤 경우라도 악의적인 잔인함으로 그런 짓을 하는 일은 절대 하지 않는 것이 부모의 도덕적 책임이라고 말할 걸세. 그런데 신이 매일 밤낮 지상의 자식을 대하는 태도는 그와는 정반대였네. 그런데도 바로 그 성현들이 그런 범죄 행위를 열성적으로 정당화하고, 묵인하고, 핑계를 대고, 신이 하면 그것이 전혀 범죄 행위가 아니라고 열을 올리며 주장한다네. 자네들과 나의 나라도 꽤 흥미로운 곳이긴 하지만, 거기엔 흥미로움 면에서 인간 정신의 반도 따라갈 것이 없어.

자, 신이 아담과 이브를 동산에서 쫓아냈고, 궁극적으로는 살해하기까지 했네. 자기 명령을 거역했다는 이유인데, 사실 그에겐 그런 명령을 내릴 권리도 없었어. 하지만 앞으로 보다시피 거기서 끝이 아니라네. 그들의 신에게는 자신에게 적용되는 도덕과 자기 자식들에게 적용되는 도덕이 따로 있었다네. 자식들에게는 자신에게 해를 입힌 자라도 정당하게—그리고 살살—다루고, 일흔일곱 번은 용서하라고 한다네. 그런데 정작 자신은 정당하게 다루지도, 살살 다루지도 않았고, 무지하고 몰지각한 최초의 이 어린것들이 처음으로 사소한 잘못을 했을 때, 이번엔 그냥 넘어가겠다, 너희에게 한 번 더 기회를 주겠다, 이렇게 말하며 용서하지도 않은 거지.

전혀 아니었다네! 그는 **그 둘의** 자손들을 대대로 영원히 벌하는 길을 택한 거네. 자신들이 태어나기도 전에 조상이 저지른 아주 하찮은 잘못에 대해서 말이지. 아직도 벌은 계속되고 있다네. 가벼운 벌이냐고? 아니, 아주 잔혹하다네.

자네들로서는 이런 식의 '존재'가 한없는 찬사를 받을 리가 없다고 생각하겠지. 그릇된 생각이네. 세상 전체가 그를 한없이 공정하고 한없이 의로우며 한없이 선하고 한없이 자비로우며, 한없이 용서하시고 한없이 진실하시며 사랑이 넘치시는 모든 도덕의 근원이라고 부른다네. 이런 식으로 빈정대는 말이 매일매일 온 세상에서 울린다네. 의식적으로 빈정대는 건 아니지. 아니, 그들이야 아주 진지하다네. 웃음기라고는 없이 그런 말을 하니까.

네 번째 편지

그렇게 최초의 남녀는 저주—영원한 저주—를 받고 에덴동산을 나왔다네. '타락' 이전에 가졌던 모든 기쁨을 잃었지. 그래도 그들은 나머지 전부에 비길 만한 한 가지를 가졌기에 부자였다네. 바로 최고의 예술을 알게 되었으니 말이야.

두 사람은 그것을 열심히 연마했고 만족스러워했다네. 신이 그것을 연마하라고 명령했고, 이번에는 신의 명령을 따랐던 것이지. 하지만 신이 금지했어도 마찬가지였을 거네. 수천 명 신이 막았다 한들 어쨌든 열심히 그것을 연마했을 테니까.

그 결과가 등장했네. 카인과 아벨이라는 이름으로. 그리고 여자 형제도 몇 생기고 나자 함께 뭘 해야 할지 잘 알았다네. 거기서 또 결과가 생겨났겠지. 카인과 아벨이 조카들을 낳은 것이지. 여기서 다시 그 조카들이 생겨나고. 이쯤 되자 친족 관계를 따지기가 너무 복잡해져서 아예 그만두었다네.

세상을 인간으로 채우는 이 즐거운 일이 대대로 이어졌고, 그것도 아주 효율적으로 이뤄졌다네. 그 최고의 기예는 원래는 800년 전에 사라졌어야 마땅하지만, 그 행복한 시절에는 두 성이 여전히 그것을 행사할 능력이 있었거든. 사랑스럽고 어여쁘고 매력적인 성인 여성의 기술이 최고점에 이르러 심지어 신까지 매혹되었다더군. 신들이 하늘에서 내려와 그 매력적인 젊은 처녀들과 멋진 시간을 보냈다지. 성서에 다 나오는 말이라네.

그렇게 외계의 도움까지 받아 인구는 점점 불어나 마침내 칠백만에 이르렀다네. 하지만 신이 보기에는 실망스러웠지. 그들의 도덕성이 마음에 들지 않았던 거야. 어떤 면에서는 신의 도덕성과 크게 다를 바 없는데도 말이지. 정말이지 신을 거의 그대로 빼다박은 것이었거든. 인간들은 아주 형편없었고, 그들을 개선할 다른 방도를 알지 못하는 신은 현명하게도 절멸을 시켜버리자는 결론을 내렸다네. 성서에서 그나마 신이 직접 생각해냈다고 인정되는 진정 계몽된 탁월한 방안으로는 그것이 유일하다네. 그 방안을 끝까지 그대로 수행하기만 했다면 이후로 영원히 명성을 떨칠 수 있었을 걸세. 하지만 신은 늘 불안정한 존재—자신을 떠벌릴 때만 빼고—라 그 훌륭한 결단이 흔들리고 말았다네. 인간에 대한 자부심이 있었던 거야. 인간은 자신의 최고의 발명품이었고, 초파리 다음으로 가장 아끼는 존재라 그걸 다 잃는다는 걸 견딜 수 없었던 거네. 그래서 마침내 신은 표본만 남기고 다 익사시켜버리겠다고 결정했지.

그보다 더 그를 잘 보여주는 일도 없을 거야. 악명 높은 그 인간들 모두 자기가 창조한 것이니 신만이 그들의 행동에 책임이 있는 거 아닌가. 죽어 마땅한 인간은 없었지만, 그래도 그들을 아예 절멸하는 게 확실히 좋은 정책이었을 걸세. 인간을 창조함으로써 이미 가장 중대한 범죄가 벌어진 것이니, 그들이 계속 재생산하게 내버려두면 분명 범죄가 늘어나는 거니까. 동시에 누군가를 편애하면 그건 정의롭지도 공정하지도 않은 일이 되겠지. 그러니까 다 물에 빠져 죽든지, 아니면 다 살든지.

아니, 신은 그런 식으로 하고 싶진 않았네. 대여섯을 살려서 처음부터 다시 해보고 싶었던 거야. 스스로 광고하는 바에 따르면 '먼 것만 보이는' 존재라 그들이 다시 썩어버릴 가까운 앞날은 보이지 않았지. 신은 노아와 그의 가족을 살리고 나머지는 다 없애버리기로 했네. 방주를 설계했고 노아가 배를 지었지. 그런데 둘 다 방주를 지어본 적이 없고 방주에 대해 아는 바도 없었다네. 그러니 상식 밖의 일이 벌어지리라는 건 충분히 예상할 수 있었어. 정말 그렇게 되었고. 노아는 농부였다네. 그래서 방주에 무엇이 필요할지는 알았지만, 자기 방주의 크기가 모든 요구 사항에 맞추기에 충분할지(사실 그렇지 않았지) 아닐지 판단할 능력은 없었다네. 그러니 감히 나서서 조언을 할 수도 없었다네. 신도 그 크기가 충분한지 알지 못했지만, 그냥 운에 맡기고 충분히 측정하지도 않았어. 결국 배는 필요한 물품을 다 넣기엔 턱없이 작았고 그 결과 세상이 지금까지도 어려움을 겪고 있지.

노아가 방주를 지었다네. 최선을 다해 지었지만 꼭 필요한 것들을 대부분 빠뜨렸지. 방주에는 키도 없고 돛도 없고 나침반도 없고 펌프도 없고 해도(海圖)도 없고 측연선(測鉛線)도 없고 닻도 없고 항해일지도 없고 불도 없고 통풍장치도 없었다네. 화물칸—이게 핵심인데—에 대해서라면 아예 말을 말아야 해. 열한 달 동안 항해를 이어갈 거였으니 그동안 마실 물만 해도 방주 두 척 분량은 필요하지 않겠나. 하지만 이를 위한 또 다른 방주는 제공되지 않았어. 배 안이 아니라면 마실 물을 구할 수가 없었을 텐데 말이야. 반은 짠 바닷물이라 인간이든 동물이든 마실 수가 없으니 말이지.

견본 인간만 살린 게 아니라 사업용으로 다른 동물들의 견본도 살렸거든. 아담이 동산에서 사과를 먹고는 번식하고 재충전하는 법을 배웠을 때, 다른 동물도 그를 보고 그 기술을 배웠으리라는 것을 자네들은 당연히 이해했겠지. 정말이지 영악했고, 멋진 일이었지. 그들은 사과를 맛보지 않고도, 모든 부도덕의 산실인 참담한 도덕 관념에 시달리지 않고도 사과에서 얻을 것은 다 얻어냈으니 말이네.

아담의 독백

1

희한하군… 정말 희한해. (한참을 찬탄하듯 골똘히 바라본 후) 나로서는 이 동물이 기억이 안 나는데. 어쨌든, 굉장해! 몸길이가 57피트에 키가 16피트인 뼈대라니! 보아하니 지금까지 발견한 표본이 이것뿐인가 보군. 틀림없이 이것이 중간 크기일 거야. 센트럴파크에 들렀는데 거기서 아메리카대륙에서 가장 큰 말을 운 좋게 어쩌다가 마주치는 일은 있을 수가 없잖아. 그럴 리가 없지. 여기서 마주치는 말은 노르망디의 가장 큰 말과 비교하면 작은 편일 거야. 그러니까 몸집이 가장 큰 공룡은 길이가 90피트에 키가 20피트는 되겠지. 코끼리의 다섯 배는 되겠네. 코끼리도 그 옆에 있으면 코끼리 옆의 송아지처럼 보이겠어. 이 몸집 좀 보라고! 얼마나 무거울까! 몸길이는 가장 큰 고래만 한 데다 몸집은 그 두 배는 되잖아! 게다가 분명 신선한 고기를 제

233

공했겠지. 여기서 나온 고기로 한 마을이 일 년은 먹고 살았겠어… 저런 동물 백 마리가 금빛 천을 걸치고 늘어서 있는 걸 생각해봐! 대관식 행진으로는 아주 장관이겠지. 하지만 먹기도 많이 먹을 테니 돈이 많이 들겠네. 왕이나 백만장자라면 모를까 비용 대기가 힘들겠구먼.

저 동물이 전혀 기억이 안 나. 어제까지만 해도 이브도 나도 저런 동물 얘기는 들어본 적이 없어서 노아를 찾아가 물었지. 그랬더니 얼굴을 붉히며 말머리를 돌리더군. 다시 그 이야기로 돌아가 좀 다그치니 그제야 사실 방주에 동물을 채우는 문제에서 아주 엄격히 규정을 따르지는 않았다고 실토했지. 대수롭지 않은 사소한 부분이었다나. 변칙이 좀 있었다고 하면서 아들 탓을 했지. 주로 아들놈들 탓이고, 자신은 아버지로서 그런 일을 묵인한 약간의 잘못이 있는 거라고. 당시 아들놈들은 한창 젊음을 만끽하며 행복한 삶을 즐기던 때였고, 수백 살은 먹었지만 여전히 젊어서—자기도 젊을 때 놀아봐서 다 아는데, 너무 심하게 단속하고 싶지 않았다나. 그래서, 뭐, 아이들이 해서는 안 되는 일을 했고 자기는, 솔직히 말하면 자기는 알고도 그냥 넘어가줬다고. 하지만 젊은 나이를 감안하면 대체로 충실하게 임무를 수행했다고 봐야 한다더군. 정말 유용한 동물들을 충분히 모아서 배에 실었으니까.

게다가 노아가 안 보는 사이에 모기나 파리나 뱀처럼 쓸모 없는 것들은 잔뜩 실어놓고, 시간이 지나면 언제라도 값진 것이 될 수 있을 많은 좋은 피조물들을 해안가에 버리고 왔다고 했지. 주로 크기가 100피트에 이르는 거대한 몸집의 도마뱀이나, 메가테리움[1] 같은 종류의 무시무시한 포유류였는데, 그런 동물을 버리고 온 일을 변명하며 이런 두 가지 이유를 댔지. 1) 언젠가는 박물관에서 그것들의 화석을 필요로 할 것이 분명하다. 2) 계산 착오로 동물을 다 싣기에는 방주가 너무 작아 그 동물은 실을 수가 없었다. 사실 화석이 될 것들로 치자면 그것만으로도 노아의 방주만 한 방주가 스물다섯 개라도 모자랐을 거라면서. 공룡의 경우는… 하지만 노아는 그런 일에 양심의 거리낌은 없더군. 화물 목록에 들어 있지도 않았고, 자기나 아들들이나 그런 동물이 존재한다는 사실도 몰랐다나. 공룡은 아메리카의 동물이고 당시 아메리카는 아직 발견되지도 않았으니 공룡을 몰랐던 것이 자기 탓은 아니라고 했지. 그러면서 이렇게 말했지.

"우리에게 있는 공간을 최대한 활용하지 못했다고 내가 아들 녀석들을 책망하긴 했네. 쓸데없는 동물은 버리고 그 대신 코끼리를 쓸 만한 일에서 유용하게 쓸 수 있는 마스토돈 같은 짐승을 실어야 했다고 말이야. 하지만 아들 녀석 말이 배의 일

---

1 Megatherium. 신생대 남아메리카에 서식하고 있던 거대한 땅늘보의 한 속으로 최대 길이 6~8미터에 달했다.

손이 턱없이 부족한데 그렇게 커다란 짐승은 먹이고 관리하기가 힘들어 감당할 수가 없다고 하더군. 그 말도 일리가 있었지. 펌프가 있는 것도 아니고 창문도 하나밖에 없었으니까. 그 창문으로 양동이를 내려서 족히 50피트 높이를 끌어올려야 했는데, 그게 엄청 고된 일이거든. 그러고 나서 물동이를 다시 아래층으로 들고 내려가야 했어. 바닥짐으로 이용하려고 코끼리나 그런 부류의 짐승을 화물칸에 실었기 때문에 물을 가져다주려면 다시 50피트를 내려가야 했지.

사실 도중에 잃은 동물들이 많아. 다양한 품종의 사자, 호랑이, 하이에나, 늑대 등등, 동물원에서 아주 귀중하게 여길 상급 동물들이었는데. 민물에 바닷물을 섞어서 주기 시작하니까 물을 마시지 않더라고. 하지만 메뚜기나 귀뚜라미, 바구미, 쥐, 콜레라균이나 그런 종류의 것들은 절대 잃지 않았어. 만사를 고려하면 대체로 잘 해냈다고 봐야지. 우린 가축을 기르고 농사를 짓는 사람들이라 한번도 바다에 나가본 적이 없었으니까. 항해에 대해서는 전혀 무지했지. 이제 한 가지는 확실히 알게 되었는데, 농사와 항해는 일반적으로 생각하는 것보다 훨씬 더 다르다는 거야. 두 일은 전연 관련이 없다는 게 내 의견이지. 셈은 둘 다 마찬가지라고 보았어. 야벳도 그렇고. 함의 생각은 어떠했냐면, 그건 중요하지 않아.[2] 함은 편견이 있거든. 내가 편견 없는 장로교 교인이라는 걸 알 수 있을 걸. 그런 존재가 있을 수 있다면 말이지."

노아의 말투는 공격적이었지. 어디 할 테면 해보라는 식이었어. 난 괜한 말싸움을 피하려 다른 화제를 꺼냈어. 노아는 툭하면 말싸움을 하려고 드는데, 거의 병적인 데다 점점 심해지고 있다니까. 3만 년 동안 심해져왔는데, 점점 더 심해지고 있지. 그러니 갈수록 불쾌한 사람이 되어 다들 싫어하지 않나. 죽마고우들조차 이제 그를 만나기를 겁내니까. 처음 만나는 사람들도, 처음에야 그 유명한 모험의 주인공을 직접 만나게 되어 기뻐하며 한참 바라보기도 하지만, 이내 슬슬 피하게 되는 거지. 워낙 저명한 인물이라 그의 관심을 받으면 한동안은 우쭐하지만, 말싸움으로 너덜너덜해지고 나면 곧 누구나 그렇듯이 차라리 방주가 무슨 사고를 만났다면, 하는 바람을 갖게 되지.

2

(어느 오후, 센트럴파크의 벤치에 앉아 바삐 오고 가는 인간 종들을 꿈

---

2 노아의 아들들인 Shem, Ham, Japheth. 일반적으로 셈은 유대인과 아랍인의 조상, 함은 아시아-아프리카인의 조상, 야벳은 백인의 조상이라고 여겨지고, 여기서 함의 의견은 중요하지 않다는 말은 흑인에 대한 차별을 꼬집는 것이다.

꾸듯 바라보면서) 생각해봐, 이렇게 무수한 사람들이 지구 인구의 아주 아주 작은 부분에 불과하다니! 게다가 모두 나와 같은 혈족이라잖아! 이브도 함께 왔어야 하는데. 다정다감한 사람이니 이걸 보면 얼마나 마음이 들떴겠어. 친척을 보면 도대체 진정이 안 되는 사람이라니까. 흑인이고 백인이고 가릴 것 없이 모두 일일이 붙잡고 입맞춤을 했을 거야. (유모차가 지나간다.)

변화를 알아차리기가 얼마나 힘든지. 사실 전혀 알아차리지 못할 거야. 첫 아이의 기억은 생생한데… 어디보자… 다음 화요일이면 30만 년 전이구나. 이 아기도 아주 똑 닮았네. 그러니 첫 번째 아이와 마지막 아이 중에서 선택할 필요도 없는 거지. 똑같이 듬성듬성한 머리칼에, 똑같이 이가 없고, 똑같이 연약한 몸에 분명 머릿속에 든 것도 없을 테고, 어딜 보나 대체로 볼품없는 모습이잖아. 하지만 이브는 첫째를 얼마나 열렬히 사랑했는지. 그 아이를 안고 있는 이브는 참 어여뻤는데. 얼마 전 태어났을 이 아기의 엄마도 아기를 열렬히 사랑하잖아. 눈빛을 보면 알 수 있어. 이브의 눈에서 보았던 바로 그 표정이 담겨 있으니까. **표정**처럼 미묘하고 막연한 것이 30만 년 동안 이 얼굴에서 저 얼굴로 줄줄이 반짝이고 휙 스쳐가면서도 요만큼도 변하지 않고 그대로일 수 있다니! 그 표정이 고릿적 이브의 얼굴에서 그랬듯이 지금 여기 젊은 여성의 얼굴에서 빛나고 있잖아. 지금껏 내가 지상에서 보아온 것 중 햇것이면서도 가장 오래된 것.

아, 물론 공룡이 있었지만, 그건 다른 문제고.

아기 엄마가 유모차를 끌고 다가와 벤치에 앉아서는, 한 손으로는 유모차를 가만히 흔들고 다른 한 손으로는 신문을 들고 열심히 기사를 읽는군. 곧 "맙소사!"라고 외치는 바람에 나도 깜짝 놀라, 무슨 일이냐고, 겸손하고 정중하게 물어보았지. 그가 공손하게 신문을 내게 건네고는 손가락으로 한 곳을 가리키며 이렇게 말했어.

"여기요, 사실인 것 같긴 한데, 잘 모르겠어요."

난 무척 당황했지. 침착하려 애쓰면서 태연하게 신문을 이리저리 뒤적였지만, 아기 엄마는 그러는 나를 뚫어지게 보고 있었기에 내 노력은 성공하지 못했지. 곧 그가 주저하며 물었어.

"혹시… 글을… 못 읽으세요?"

그렇다고 실토할 수밖에 없었어. 아기 엄마는 너무 놀라워했지. 하지만 거기서 기분 좋은 결과가 하나 생겨났으니, 내게 흥미를 보인 것이지. 그렇잖아도 외로워서 대화를 나눌 상대가 있으면 좋겠다 싶었으니 나로서는 고마운 일이었어. 내게 박물관 구경을 시켜주던 젊은이 ─내가 해달라고 한 것이 아니라 그가 자청한 거였어─가 있었지만 이번엔 약속시간에 박물관에 나타나지 않아서 실망한 참이었으니까. 어울리기 괜찮은 친구였는데. 젊은 아기 엄마가, 글을 읽지 못한다는 내 말을 듣고 또 다른 당혹스러운 질문을 던졌지.

"고향이 어디세요?"

난 공을 상대에게 넘겼어. 시간도 벌고 입장을 정리하기 위해서. "한번 맞혀봐요. 얼마나 잘 맞히는지 한번 보죠."

얼굴이 환해지며 이렇게 외치더군.

"어르신만 괜찮으시다면 그거 정말 재미있겠어요. 제가 맞히면 알려주실 거죠?"

"그럼요."

"맹세코?"

"맹세코? 그게 뭔가요?"

그가 유쾌하게 웃으며 말했지.

"시작이 좋았네요! 그 표현으로 알아낼 수 있을 줄 알았어요. 이제 한 가지는 알겠어요. 그러니까…"

"뭘 알아냈나요?"

"당신이 미국인이 아니라는 걸요. 미국인 아니잖아요, 그렇죠?"

"네, 맞아요. 미국인 아니에요. 당신 말마따나 '맹세코'."

그가 아주 흐뭇해하며 말했지.

"제가 항상 영리한 건 아니지만 어쨌든 이번에는 아주 영리했네요. 그런데 사실 그렇게 영리하다고 볼 순 없어요. 다른 점이 눈에 띄어서 어르신이 외국인이라는 걸 이미 알았거든요. 그렇다고 믿었죠."

"어떤 점인데요?"

"말하는 억양이요."

그 관찰은 정확했지. 난 천상의 억양으로 영어를 하고 있었고, 상대는 거기서 외국인의 말투를 알아차린 것이니까. 성공적인 추측에 정말 순진하게 기뻐하며 그가 애교 있게 추리를 이어갔어.

"어르신이 '을마나 잘 맞히는지 함 보죠' 이렇게 말하는 순간, 외국인일 확률이 50프로이고 십중팔구 영국인이라고 생각했어요. 자, 영국인 맞죠? 그렇죠?"

그 승리감에 재를 뿌리긴 싫었지만 어쩔 수 없었어. "아, 다시 맞혀봐요."

"뭐라고요? 영국인이 아니라고요?"

"아니에요, 맹세코."

아기 엄마가 탐색하듯이 나를 훑어보았어. 분명 혼자 열심히 따져보고 그 나름 판단을 내린 후 이렇게 말했지.

"사실 영국인처럼 **보이지** 않으니, 그게 맞겠네요." 잠깐 쫌을 두었다가 다시 이렇게 덧붙이더군. "사실, 겉모습으로는 **어느** 외국인과도 닮지 않았어요. 딱히… 지금까지 봤던 **어떤 사람**과도 딱히 닮지 않았고요. 좀 더 추측을 해볼게요."

상대는 생각해낼 수 있는 나라의 이름은 죄다 말하며 점점 풀이 죽어가더니 마침내 이렇게 말했지.

"어르신은 '나라 없는 사람'[3]이 틀림없어요. 소설에 나오는 인물 말이에요. 도대체 어느 나라의 국적도 가지고 있을 것처럼 보이질 않으니까요. 미국엔 어떻게 오게 되었어요? 여기 친척이 있나요?"

"예… 좀 있죠."

"아, 그럼 **그 친척들을** 보러 오셨군요."

"어떤 면에서는… 그렇죠."

앉아서 잠깐 생각에 잠겨 있던 그가 다시 입을 뗐지.

"아직 포기하진 않았어요. 여기 오기 전에는 어떤 곳에 살았어요? 도시에? 아니면 시골에?"

"어느 쪽일 것 같아요?"

"글쎄요, 잘 모르겠어요. 이런 말을 해도 될지 모르겠지만, 보기에는 확실히 약간 시골스러운 면은 있어요. 그런가 하면 약간 도시적인 면도 있고. 많이 그렇진 않고 아주 조금 그래요. 정말 신기하게도, 글을 읽지 못하고 신문도 친숙하지 않기는 하지만. 그래서 어림짐작으로는 고국에 있을 때 주로 시골에 살았고 도시에서는 별로 살지 않았어요. 맞아요?"

"그렇다고 할 수 있죠."

"아, 좋아요! 그럼 처음부터 다시 해볼게요."

---

3 The Man Without a Country. 에드워드 에베렛 헤일의 소설의 제목(1863년작).

그러면서 진이 다 빠질 때까지 별별 도시 이름을 댔지. 그러고는 자신의 표현에 따르면 '힌트'를 줘서 도와달라고 했다. 큰 도시였나요? 네. 아주 큰 도시? 네. 자동차가 있었나요? 아니오. 전기는? 없었어요. 철도, 병원, 대학, 경찰은? 없었어요.

"아니, 그럼 문명화되지 않은 곳이잖아요. 어떻게 그런 곳이 있죠? 제발 특이한 점을 딱 하나만 말해줘요. 그럼 맞힐 수 있을지도 몰라요."

"그럼, 딱 하나만 줄게요. 진주 문[4]이 있어요."

"아니, 그게 뭐예요! 그건 새 예루살렘[5]이잖아요. 그런 식으로 농담하는 건 공평하지 않아요. 관둬요. 다시 해볼게요. 예기치 않게 금방 이름이 떠오를 수도 있어요. 아, 좋은 생각이 떠올랐어요. 모국어를 약간만 해줘봐요. 좋은 지침이 될 수 있을 거예요." 난 한두 문장을 들려줬지만, 상대는 낙담하여 고개를 절레절레 흔들었지.

"아니, 그건 전혀 인간의 언어 같지 않잖아요. 그러니까 어떤 외국어처럼도 들리지 않는다고요. 듣기 좋기는 한데, 사실

4 요한계시록 21:21. "그 열두 문은 열두 진주니 문마다 한 진주요, 성의 길은 맑은 유리 같은 정금이더라."

5 계시록에 나오는 상징적 도시로, 예수의 추종자들이 예수와 함께 천상으로 올라가 통치하는 하느님의 왕국. 미국에 정착한 청교도들은 자신들이 이런 하느님의 왕국을 건설하는 사명을 지녔다고 믿었다.

꽤 듣기 좋은데, 어디서도 들어보지 못한 것 같아요. 혹시 이름을 말해준다면 ─혹시 이름을 알려주실 수 있을까요?"

"아담."

"아담?"

"성은 뭔데요?"

"그게 다예요. 그냥 아담."

"달랑 그것뿐이라고요? 아니, 정말 희한하네! 아담은 수도 없이 많은데, 그럼 다른 아담과 어떻게 구별을 해요?"

"아, 그런 문제는 전혀 없어요. 아담은 나 혼자였거든요. 그러니까 내 고향에서는."

"세상에! 정말 끝내주네요! 태초에 그 이름을 가졌던 인물이 생각나네요. 같은 이름에 달랑 그 이름뿐이었는데. 딱 당신처럼요." 그러더니 짓궂게 묻더군. "그 사람은 들어봤겠죠?"

"오, 그럼요! 그를 알아요? 본 적도 있나요?"

"본 적이 있느냐고요? **아담**을요? 다행히도 못 봤죠! 너무 무서워서 정신이 나가버릴 걸요."

"왜 그러는지 모르겠네요."

"모르겠다고요?"

"모르겠어요."

"**왜** 그걸 모르죠?"

"친족을 무서워한다는 게 말이 안 되잖아요."

"친족?"

"그래요. 당신의 먼 친척 아닌가요?"

그로서는 그 말이 엄청 우스운 모양이었어. 정말 맞는 말이라고, 그런데 **자기는** 똑똑하지가 못해서 한 번도 그런 식으로 생각해본 적이 없다고 했지. 내 우스갯소리를 그렇게 좋아라 하니 처음 느껴보는 짜릿한 기쁨이 밀려와 몇 개 더 해보려 했는데 그때 그 젊은 녀석이 나타났지. 젊은 여자 옆에 자리를 잡더니 날씨에 관한 뻔한 말을 늘어놓더군. 하지만 그 여자는 서릿발 같은 시선으로 그쪽을 쏘아보고는 딱딱한 태도로 일어나 유모차를 몰고 가버렸지.

3부 조언들

고 벤저민 프랭클린

모레에도 충분히 잘할 수 있는 일을 내일까지만 미루지는 말라.

— B. F.[1]

이 사람은 보통 철학자로 불리는 사람이다. 사실은 쌍둥이였고, 각각 보스턴의 두 집에서 한날한시에 태어났다. 두 주택은 지금도 그대로 남아 있고, 그 사실과 부합하는 현판이 걸려 있다. 현판은 충분히 걸어둘 만하다고 본다. 외지인이 오면 주민들이 때로는 하루에도 몇 번씩 두 생가의 위치를 알려주니 현판이 딱히 필요한지는 모르겠지만 말이다.

이 회고록의 주인공의 성격은 포악했다. 이후 모든 자라나는 세대에게 고통을 안겨줄 목적으로 짧은 교훈과 격언을 고안하는 일에 일찌감치 재능을 팔아먹었다. 또한 아무리 단순한 행

---

1 벤저민 프랭클린이 한 말이 아닌, 트웨인이 지어낸 말이다.

동일지라도 이후 아이들이 언제나 경쟁적으로 따르게 만들겠다는 의도로 계획적으로 했다. 그것만 아니었다면 행복할 수도 있었을 아이들에게 말이다. 그가 비누 만드는 사람의 아들로 태어난 것도 이런 의도에서였는데, 세상에서 뭐라도 이루려는 미래의 모든 남자아이들이 비누 제조자의 아들로 태어나지 않은 경우 의심의 눈초리를 받게 만들려는 것이 아니라면 아마 다른 이유는 없을 것이다. 역사에서 유례를 찾아볼 수 없이 악의로 가득 찬 이 인물은 하루 종일 일을 하고도 밤늦도록 잠자리에 들지 않았고, 꺼져가는 불빛 아래에서 대수 공부를 하는 척했다. 다른 아이들도 모두 그대로 따라하지 않으면, 벤저민 프랭클린과 비교를 당하며 욕을 먹도록 말이다.

이런 일련의 행위들에도 성이 안 찬 그는 오직 빵과 물로만 식사를 하면서 천문학 공부를 즐겨했다. 그렇게 하여 프랭클린의 해로운 전기를 읽은 아버지를 둔 수백만 아이들이 고통에 시달려야 했다.

이 인물의 격언에는 남자아이들에 대한 적대감이 가득하다. 요즘 남자아이들은 자연스러운 본성을 단 하나라도 따를라치면, 예외 없이 그 불멸의 격언에 발이 걸려 넘어지고 누군가 프랭클린을 들먹인다. 어떤 아이가 2센트어치 땅콩을 사면 그 아버지는 이렇게 말한다. "프랭클린이 한 말을 기억해라, 아들아. 티끌 모아 태산이라고 했다." 그 말을 듣자마자 땅콩 맛이 싹 사라진다. 그 아이가 해야 할 일을 다 하고 팽이놀이를 하려 하면 그 아빠가 이렇게 말한다. "호미로 막을 걸 가래로 막는다고 했다." 게다가 선행을 해봐야 아무것도 얻는 게 없다. "선행은 그 자체가 보상"이기 때문이다. 프랭클린이 다음과 같은 말을 한 건 아마 가슴속에 양심이 들끓던 때였을 텐데, 프랭클린의 이런 말로 인해 그 아이는 마땅히 누려야 할 휴식도 빼앗긴 채 죽도록 일만 해야 한다.

일찍 자고 일찍 일어나면 건강하고 부유하고 현명해진다.

그런 조건으로 건강하고 부유하고 현명해지는 것을 어떤 남자아이가 목표로 삼기라도 했던 듯이 말이다. 그 격언 탓에, 부모님이 그것을 내게 시험해보려 했기 때문에 내가 겪어야 했던 서글픔은 도저히 말로 다 표현할 수가 없다. 거기서 마땅히 생겨난 결과가 바로 전반적으로 쇠약하고 곤궁하고 정신도 온전치 않은 현재 내 상태다. 내가 어렸을 적에 부모님이 9시도 안 되어 나를 깨운 적이 간혹 있었던 것이다. 내가 알아서 쉴 만큼 쉬도록 내버려두었다면 지금 내가 어떻게 되었겠는가? 당연히 내 가게를 운영하며 모두의 존경을 받았을 것이다.

게다가 이 회고록의 주인공은 늙어서도 얼마나 노련한 모험가였는지 모른다! 일요일에 연을 날릴 기회를 노리다가 그는 줄에 열쇠를 매달고 번개를 모으는 척했다. 그러면 순진한 마을 사람들은 집에 가서, 안식일도 지키지 않는 백발의 인물에 대해 '지혜'가 어쩌고, '천재성'이 어쩌고 하며 조잘댔다. 예순이 넘은 나이에도 혼자 주머니칼 놀이를 하다가 누구의 눈에 띄기라도 하면 곧바로 풀이 어떻게 자라는지 알아내는 척했다. 마치 그게 자기가 상관할 일이라도 되는 양 말이다. 그 인물을 잘 알았던 내 조부 말에 따르면 프랭클린은 언제나 갖춰져 있었다고, 늘 준비가 되어 있었다고 한다. 노년에 파리를 잡거나 진흙으로 장난을 하거나 지하실 문에서 미끄럼을 타다가 마침 지나가던 사람 눈에 띄면, 그는 곧바로 사색에 잠긴 척 격언을 하나 내뱉고는, 고개를 쳐들고 모자는 거꾸로 쓰고 딴 데 정신이 팔린 괴짜 행세를 하며 자리를 떴다고 한다. 참 괴팍한 인물이었다.

그가 발명한 스토브는 하도 지독한 연기를 내뿜어 정확히 네 시간 만에 사람을 질식시킬 수 있었다. 거기에 자기 이름을 붙였으니 그 일에서 얼마나 사악한 만족감을 얻었는지 알 수 있을 것이다.

그는 주머니에 달랑 2실링을 넣고 옆구리에 빵 네 덩이를 끼고는 처음 필라델피아에 발을 들여놓았던 일을 늘 자랑스럽게 떠벌렸다. 하지만 사실 깐깐하게 따져보면 그건 대단한 일이 아니다. 누구라도 할 수 있었던 일이다.

이 회고록의 주인공은 군대에 총검과 머스킷총을 버리고 활과 화살로 돌아가라고 해서 얻은 공로도 있다. 늘 그렇듯 힘주어 말하길, 특정한 상황에서는 총검도 아주 쓸 만하지만, 먼 거리에서 정확성이 확보될 수 있을지 의심스럽다고 했다.

벤저민 프랭클린은 자신의 조국을 위해 두드러진 업적을 많이 이루었고, 그 덕에 많은 나라들이 그런 자식을 낳은 자랑스러운 어미라며 당시 신생국이었던 그의 조국을 칭송했다. 이 회고록의 목적은 그런 사실을 무시하거나 덮어버리려는 것이 아니다. 절대 그렇지 않다. 그저 그 옛날 바벨을 떠나 다들 사방으로 흩어진 때부터 지겹도록 써먹은 뻔한 말들을 대단히 독창적인 말이라도 되는 양 내세우는, 잘난 체하는 그의 격언을 까발리고 싶을 뿐이다. 또한 그의 스토브와 군대, 필라델피아에 처음 발을 들여놓을 때의 자신을 돋보이게 하려던 꼴사나운 노력과 연날리기, 그리고 비누에 쓸 기름을 찾아다니거나 양초를 만들어야 마땅한 시간에 그런 식으로 시간을 낭비한 일을 까발리고 싶었다.

수많은 가족의 수장들에게 널리 펴져 있는 생각, 곧 프랭클린이 공짜로 일을 했고 달빛에 책을 읽었으며, 기독교 교인답게 아침까지 누워 자야 마땅한데도 한밤중에 일어나는 식으로 그 위대한 천재성을 이루었고, 그래서 그런 기획을 엄격히 따르면 아무리 멍청한 자식이라도 모두 프랭클린처럼 만들 수 있다는 그런 끔찍한 생각을 조금이라도 불식하고 싶었을 뿐이다. 이제 그 양반들은 가증스럽도록 괴팍한 그 본성과 행동이 단지 천재성을 증명할 뿐이지 천재성을 만들어낼 수 없다는 사실을 깨달아야 한다. 차라리 나 자신이 내 부모님의 아버지가 되어 그 진실을 이해시킬 수 있었으면 하는 바람이다. 그 자식들이 편하게 살게 내버려두도록 말이다. 어릴 적에 난 부자 아버지를 두고도 언젠가 프랭클린처럼 될 수 있으리라는 진지한 희망으로 비누를 만들어야 했고, 일찍 일어나 아침식사를 하며 기하 공부를 하고 내가 쓴 시를 팔러 다녀야 했으며, 프랭클린이 하던 모든 일을 그대로 따라해야 했다. 그래서 지금 내가 이 꼴이 된 것이다.

대통령 선거 출마 선언

저는 대통령 선거에 출마하기로 어지간히 마음을 먹었습니다. 이 나라가 원하는 후보는 과거사를 아무리 파헤쳐도 해를 입지 않을 후보입니다. 상대 후보가 아무도 들어본 적 없는 일들을 마구 들쑤셔도 흠집 하나 낼 수 없는 그런 후보 말이죠. 그렇다면 아예 처음부터 최악의 면을 다 알리면 뜻밖의 일로 상대를 공격하려는 시도를 성공적으로 차단할 수 있을 겁니다. 그래서 전 선거판에 나가기에 앞서 저를 있는 대로 다 까발리고자 합니다. 제가 과거에 저질렀던 모든 사악한 행위를 다 털어놓겠습니다. 혹시 어떤 국회의원이라도 내가 어떤 치명적인 악행을 저지르지 않았을까 해서 내 일생을 뒤지고 다닐 작정이라면, 뭐 그러시든가.

일단 1850년 겨울에 제가 류머티즘에 걸린 제 할아버지를 나무 위로 올라가게 만들었던 일을 인정합니다. 할아버지는 연세도 많고 나무도 잘 타지 못하는데, 제가 원래 무정하고 잔혹한 성격이다 보니 잠옷 바람의 할아버지에게 총을 들이대며 현관 밖으로 내쫓아 단풍나무 위로 올라가게 만들었습니다. 제가 다리 쪽으로 총을 쏴대는 통에 할아버지는 밤새도록 나무에서 내려오지 못했죠. 그런 일을 한 까닭은 할아버지가 코를 골았기 때문입니다. 할아버지가 한 분 더 생기더라도 똑같이 할 겁니다.

1850년에도 그랬지만 전 여전히 비인간적입니다. 제가 게티스버그 전투에서 탈영했던 일도 솔직히 인정할 수 있습니다. 제 친구들은 제가 워싱턴을 따라하려고 그랬던 거라며 이 사실을 잘 포장하려 했죠. 워싱턴이 포지 계곡에서 기도할 목적으로 숲으로 들어갔던 일 말입니다. 그건 뻔히 보이는 속임수였습니다. 전 너무 겁이 나서 북회귀선을 향해 똑바로 달렸습니다. 내 조국을 구하는 일이야 좋은 일이지만, 나 말고 다른 사람이 해주기를 바랐죠. 지금도 여전히 같은 생각입니다. 대포 앞에서만 물거품 같은 명성을 얻을 수 있다면 기꺼이 그 앞에 서겠습니다. 대포알이 들어 있지 않다면 말이죠. 대포알이 들어 있다면 울타리를 넘어 집으로 줄행랑을 치는 것이 저의 단호한 목적이고 그건 절대 변하지 않을 겁니다. 전쟁터에서 제가 한결같이 했던 일은, 매번 전투가 시작되었을 때의 병사 수보다 반 이상 많은 명사를 데리고 나오는 것이었습니다. 장대하기로 치면 나폴레옹에 비할 만하다고 할 수 있죠.

재정적인 문제에서 전 아주 확고한 견해를 갖고 있지만, 아무래도 그 견해 덕에 인플레이션의 옹호자들 사이에서 제 인기가 더 높아질 것 같지는 않습니다. 전 종잇장으로 된 돈과 금속으로 만든 돈 가운데 딱히 어느 쪽이 우월하다고 고집하지 않습니다. 내 삶의 근본 원칙은 어떤 종류이건 돈은 무조건 차지하라는 겁니다.

제가 돌아가신 숙모를 포도밭에 묻었다는 소문은 사실입니다. 포도밭에는 거름이 필요하고, 숙모를 묻기는 해야 하니 그랬죠. 숙모를 이 고상한 목적에 바쳤던 겁니다. 그게 대통령의 자격에 어긋나나요? 우리나라의 헌법에 따르면 그렇지 않습니다. 어떤 시민도 죽은 친척을 포도밭에 묻었다는 이유로 대통령직을 수행할 자격이 없다고 치부되었던 적은 없습니다. 어째서 제가 불합리한 편견의 첫 번째 희생양이 되어야 합니까?

제가 가난한 사람들의 편이 아니라는 것도 인정합니다. 현 상태의 가난한 사람들에 대해 말하자면 그 원자재를 너무 허비한다고 봅니다. 그들을 조각조각 잘라서 제대로 통조림을 만들면 식인종이 사는 섬에서 유용하게 쓰일 수 있고, 그렇게 그 지역과의 교역으로 우리 수출을 늘릴 수 있는데 말이죠. 제가 대통령이 되면 맨 먼저 국회에 이와 관련된 법을 제안할 것입니다. 제 선거운동 구호는 '가난한 노동자 수를 줄이자. 그들을 갈아 넣어 소시지를 만들자'가 될 것입니다.

제 인생의 최악의 면모는 대략 이러합니다. 그것을 갖고 조국 앞에 섰습니다. 조국이 저를 원하지 않는다면 다시 들어가겠습니다. 하지만 제 장점이 어딜 보나 안전한 인물이라는 점을 강조하고 싶습니다. 완전한 부패라는 기반에서 시작하여 끝까지 사악할 인물 말입니다.

담배와 관련하여[1]

담배와 관련된 미신은 아주 많다. 그 가운데 으뜸은 이것이다. 바로 그 문제를 좌우하는 **기준**이 있다는 믿음. 하지만 사실 그런 것은 존재하지 않는다. 각자의 취향이 유일한 기준이다. 각자 받아들일 수 있는 유일한 기준이자 그 지시에 따를 수 있는 유일한 기준인 것이다. 세상의 모든 끽연가들이 의회를 만든다 해도 당신이나 나를 구속하거나 우리에게 딱히 영향을 미칠 기준을 채택하지는 못할 것이다.

그다음 미신은 각자 자기 나름의 기준을 갖고 있다는 것이다. 사실은 그렇지 않다. 가지고 있다고 생각은 하겠지만 그렇지 않다. 자기 생각에 좋은 담배와 자기 생각에 나쁜 담배를 구별할 수 있다고 보지만, 그런 건 할 수가 없다. 상표를 보고 구별하면서, 맛을 구별한다고 상상할 뿐이다. 가장 형편없는 모조품

1 여기서 말하는 담배는 시가(cigar)다.

265

을 속여서 팔아먹을 수도 있다. 자신이 원하는 상표만 붙어 있으면 만족스럽게 그 담배를 피우며 전혀 의심하지 않을 테니까.

흡연 경력이 7년이라는 스물다섯 살짜리 아이들이 내게 좋은 담배와 좋지 않은 담배를 설명하려고 한다. 담배 피우는 걸 배운 적은 한 번도 없지만 언제나 담배를 피워왔던 내게, 날 때부터 불을 달라고 했던 내게 말이다.

어떤 게 좋은 담배인지 내게 알려줄 수 있는 사람은 아무도 없다. 내게 좋은 담배를 말이다. 그건 나만이 판단할 수 있다. 뭐 좀 안다고 뻐기는 사람들은 내가 형편없는 담배를 피운다고 말한다. 내 집에 올 때면 다들 담배를 챙겨 온다. 내 담배를 권하면 자기도 모르게 질겁을 한다. 거짓말을 늘어놓으며, 내 담배를 접대받을 위험이 등장하기 전까지는 있지도 않았던 선약을 들먹이며 꽁무니를 뺀다. 그러니 미신에 누군가의 평판이 더해지면 어떤 일이 일어나는지 잘 보라.

하루는 열두 명의 친구들을 불러 저녁식사를 하기로 했다. 그중 한 친구는 내가 극악한 싸구려 담배를 피우기로 유명한 만큼이나 값비싸고 고상한 담배를 피우기로 유명했다. 전에 그의 집을 찾아갔을 때 난 아무도 보지 않는 틈을 타서 그의 최고급 담배를 양손 가득 챙겼다. 명품을 나타내는 붉은색과 금색 상표가 붙은, 하나에 40센트짜리 담배였다. 난 상표를 떼고는 내가 애호하는 담배의 상표가 붙은 상자에 그 담배들을 집어넣었다.

다들 잘 아는, 그래서 마치 역병이라도 만난 듯 몸을 사리는 그런 상표였다. 저녁식사 후 내가 담배를 권하자 다들 그 담배를 하나씩 집어 불을 붙여 들고는 침울한 표정으로 안절부절못했다. 불길한 그 상표가 시야에 들어오고 모두의 손에 하나씩 들려지는 사이 흥겨움은 잦아들고 음산한 적막이 내려앉았다. 하지만 누구도 오래 버티지 못했다. 이런저런 핑계를 대며 체면이고 뭐고 없이 앞다투어 줄줄이 빠져나갔다. 그리고 다음 날 아침, 결과를 확인하러 나가 보니 현관 앞과 대문 근처에 담배가 널려 있었다. 딱 하나만 빼고. 내가 훔친 담배의 주인은 접시에 담배를 놓아두었다. 겨우 한두 모금 빨았을 뿐이었다. 나중에 그가 내게 말하길, 사람들에게 그런 담배를 피우라고 권했다가는 언젠가는 총에 맞을 거란다.

그럼 나는 내 기준을 확신하느냐고? 확신하고말고. 그럼, 틀림없이 그렇지. 누군가 다른 담배에 내 담배의 상표를 붙여 나를 속이지만 않는다면 말이다. 분명 나도 남들과 다를 바 없어서 맛이 아니라 상표로 담배를 알 수 있으니까. 하지만 내 기준은 상당히 느슨해 아주 넓은 범주를 아우른다. 내게는 아무도 피우지 않는 담배도 대체로 좋은 담배이고 다른 사람들이 다들 좋다고 하는 담배도 대체로 형편없는 담배다. 아바나 엽궐련만 아니면 아무 담배라도 상관없다. 내 집을 찾는 지인들은 자신들이 각자 구명 기구 — 그러니까 각자 주머니에 넣어온 담배 — 를 챙겨 와서 내가 불쾌할 거라고 생각한다. 그건 잘못된 생각이다. 나 역시 그런 식으로 내 몸은 내가 알아서 챙긴다.

위험한 상황에 처하면, 그러니까 부잣집에 가는 경우, 세상일이 으레 그렇듯이 그곳에는 세금이 많이 붙은 수입담배가 마련되어 있다. 붉은색과 금색 띠를 두른 담배들이 축축한 스펀지[2]와 함께 자단목 상자 안에 고이 모셔져 있다. 울적한 검은 재를 남기며 담배가 타들어가면서 냄새가 피어나고, 손가락에 뜨거운 열기가 전해지고, 맨 끝 쪽, 극소량의 정직한 담배 아래쪽으로 불길이 안쪽으로 점점 더 깊이 굴을 파고 들어갈수록 손가락에 느껴지는 열기도 점점 더 뜨거워지고 냄새도 더욱 고약하게, 더욱 참을 수 없이 강해지는 때, 그리고 그 담배 제공자가 내내 그 담배가 얼마나 비싼 건지 아느냐면서 찬사를 늘어놓는 바로 그런 종류의 위험에 처하게 될 때 나 역시 내 방어용 무기를 들고 간다.

내가 애용하는 상표의 담배―한 통에 27센트인―를 들고 가는 것인데, 그러고도 살아서 내 가족을 다시 만날 수 있었다. 내가 붉은 완장을 찬 그의 담배에 불을 붙이는 것으로 보일 수도 있지만 그건 그저 예의상 그러는 거다. 그 담배는 가난한 사람들 주려고 몰래 주머니에 넣는다. 내가 아는 사람들만 해도 가난한 사람들이 수두룩하니까. 그러고는 내 담배에 불을 붙인

2 담배가 마르는 걸 막기 위한 것이다.

다. 상대가 담배 칭찬을 늘어놓으면 맞장구를 쳐주지만, 그 담배가 하나에 45센트짜리라는 상대의 말에는 아무 대꾸도 하지 않는다. 그건 사실과 다르니까.

어쨌든 사실을 말하자면 내 취향은 워낙 폭넓어서 지금껏 도저히 못 피우겠다 싶은 담배는 없었다. 하나에 1달러짜리 담배를 빼고는 말이다. 그 담배를 잘 살펴봤더니 개털로 만든 것이었고, 그것도 좋은 개털도 아니었다.

유럽에서 보내는 시간은 내겐 완전히 만족스럽다. 담배를 하도 피워 단련된 뉴욕의 신문배달원도 피우지 못할 담배를 어딜 가나 구할 수 있기 때문이다. 마지막 유럽 여행 때 담배를 사들고 왔지만 이제 그런 일은 하지 않을 작정이다. 프랑스 정부도 그렇지만 이탈리아 정부도 그저 담배판매상일 뿐이니까 말이다. 이탈리아에는 자체 상표가 서너 종류 있다. 밍게티와 트라부코와 비르지니아, 그리고 비르지니아의 아류인 질 나쁜 상표가 그것이다. 밍게티는 큼지막하게 잘생겼고, 100개에 3달러 60센트다. 난 그걸 일주일이면 다 피우고 하나하나 다 맛있게 피운다. 트라부코도 내 입맛에 잘 맞는다. 가격은 기억나지 않는다. 하지만 비르지니아를 좋아하기까지는 시간이 좀 필요하다. 선천적으로 그 담배를 좋아할 사람은 없다. 생긴 건 쥐꼬리 줄칼처럼 생겼는데, 그보다는 잘 탄다는 사람들도 있다. 안에 가느다란 지푸라기가 들어 있어서 그걸 잡아당겨 빼내야 연기 구멍이 생긴다. 그렇지 않으면 대못처럼 그 안에 공기가 전혀 통하지 않는다. 처음에는 차라리 대못이 낫다고 여길 수도 있다.

난 프랑스나 스위스, 독일, 이탈리아, 어디에서 만든 담배든 다 마음에 들고, 그걸 무엇으로 만들었는지 묻고 싶은 마음은 전혀 들지 않는다. 어차피 그걸 아는 사람도 없겠지만 말이다. 유럽의 파이프용 담배 상표 중에도 내가 좋아하는 것이 있다. 이탈리아 농부들이 애용하는 상표다. 메마르고 성근 검은색 담배인데 보기에는 차 찌꺼기 같다. 불을 붙이면 팽창하면서 파이프 볼 가득 차오르다 못해 위쪽으로 솟아올라, 곧 조끼 앞자락으로 쏟아진다. 담배 값은 싸지만 보험료가 올라가는 셈이다. 결국 내가 첫머리에 말한 바대로다. 담배의 취향이란 미신일 뿐이고 기준은 없다는 것이다. 그러니까 진짜 기준 말이다. 각자의 기호가 각자에게 유일한 기준이다. 그것이 각자 받아들일 수 있는, 각자 그 지시를 따를 수 있는 유일한 기준인 것이다.

저작권에 대한 의견

현 저작권법이 논의 중이던 1906년 12월 6일, 클레멘스 씨가 다른 많은 작가와 함께 상원위원회에 참석했다. 새로운 저작권법은 작가의 저작권을 작가의 일평생 그리고 사후 50년까지 보장하고자 했고, 그것을 예술가나 음악가, 그 외 다른 분야에도 적용하려 했다. 그날의 연사들은 주로 작가들이었다. F. D. 밀릿이 예술가를, 존 필립 수저가 음악가를 대표하여 발언했다.[1]

클레멘스 씨는 그날의 마지막 연사이자 주요 인물이었다. 그가 한 연설에서 진지한 부분은 강한 인상을 남겼고, 익살스러운 부분에서는 상하원 의원들이 다들 폭소를 터뜨렸다.

---

1 밀릿(Francis David Millet)은 미국의 화가, 조각가로서 타이타닉 침몰로 목숨을 잃었다. 수저(John Philip Sousa)는 미국의 작곡자, 지휘자로 미국 국가 〈성조기여 영원하라〉를 지은 것으로 유명하다.

법안을 잘 읽어보았습니다. 적어도 이해할 수 있는 부분은 읽었죠. 재직 의원이 아니고서야 법안을 읽고 완벽히 이해하지는 못하겠지요. 난 재직 의원은 아니고요.

아무래도 나와 관련된 부분에 특히 관심이 갔습니다. 저작권을 작가의 일생과 사후 50년까지 확대하는 것은 마음에 듭니다. 그러면 자식까지 챙길 수 있을 테니 합리적인 작가라면 대체로 만족하리라 봅니다. 손주들이야 자기들이 알아서 하면 되니까요. 내 딸자식들이 그 혜택을 받을 것이고, 그렇게만 되면 내가 까다롭게 굴 일은 없습니다. 그때는 이미 난 이 싸움에서 벗어나 그것과는 상관도 없고 관심도 없을 테니까요.

나는 미국의 모든 사업과 직업이 법으로 보호받아야 한다는 생각에 반감이 없습니다. 오히려 마음에 들어요. 모두 중요하고 가치 있는 일들이니, 만약 저작권법으로 보살필 수 있다면 그런 일이 실제로 이루어지는 걸 보고 싶어요. 굴 양식이나 다른 것들도 포함하면 좋겠어요.

미국의 헌법이 그렇게 요구하니 저작권에 시한을 둘 수밖에 없다는 것은 잘 압니다. 그런데 미국의 헌법은 초기의 헌법, 그러니까 우리가 십계명이라고 부르는 법을 고려하지 않습니다. 십계명에는 다른 사람의 이득을 빼앗지 말라고 적혀 있잖아요. 난 웬만하면 심한 표현은 쓰고 싶지 않습니다. 실제 십계명에 적힌 말은 "도둑질하지 말지어다"이지만 그걸 좀 점잖게 표현한 겁니다.

그런데 영국과 미국의 법은 그 이득을 빼앗아갑니다. 그 땅에서 문학 창작에 종사하는 단 하나의 집단만 골라서 말이죠. 문학에 대해 말로는 온갖 미사여구를 늘어놓습니다. 위대한 문학이 정말 훌륭하고 위대하고 기념비적인 존재라고 입에 침이 마르도록 칭찬을 늘어놓는 와중에 등 뒤에서는 그 기를 꺾는 일은 가리지 않고 다 합니다.

시한을 두어야 한다는 건 알지만 42년²은 지나친 제한입니다. 사실 한 사람의 노동 생산물의 소유권에 왜 시한을 두어야 하는지 그 까닭을 잘 모르겠습니다. 부동산 소유에는 그런 시한이 없잖아요.

베일 박사가 말하기를 그것은 누군가 탄광을 발견해서 그 안에서 열심히 일했는데, 42년이 지나면 정부가 끼어들어 그것을 빼앗아가는 일과 매한가지라고 했죠.

어떤 명분으로 그러는 걸까요? 책을 창작한 작가는 그 이득을 충분히 누렸으므로, 정부가 자기 것도 아닌 그 이득을 빼앗아 8800만 인구에게 아낌없이 나눠주겠다는 것이죠. 하지만 실제 벌어지는 일은 전혀 그런 게 아닙니다. 단지 작가의 소유물

2　당시 저작권법은 책의 출간 후 42년 동안 저작권을 인정했고, 이때 일흔한 살이던 마크 트웨인의 초기 작품들은 저작권 종료가 다가오고 있었다.

을, 그 자식들의 생계수단을 빼앗아 출판사에 곱절로 이득을 안겨줄 뿐이죠. 출판사는 그 책을 계속 출간하고, 거기 가담하고 싶은 공모자들도 원하면 다들 그렇게 해서 자기 식구를 배불리 먹이는 거죠.

게다가 그들은 이렇게 부당하게 생겨나는 이득을 다음 세대, 그다음 세대까지 영원히 누릴 겁니다. 출판사는 죽지도 않으니까요. 몇 주나 몇 달, 혹은 몇 년만 지나면 난 이 세상에 없을 겁니다. 그때 기념비라도 세워졌으면 하지만요. 세상에서 완전히 잊히지 않았으면 하는 바람이라 내 돈을 들여 기념비를 세울까 합니다. 그런데 내 저작권이 사후 50년 동안 지속한다고 하면 무슨 일이 일어나든 상관없을 것 같아요. 지금 내가 쓰고도 남을 만큼의 돈이 저작권료로 들어오는데, 그걸 내 자식들이 쓸 수 있을 테니까요. 난 내가 알아서 살아나갑니다. 할 수 있는 일도 많고요. 하지만 내 딸자식들은 내가 공주처럼 키워서 아무 것도 할 줄 모르고 할 수도 없습니다.[3] 나처럼 혼자 살아나갈 수가 없는 그 딸자식들에게 돈이 가는 거죠. 내 딸자식들이 내게서 얻지 못한 자선을 의회가 베풀어주셨으면 합니다.

정신은 멀쩡한데 그저 산아제한을 열렬히 옹호하는 어떤 사람이 내게 와서 여성 한 사람이 낳을 수 있는 자식을 스물두 명

---

3 딸들에 대한 이 말은 반어적인 우스갯소리다.

으로 제한하는 법이 의회에서 통과될 수 있도록 나의 정치적·종교적 영향력을 행사해달라고 조르면 난 그를 어떻게든 진정시키려 할 겁니다. 사리를 따져 이해를 시키겠죠. 그러니까 이렇게 말할 겁니다. "그냥 놔두세요. 그냥 놔둬도 알아서 잘될 거예요. 미국에서 그 최대치까지 이를 수 있는 부부는 일 년에 한 쌍 나올까 말까잖아요. 그 한 쌍의 부부가 최대치에 이르고도 더 낳고 싶다고 하면 그러라고 해요. 하고 싶은 대로 하라고 해요. 그 가족에 스물두 명의 자식이라는 제한을 둬봐야, 그건 그 민족의 8,800만 인구 가운데 일 년에 단 한 가족에게 불편과 불행을 가져다줄 뿐이에요. 그런 일을 해봐야 뭐 합니까."

저작권도 마찬가지입니다. 42년 시한을 넘어서까지 살아남을 책을 쓰는 작가는 일 년에 한 명 정도예요. 그것밖에 안 돼요. 우리나라에서는 일 년에 두 명도 나오지 않아요. 그런 일이 불가능하다는 건 아주 명백합니다. 저작권을 제한해봐야 그것은 일 년에 한 명의 작가의 자손들에게서 생계수단을 빼앗을 뿐입니다.

몇 년 전, 내가 영국 상원위원회에 출석했을 때[4] 대충 계산을 해봤어요. 독립선언 이후 우리나라에서 발간된 책이 22만 권 가량 됩니다. 지금은 하나같이 다 사라졌죠. 출간 후 10년도 되

---

4 1900년 마크 트웨인은 저작권법 제정을 위해 영국 상원에서 연설했다.

지 않아 다 자취를 감췄어요. 42년의 제한을 넘겨 살아남는 책은 천 권에 한 권 정도입니다. 그러니 제한을 뭐하러 두나요? 차라리 한 가족의 자식을 스물두 명으로 제한하는 게 나을 겁니다.

42년 이상 살아남은 책을 쓴 19세기의 미국인을 들자면 (제임스 페니모어) 쿠퍼부터 시작해야 할 겁니다. 워싱턴 어빙과 해리엇 비처 스토우, 에드거 앨런 포우가 뒤를 따르겠죠. 그러고는 한참 기다려야 합니다. 에머슨에 이른 후 다시 멈춰 서서 한참을 찾아봐야 합니다. 그러고 나서 (윌리엄) 하우얼스와 T. B. 올드리치를 만나게 됩니다.[5] 그 이후 숫자는 점점 더 줄어들어서 19세기를 통틀어 42년 이상을 살아남을 책을 쓴 미국 작가를 과연 스무 명이라도 댈 수 있을까 의구심이 들죠. 그들이 전부 여기 와봐야 (손가락으로 가리키며) 저 긴 의자 하나에 다 앉을 수 있을 겁니다. 거기에 부인과 자식들까지 더해봐야 긴 의자 두세

---

5   제임스 페니모어 쿠퍼(James Fenimore Cooper)는 미국의 소설가·평론가로 국내에 〈라스트 모히칸〉으로 개봉한 영화의 원작을 쓴 작가다(이 책에 수록된 「페니모어 쿠퍼의 문학적 과오」에서 본격적으로 다룬다). 뒤이어 언급되는 작가들은 워싱턴 어빙(Washington Irving), 해리엇 비처 스토(Harriet Beecher Stowe), 에드거 앨런 포(Edgar Allan Poe), 랠프 월도 에머슨(Ralph Waldo Emerson), 윌리엄 딘 하우얼스(William Dean Howells), 토머스 베일리 올드리치(Thomas Bailey Aldrich) 순이다.

개만 더 붙이면 되겠네요.

100명이라는 얼마 안 되는 무리에게서 밥벌이 수단을 뺏어봐야 그것이 무슨 목적에 부합하며 누구에게 무슨 이득을 가져다주겠습니까? 또한 이 얼마 안 되는 책을 불법 출판업자와 합법 출판업자가 손에 넣어 작가의 가족들에게 돌아가야 할 이득을 챙기게 되죠.

영국 상원위원회에 출석했을 때 의장이 내가 원하는 시한은 얼마냐고 물었습니다. 난 '영원히'라고 답했죠. 태도를 보아하니 좀 부아가 나는 모양이었어요. 생각은 소유물이 될 수 없다고 이미 오래전에 결정되었기 때문에 그것은 논리에 맞지 않는 터무니없는 생각이라고 하더군요. 난 앤 여왕 시대[6] 이전에는 생각도 재산이었다고, 그때는 영원한 저작권이 있었다고 말했습니다. 그러자 의장이 이렇게 말했어요. "책이 뭔가요? 책이란 토대부터 지붕까지 다 생각으로 지은 것일 뿐이잖아요. 그러니 책은 재산이 될 수 없어요."

그래서 난 이 지구상에서 금전적 가치를 가진 재산치고 생각에서 나오지 않은 것이 있으면 한번 말씀해보시라고 했죠.

6　앤 여왕(1665~1714)은 재위 시절 스코틀랜드를 통합해 영국을 연합왕국(United Kingdom)으로 만들었다. 앤 여왕 시대에 접어들면서 영국의 언론과 출판이 활황기를 맞이했다.

그가 부동산을 예로 들었어요. 그래서 내가 가상의 예를 하나 들었죠. 열두 명의 영국인이 남아프리카를 여행하며 캠핑을 했는데, 그 가운데 열한 사람은 아무것도 보질 못합니다. 정신적으로 눈이 먼 사람들이지요. 하지만 한 사람만은 이 항구와 땅의 형세에 어떤 중요성이 있는지를 깨닫습니다. 언젠가 철도가 이곳을 지나가고 바로 저 항구에 커다란 도시가 생겨나리라는 것을 알아차린 것이지요. 그것은 그의 생각입니다. 또 다른 생각이 떠올랐는데, 바로 그가 가진 마지막 스카치위스키와 마지막 말 담요를 그 지역 추장에게 가져가 펜실베이니아 크기의 땅과 맞바꾸겠다는 것이었죠. 바로 이 생각이 지닌 가치로 이후 남쪽 케이프에서 북쪽 카이로를 잇는 철도가 건설된 것입니다.

부동산에서 무슨 개발이 벌어지든 그것은 모두 누군가의 머릿속에 있던 생각의 결과입니다. 고층건물도 누군가의 생각이고 철도도 그렇습니다. 전화를 비롯한 모든 물건이 생각을 재현하는 상징일 따름이지요. 장작 받침대나 욕조도 예전엔 존재하지 않았던 생각의 결과입니다.

그러니 그 영국 신사분의 말씀처럼 책이 오로지 생각으로 이루어졌다고 한다면, 그것이야말로 책이 재산이고 그것에 어떤 제한도 있어서는 안 된다는 가장 효과적인 주장이라 하겠습니다. 지금 그걸 요구하는 건 아닙니다. 앞으로 50년 후에 요구하도록 하지요.

나쁜 쪽으로 수정되지 않고 그대로 법안이 통과되었으면 좋겠습니다. 내가 나와는 상관도 없는 예술이나 그런 문제에 중뿔나게 나서는 것으로 보일 수도 있겠습니다. 원래 타고나기를 후하고 관대한 성품으로 타고나서 나도 어쩔 수가 없습니다. 그래서 내게는 이런 신사분이 모든 이에게 느끼는 자비심과 똑같은 자비심이 있습니다.

어떤 신사분이 클럽에서 실컷 놀다가 새벽 두 시에 자기 삶에 무척 만족하는, 아주 행복하고 편안한 마음으로 집에 왔는데 자기 집이 흔들흔들, 흔들거려요. 기회를 보다가 계단이 가까이에 이르렀을 때 폴짝 뛰어 기어올라가 현관에 이릅니다.

집이 계속 흔들흔들, 흔들거리지만 현관문을 지켜보다가 그것이 그의 앞에 이르렀을 때 그 안으로 몸을 던집니다. 겨우 층계에 이릅니다. 집이 어찌나 요동을 치는지 네 발로 엉금엉금 기어도 좀처럼 앞으로 나아갈 수가 없어요. 하지만 마침내 계단을 다 올라가 발을 들어 마지막 계단 위에 올려놓습니다. 하지만 그저 발끝만 걸쳤을 뿐이라 데굴데굴 계단을 굴러 내려갑니다. 맨 아래 기둥을 부여잡고 그가 이렇게 말합니다.

"이렇게 험한 밤에 항해에 나선 모든 가련한 선원을 신께서 불쌍히 여기시기를."

젊은이에게 주는 조언

여기서 강연을 해달라는 말을 듣고 어떤 종류의 강연을 원하느냐고 물었습니다. 젊은이들에게 적합한 강연을 해달라고 하더군요. 교훈적이고 유익한, 조언이 될 만한 그런 것 말이죠.

좋아요. 예전부터 젊은이들에게 들려주고 싶었던 가르침이 몇 가지 있습니다. 여리고 젊은 시절이야말로 그런 말이 뿌리를 내려 오래 지속되고, 그래서 가장 가치를 얻는 시기잖아요. 그러면 젊은 친구들에게 말해주고 싶은, 그것도 힘주어 간청하는 마음으로 들려주고 싶은 첫 번째 조언은,

항상 부모님의 말씀을 따르라는 것입니다. 부모님이 계실 때 말이죠. 궁극적으로는 이것이 가장 좋은 방책이에요. 왜냐하면 그걸 따르지 않아도 어차피 부모님이 그렇게 하게끔 만들 테니까요. 부모는 대체로 본인들이 자식보다 더 많이 안다고 생각합니다. 그러니까 여러분의 더 나은 판단에 따라 행동하기보다는 그런 근거 없는 미신에 맞춰줘야 대체로 여러분이 얻는 게

더 많을 겁니다.

나보다 나은 사람에게는 존경심을 보이세요. 그런 사람이 있다면 말이죠. 낯선 타인에게도, 이따금은 다른 사람들에게도 존경심을 보이세요. 누군가 당신의 기분을 상하게 했는데, 의도적으로 그런 건지 아닌지 확신이 서지 않으면 극단적인 조치를 취하지 마세요. 그냥 기회를 노리다가 벽돌로 쳐버려요. 그 정도면 충분합니다. 상대에게 그런 의도가 없었다는 사실을 알게 되면, 솔직하게 나서서 상대를 때린 것은 여러분의 잘못이라고 털어놓으세요. 당당하게 잘못을 인정하고 그럴 의도는 아니었다고 말해요. 그래요, 항상 폭력은 피해야 합니다. 지금은 자선과 친절의 시대이고, 폭력 같은 것에 의지하던 시대는 지나갔어요. 다이너마이트는 무지하고 저속한 사람들이나 쓰라고 하세요.

일찍 자고 일찍 일어나세요. 그것이 현명한 일입니다. 어떤 위인들은 해 뜰 때 일어나라고 하지요. 누구는 이때 일어나라하고, 또 누구는 저때 일어나라고 해요. 하지만 종달새 소리와 함께 일어나는 것이 가장 좋습니다. 종달새 소리를 듣고 일어났다고 하면 어디서나 아주 좋은 평판을 얻을 테니까요. 게다가 제대로 된 종달새를 구할 수만 있다면, 그래서 제대로 훈련을 시키면, 언제나 아홉시 반에 울도록 훈련을 시킬 수도 있어요. 그건 절대 속임수라고 할 수 없죠.

이제 거짓말에 관해 한마디 하자면, 거짓말을 할 때는 아주 조심해야 해요. 안 그러면 들통날 게 거의 확실하니까요. 일단 들통이 나면, 착하고 순수한 사람들은 여러분을 절대 예전의 모습으로 보지 않을 거예요. 미숙한 훈련에서 비롯하는 부주의함 탓에 제대로 마무리가 되지 않은 어설픈 거짓말을 단 한 번 했다가 씻지 못할 해를 입은 젊은이들이 아주 많아요. 젊은이들에게 절대 거짓말을 해서는 안 된다고 하는 위인들이 있긴 하죠. 그건 당연히 필요 이상으로 강한 표현일 뿐입니다. 나야 그렇게까지는 못하겠지만, 그래도 실습과 경험을 통해 자신감과 품위와 정확함을 얻을 때까지는 이 위대한 기술을 사용하는 데 신중을 기해야 한다는 것이 내 주장이고, 또 그것이 옳다고 봅니다. 그런 능력을 갖춰야만 우아하고 수익성 있는 결실을 얻을 수 있기 때문이죠.

끈기와 부지런함, 그리고 세세한 부분까지 수고롭게 신경 쓰는 것, 이것이 필요한 요건입니다. 시간이 가면서 그것들을 통해 배움이 완전해질 겁니다. 앞날에 두각을 나타낼 수 있는 확실한 기반으로 믿을 수 있는 것은 그것들뿐입니다. "진실은 그 힘이 강력하여 반드시 승리할 것이다." 쩌렁쩌렁하게 울리는 그 고귀한 격언을 온 세상에 들이댈 수 있기까지, 그 독보적인 옛 성현들이 얼마나 길고 지루한 세월 동안 공부하고 생각하고 실천하고 많은 경험을 했을지 생각해보세요. 이 세상 사람 누구도 지금껏 이룬 바가 없는, 사실의 가장 장엄한 복합골절 아닙니까. 진실을 말살하는 일이 전혀 어렵지 않고 잘 꾸며댄 거짓말은 불멸하리라는 증거가 인류의 역사에, 그리고 개개인의 경험에 잔뜩 들어차 있으니 말이죠.

보스턴에는 마취제를 발견했다는 사람의 기념비가 서 있습니다. 그런데 사실 그가 마취제를 발견한 것이 아니라 다른 사람이 발견한 것을 가로챘다는 사실을 이후 많은 사람들이 알게 되었어요. 그래서 이 진실이 강력한 힘을 발휘하여 승리할까요? 아, 여러분, 전혀 아니올시다. 기념비도 단단한 재질이라 오래가겠지만, 그것이 말해주는 거짓말이 그것보다 백만 년은 더 오래 살아남을 겁니다.[1]

여러분이 끊임없이 연구해야 할 것은 허점이 있는 어설프고 서투른 거짓말을 피하는 법입니다. 그런 거짓말은 평범한 진실만큼이나 진정한 영원성을 지니지 못하니까요. 아니, 차라리 그 자리에서 진실을 털어놓고 상황을 마무리하는 게 나을 겁니다. 어설프고 멍청하고 얼토당토않은 거짓말은 이 년도 못 갈 겁니

---

[1] 마취제는 보스턴의 치과의사였던 윌리엄 T. G. 모턴이 처음 발명했다고 알려졌는데, 당시 많은 의사들이 마취제를 찾기 위한 실험을 했기 때문에 그 공로와 특허권을 놓고 여러 사람 간의 다툼이 있었다. 특히 이전에 모턴과 함께 실험을 했던 호레이스 웰스가 이후 모턴이 자신의 몫을 가로챘다고 주장했다. 하지만 모턴이 흡입식 방식을 처음 고안한 것은 사실이라 현재는 그 공로를 인정하는 분위기다.

다. 누군가를 중상모략한 것이 아니라면 말이죠. 그런 경우 거짓말은 질기게 살아남지만, 그건 당연히 여러분이 잘해서 그런건 아니죠. 마지막으로 정리하자면, 이 멋지고 우아한 기술을 일찌감치 갈고닦으세요. 지금 당장 시작하세요. 더 일찍 시작했다면 나도 아마 그 방법을 배웠을 텐데 말이죠.

무기를 절대 부주의하게 다루지 마세요. 젊은이들이 악의에서가 아니라 부주의하게 무기를 다루는 바람에 초래된 슬픔과 고통이 얼마나 많은지 몰라요! 나흘 전에만 해도 내가 여름 동안 지내는 농장의 바로 이웃 농장에서 이런 일이 있었어요. 연로하여 백발이 성성한 착한 할머니가, 그 누구보다 사랑스러운 그분이 앉아서 뭔가를 하고 있는데, 젊은 손자놈이 살금살금 들어와, 수년 동안 손도 대지 않았고 당연히 장전이 되어 있지 않으리라 보았던 낡고 닳고 녹슨 총을 꺼내서 할머니에게 겨눴단 말이죠. 웃으면서 쏘겠다고 위협을 했어요. 겁에 질린 할머니가 살려달라고 비명을 지르며 건너편 문 쪽으로 뛰어갔어요. 그런데 그 손자놈이 자기 앞을 지나가는 할머니의 가슴 가까이에 총을 겨누고 방아쇠를 당긴 거예요! 총알이 없다고 생각했겠죠. 사실 그랬어요. 총알은 없었고, 그래서 아무 일도 일어나지 않았습니다. 그 이야기가 그런 부류의 사건으로 내가 들은 유일한 경우예요.

그래도 좌우간 장전되지 않은 낡은 무기에는 괜히 손대지 마세요. 무기는 인간의 발명품 중 가장 치명적이고 가장 틀림이 없는 것입니다. 그걸 가지고 괜히 아등바등할 필요가 없어요. 조준대도 필요 없고, 조준경도 필요 없고, 조준할 필요는 더더욱 없어요. 아니, 그냥 친척 한 사람만 고르면 아무렇게나 쏴도 백발백중이지 않겠어요? 개틀링 기관총을 갖고 45분 동안 30야드(대략 27미터) 거리의 성당도 맞추지 못하는 젊은이라도, 자기 할머니라면 장전되지 않은 낡은 장총으로도 100야드 거리에서 백발백중으로 맞출 테니까요. 만약 워털루 전투에서 장전되지 않았을 낡은 장총으로 무장한 젊은 남자들과 그들의 여자 친척이 서로 맞섰다면 그 전투가 어떻게 되었을지 한번 생각해보세요. 생각만 해도 아주 오싹해지죠.

책에는 수많은 종류가 있습니다. 하지만 젊은이들은 좋은 책을 읽어야겠죠. 그것을 명심하세요. 좋은 책이야말로 여러분을 나아지게 할 수 있는, 이루 말할 수 없이, 더없이 훌륭한 수단입니다. 그러니까 책을 신중하게 골라야 해요, 여러분. 아주 신중해야 합니다. 그러니까 로버슨의 『설교집』과 백스터의 『성도의 영원한 안식』과 『숫보기의 외국여행』 등등이 아니라면 읽지 마세요.

이제 할 말은 다 한 것 같군요. 여러분들이 지금 내가 알려준 가르침을 소중히 간직해서, 그것이 앞으로 여러분의 발길을 인도하고 여러분의 이해를 밝혀줄 수 있기를 바랍니다. 이 교훈을 지침 삼아 숙고하며 공들여 인성을 세워나가세요. 그래서 머지 않아 완성에 이르렀을 때 그것이 다른 모든 사람의 인성과 얼마 나 멋지고 정확하게 똑 닮았는지를 보게 되면 놀라우면서도 흡족한 마음이 들 것입니다.

어린 여자아이들에게 주는 조언

착한 여자아이는 선생님이 사소한 잘못을 할 때마다 입을 삐죽거려서는 안 된다. 그런 보복은 특별히 심각한 상황일 때에만 사용해야 한다.

네게는 톱밥을 채운 누더기 헝겊 인형뿐인데, 행운아인 네 친구는 값비싼 도자기 인형을 갖고 있으면, 어쨌든 겉으로는 그 친구를 상냥하게 대해야 한다. 양심에 비추어 정당화할 수 없다면 강제로 인형을 바꾸려 해서는 안 된다. 알다시피, 그것을 능히 정당화할 수 있을 테지만.

어린 남동생의 '껌'을 힘으로 빼앗아서는 절대 안 된다. 그보다는 2달러 50센트가 맷돌을 타고 강을 따라 흘러내려오는 걸 발견하자마자 다 주겠다고 약속하며 잘 꾀는 편이 낫다. 그 나이에는 원래 천진난만하니 동생은 그것을 아주 정당한 거래로 여길 것이다. 예나 지금이나, 어딜 보나 그럴듯한 그 허구가 둔한 유아들을 경제적 파멸과 재앙으로 이끌었다.

남동생의 버릇을 고쳐주어야겠다 싶더라도 절대 진흙으로 하지는 말아야 한다. 진흙을 던지면 옷을 버리니까 무슨 일이 있어도 진흙을 던지면 안 된다. 그보다는 뜨거운 물을 끼얹는 게 낫다. 그러면 바라던 결과를 얻을 수 있을 테니까. 네가 주입하려는 내용에 당장 주의를 기울일 것이고, 동시에 동생 몸에 붙은 불순물을 뜨거운 물로 씻어낼 수도 있다. 아마 군데군데 피부도 벗겨지겠지만.

엄마가 무슨 일을 하라고 시켰을 때, 싫다고 대답하는 건 옳지 않다. 일단은 그러마고 대답한 후 나중에 네 판단에 비추어 더 낫다 싶은 바를 가만히 행하는 것이 더 낫고 또 적절하다.

네가 배를 곯지 않는 것도 착한 부모님 덕이고, 꾀병을 부리고 조퇴했을 때 집에 있을 수 있는 것도 부모님 덕이라는 것을 항상 명심해야 한다. 그러니까 부모님의 자질구레한 편견은 존중하고 자질구레한 변덕도 그냥 받아주고, 부모님의 기벽도 너무 많아 더 이상 참기 힘들 때까지는 참아주어라.

착한 여자아이라면 늘 연로한 어른에게 눈에 띄게 공경심을 보여야 한다. 절대 '되바라지게' 굴면 안 된다. 어른들이 먼저 '되바라지게' 나오지 않는 한 말이다.

못된 남자아이 이야기

　예전에 짐이라는 이름의 못된 남자아이가 있었다. 혹시 알 아차렸는지 모르겠지만, 사실 주일학교 책에서 못된 남자아이 의 이름은 십중팔구 제임스다. 이 남자애는 이름이 짐이라니 참 이상하지만 어쨌든 사실이다.

　그 아이에게는 병약한 엄마도 없었다. 독실한데 폐결핵에 걸린 병약한 엄마, 아들을 향한 지고한 사랑만 아니라면, 자신 이 죽은 후 아들에게 혹독하고 냉정한 세상이 닥칠까 봐 근심하 는 마음만 아니라면 당장이라도 미련 없이 무덤 속 안식을 찾고 싶은 그런 엄마 말이다.

　주일학교 책에 나오는 못된 남자아이는 대부분 이름이 제임 스이고 병약한 엄마가 있고, 그 엄마는 아들에게 '이제 내가 잠 자리에 드니' 등등의 기도를 가르치고, 잠이 들 때까지 아름답 고 애처로운 목소리로 노래를 불러주고 입맞춤을 한 후, 침대 옆에 무릎을 꿇고 눈물을 흘린다. 하지만 이 아이의 경우는 달랐다. 아이의 이름은 짐이었고, 아이 엄마에겐 아무런 문제도 없었다. 그러니까 폐결핵이나 그런 식의 문제 말이다. 오히려 건장한 편이었고 독실하지도 않았다. 게다가 짐을 걱정하지도 않았다. 네가 목이 부러져도 별로 아쉽지 않을 거라고 했다. 짐은 볼기를 맞고 울다가 잠이 들었고, 엄마가 잠자리에서 입맞춤을 해주는 법도 없었다. 그러기는커녕 아들 곁을 뜨면서 귀싸대기를 때리곤 했다.

어느 날 이 못된 남자아이가 열쇠를 훔쳐서 광 안에 들어가 몰래 잼을 퍼먹고는, 엄마가 눈치채지 못하도록 먹은 만큼 타르로 채워 넣었다. 그 순간 이 아이에게 지독한 죄책감이 밀려오지도 않았고, 아이의 귀에 대고 '엄마의 뜻을 거스르는 게 옳은 일일까? 이런 일은 죄가 아닐까? 착하고 상냥한 엄마의 잼을 마구 퍼먹는 못된 아이는 나중에 어디로 가지?' 이런 말을 속삭이는 목소리도 없었던 모양이다. 그래서 혼자 무릎을 꿇고 앉아 다시는 나쁜 마음을 품지 않겠다고 맹세하고 기쁘고 홀가분한 마음으로 엄마에게 가서 사실을 털어놓고 용서를 구하고, 엄마는 자랑스럽고 대견한 마음에 눈물이 글썽한 채 아이에게 축복을 내리는 그런 일도 없었다.

아니, 책에 나오는 못된 아이는 다 그런 식이지만 참 이상하게도 짐의 경우에는 그렇지 않았다. 짐은 잼을 먹고는, 상스럽고 불경한 말투로 뭐야, 절인 쇠고기잖아, 이렇게 내뱉었다. 그러곤 병 안에 타르를 집어넣고는, 이것도 절인 쇠고기야, 이렇게 말하며 킥킥거렸고, 이 사실을 알면 '노인네가 벌떡 일어나 씩씩거리겠지'라고 말했다. 엄마가 그 일을 알았을 때 아이는 모르쇠로 나갔고, 그러자 엄마는 된통 매질을 했고 아이는 결국 엉엉 울었다. 이 아이의 모든 것이 참 희한했다. 어딜 보나 책에 나오는 못된 제임스와는 전혀 딴판이었으니 말이다.

한번은 짐이 농부 에이컨의 사과를 훔치려고 사과나무에 올라갔다. 나뭇가지가 부러지면서 땅에 떨어져 팔이 부러지는 일도 없었고, 농부의 거대한 개에게 온몸을 물려 몇 주 동안 병상에 누워 있지도 않았으며, 그런 후 개과천선하는 일도 없었다. 전혀 아니었다. 원하는 만큼 잔뜩 사과를 훔쳐서 멀쩡하게 내려왔다. 개가 덤벼들 때를 대비해서 만반의 준비까지 해놓아, 정말로 개가 덤벼들자 벽돌 모서리로 개를 후려쳤다. 참 희한한 일이었다. 연미복을 입고 높이 솟은 모자를 쓰고 다리가 드러나는 짧은 나팔바지를 입은 남자들과 허리선이 가슴께까지 올라오는 옷을 입고 뻣뻣한 속옷은 입지 않은 여자들 그림이 실린, 대리석 무늬 표지를 입힌 온화한 작은 책 속에서는 절대 그런 일이 없는데 말이다. 주일학교 책에서는 절대 그런 일이 없는 것이다.

한번은 그 아이가 선생님의 주머니칼을 훔쳤다. 선생님에게 발각되어 회초리를 맞을까 봐 걱정이 되어 칼을 조지 윌슨의 모자 속에 슬쩍 넣었다. 조지는 가련한 홀어미 윌슨의 아들로, 늘 어머니 말씀을 잘 듣고 절대 거짓말을 하지 않으며 배움을 즐기고 주일학교에 열심인 모범적인 아이, 마을에서 이름난 착한 남자아이였다. 자기 모자에서 칼이 툭 떨어지자 불쌍한 조지는 마치 자기가 알고 죄를 지은 것처럼 얼굴을 붉히며 고개를 숙였다.

비통에 잠긴 선생님이 그에게 도둑질의 죄를 물어, 발발 떨리는 그 어깨 위로 막 회초리를 내리치려는 순간, 전혀 있을 법하지 않은 백발의 치안판사가 난데없이 등장하여 젠체하며 이렇게 말하는 일은 일어나지 않았다. "그 고결한 아이를 놔두시오. 저기 어깨를 움츠리고 서 있는 저 애가 진짜 죄인이오! 저 아이는 날 못 봤겠지만, 이 몸은 쉬는 시간에 학교 문 앞을 지나가던 중에 저 아이의 도둑질을 목격했소!" 그 결과 짐이 흠씬 두들겨 맞는 일은 없었다. 덕망 있는 치안판사께서 감동의 눈물을 흘리는 학생들 앞에서 설교를 늘어놓는 일도 없었고, 조지의 손을 잡고 이런 아이는 칭찬을 받아야 마땅하다고 하면서 자기 집에서 허드렛일을 도우며 함께 살자고 하는 일도 없었다. 그리하여 조지가 그의 집무실 청소를 하고 불을 피우고 심부름을 하고 장작을 패고 법 공부를 하고 집안일을 돕고, 그러면서도 남는 시간을 잘 쪼개서 놀기도 하면서 한 달에 40센트를 받고도 행복해하는 그런 일은 일어나지 않았다.

그런 일은 없었다. 책에서는 보통 일이 그렇게 되지만 짐에게는 그렇지 않았다. 오지랖 넓고 둔해빠진 늙은 치안판사가 나타나 일을 번거롭게 만드는 일은 없었고, 그래서 모범생 조지는 회초리를 맞았고 짐은 아주 고소해했다. 알다시피 짐은 모범생을 아주 싫어했기 때문이다. '물렁팥죽 같은 녀석들은 딱 질색'이라고 떠들고 다녔다. 제멋대로인 이 못된 아이가 입만 열면 그렇게 상스러운 말이 나왔다.

하지만 짐에게 일어난 가장 희한한 일은 주일에 보트를 타러 갔는데도 물에 빠져죽지 않은 것이다. 주일에 고기잡이를 하러 갔는데 폭풍우를 만나지도 않았고 벼락을 맞지도 않았다. 지금 이 순간부터 시작해서 다음 크리스마스가 올 때까지 주일학교 책을 샅샅이, 아주 샅샅이 뒤져봐도 이런 경우는 절대 찾지 못할 것이다. 암, 못 찾지. 주일에 보트 타러 나간 못된 아이들은 하나같이 물에 빠져 죽고 주일에 고기잡이 갔다가 폭풍을 만난 못된 아이들은 어김없이 벼락을 맞으니까. 못된 남자아이들을 태운 보트는 주일만 되면 하나같이 전복되고, 못된 남자아이들이 안식일에 고기잡이를 나가면 항상 폭풍우가 몰아친다. 이 짐이라는 아이가 그걸 다 어떻게 모면했는지 정말 불가사의할 따름이다.

이 짐이라는 아이는 마법이 보호했다. 그렇지 않고서야 말이 되지 않는다. 어떤 경우에도 그 아이가 다치는 법이 없었다.

동물원의 코끼리에게 씹는담배 뭉치를 주기까지 했는데 코끼리가 코로 아이의 머리통을 후려치지도 않았다. 페퍼민트 용액을 찾는 척하며 찬장을 뒤지다가 독주를 마셨는데 실수로 그런 게 아니었다. 아버지의 총을 훔쳐서 안식일에 사냥을 갔지만, 총을 잘못 다뤄 손가락이 몇 개 날아간 일도 없었다. 분통이 터져 어린 동생 이마를 주먹으로 후려쳤을 때도, 그 동생이 긴긴 여름날 동안 아파서 골골하다가 마지막으로 오빠에게 상냥한 용서의 말을 남겨 이미 비통함으로 찢어질 듯한 그 마음을 더욱 괴롭히며 죽어버리는 일은 없었다. 아니, 그게 아니라 동생은 잘 극복했다. 짐이 마침내 집을 나가 선원이 되었는데, 나중에 돌아와 보니 사랑하는 식구들은 모두 스산한 교회 뒷마당에 묻혀 있고 덩굴이 아름답게 뒤덮고 있던 어린 시절의 집은 다 허물어져 형체도 알아볼 수 없어, 자신이 이제 피붙이 하나 없이 세상에 달랑 혼자임을 깨닫는 일은 없었다. 아, 전혀. 그는 고주망태로 돌아왔고 오자마자 경찰서로 끌려갔다.

그는 자라서 결혼해서 자식을 많이 낳았는데, 어느 날 밤 도끼를 휘둘러 다 죽여버렸고, 온갖 사기와 비열함을 동원하여 부자가 되었다. 그래서 이제 고향에서 가장 극악무도하고 사악한 악당이 되어, 만인의 존경을 받으며 국회의원 노릇을 하고 있다.

그러니 주일학교 책의 못된 제임스 중에는, 마법으로 보호를 받는 이 사악한 짐처럼 행운이 줄지어 따라주는 이는 전혀 없었던 것이다.

착한 남자아이 이야기

예전에 제이컵 블라이번스라는 이름의 착한 남자아이가 있었다. 그 아이는 아무리 터무니없고 불합리한 요구라도 부모의 말이라면 늘 순종했다. 언제나 공부를 열심히 했고 주일학교에 늦는 법도 없었다. 온전한 정신으로 판단하자면 수업을 빼먹는 일이 자기가 할 수 있는 가장 유익한 일이라는 게 분명할 때에도 절대 그러는 법이 없었다. 행동이 워낙 괴상했기 때문에 다른 남자아이들은 그 아이를 도대체 이해할 수가 없었다. 거짓말이 얼마나 편리한데, 그걸 하려 들지 않았다. 거짓말을 하는 건 옳지 않다고 하고는 끝이었다. 얼마나 정직한지 그냥 어이가 없었다.

제이컵의 행동거지는 비할 바 없이 희한했다. 일요일에 구슬치기도 하지 않으려 했고, 새 둥지에서 알을 훔치는 일도, 소형 오르간 연주자의 원숭이에게 불에 달군 동전을 주는 일도 하지 않으려 했다. 어떤 합리적인 오락에도 관심이 없는 듯했다.

그래서 다른 아이들이 그를 이해해보려 열심히 머리를 굴려보았지만 도무지 만족스러운 결론에 이르지 못했다. 앞에서 말했듯이 막연하게 '어디가 좀 안 좋구나'라고 여길 뿐이었고, 그래서 그 애가 어떤 해도 입지 않도록 자기들이 알아서 잘 보호해주었다.

이 착한 남자아이는 주일학교의 책을 모조리 읽었다. 그것이 그의 가장 커다란 낙이었다. 비밀은 거기에 있었다. 그 아이는 주일학교 책 속의 착한 남자아이를 그대로 믿었던 것이다. 진심으로 믿었다. 그런 인물을 실제로 한 번이라도 만나볼 수 있기를 고대했다. 하지만 그런 일은 없었다. 아마 내가 태어나기 전에 다들 세상을 떴겠지. 책을 읽다가 특별나게 착한 인물이 나오면, 곧장 맨 뒤로 넘겨 그 인물이 나중에 어떻게 되나 보았다. 수천 마일 거리라도 그를 찾아가 두 눈으로 보고 싶었기 때문이다. 하지만 허사였다. 착한 남자아이는 하나같이 마지막 장에서 세상을 떴고, 너무 짧은 나팔바지를 입고 너무 큰 모자를 쓴 그의 일가친척들과 주일학교 아이들이 무덤을 둘러싸고 서서 일 미터 반이나 되는 천으로 만든 것 같은 손수건을 눈에 대고 펑펑 우는 장례식 장면이 있었기 때문이다. 그 아이의 소망은 늘 이런 식으로 좌절되었다. 착한 남자아이들은 모두 마지막 장에서 죽으니 도대체 실제로 만나볼 수가 없었다.

제이컵에게는 주일학교 책에 실리겠다는 고귀한 야망이 있었다. 명예를 지키기 위해 엄마에게 거짓말을 하지 않겠다고 마음을 먹자 이에 엄마가 기쁨의 눈물을 흘리는 장면, 문간에 선 자신이 여섯 아이들이 딸린 거지에게 1페니 동전을 주면서 마음껏 쓰되 낭비는 하지 말라고, 낭비는 죄라고 말하는 장면, 자신이 학교에서 돌아올 때면 언제나 길모퉁이에 몸을 숨기고 기다렸다가 졸대로 머리를 후려친 뒤 '이봐! 이봐!' 하며 집까지 쫓아오는 못된 아이를 관대하게도 선생님에게 일러바치지 않는 장면을 묘사하는 그림과 함께 책에 실리고 싶었다. 그것이 어린 제이컵 블라이번스의 야망이었다. 주일학교 책에 실리는 것. 그런데 착한 아이들은 모두 일찍 죽는다는 사실이 떠오르면 때로 마음이 좀 불편했다. 당연히 오래 살고 싶었으므로, 주일학교 책의 아이와 관련하여 가장 마음에 들지 않는 면이 바로 그것이었다.

제이컵은 착한 삶이 건강한 삶이 아니라는 것은 알았다. 주일학교 책의 아이들이 지닌 초자연적인 선함이란 폐결핵보다 치명적이라 어느 누구도 그걸 오래 견뎌낼 수 없다는 걸 알았다. 그래서 설사 책에 실린다 해도 정작 자신은 그걸 볼 수 없을 것이고, 혹시 자신이 죽기 전에 책이 나온다면 마지막에 장례식 그림이 실리지 않아 그 책이 별로 인기가 없으리라는 생각을 하면 괴로웠다. 임종의 순간에 마을 사람들에게 전하는 충고가 담겨 있지 않은 책은 그다지 주일학교 책답지 않으니까. 결국에는 주어진 상황에서 최선을 다하자고 마음을 먹는 수밖에 없었다. 올바르게 살고 가능한 한 오래 살고, 때가 되면 할 수 있도록 임종의 말을 늘 준비해두겠다고.

하지만 웬일인지 이 착한 남자아이에게는 뭐든 제대로 되는 일이 없었다. 책에 나오는 착한 남자아이처럼 일이 되는 법이 없었다. 책 속의 착한 남자아이들은 언제나 잘 지내고 못된 남자아이들은 다리가 부러졌다. 그런데 제이컵의 경우에는 어디 나사가 하나 풀렸는지 상황이 전혀 달랐다. 사과를 훔치는 짐 블레이크를 보고는 그 나무 아래로 가서, 이웃의 사과를 훔치다가 떨어져 팔이 부러진 못된 남자아이 이야기를 읽어주었다. 그런데 짐이 나무에서 떨어지기는 했으나 제이컵 바로 위로 떨어지는 바람에 제이컵의 팔이 부러지고 정작 짐은 멀쩡했다. 제이컵은 이해할 수가 없었다. 그런 경우는 책에서는 눈을 씻고 찾아봐도 없었다.

또 한번은, 못된 아이들 몇이 눈이 안 보이는 남자를 진흙탕에 밀어 넘어뜨린 것을 보고 달려가 그를 일으켜주었다. 그 남자가 덕담을 해주겠지 기대했는데, 그 남자는 덕담은커녕 들고 있던 지팡이로 그의 머리를 후려치면서 사람을 일부러 넘어뜨리고는 도와주는 척하는 그런 짓을 또 하기만 해보라고 으름장을 놓았다. 책에 나오는 내용과는 전혀 맞지 않았다. 제이컵은 책을 샅샅이 뒤져보았다.

제이컵이 하고 싶었던 일 가운데 하나는, 머물 곳 없이 떠도는, 학대받고 허기진 절름발이 개를 길에서 만나 자기 집으로 데리고 와서 보살펴주고, 그러면 개는 그에게 한없는 고마움을 표시하는 것이었다. 마침내 그런 개 한 마리를 만났을 때 뛸 듯이 기뻤다. 개를 집으로 데리고 와서 먹을 것을 주었는데, 그가 손을 내밀어 쓰다듬으려고 하자 개가 달려들어 앞자락만 남기고 옷을 다 갈기갈기 찢어발겼다. 그 모습이 정말 가관이었다. 권위자의 의견을 찾아보았지만 도대체 어찌된 일인지 이해할 수가 없었다. 책 속의 개와 같은 품종이었는데 그 개의 행동은 너무 달랐다. 이 아이는 무슨 일을 하든 곤경에 처했다. 책 속의 아이들이 상을 받는 일을 그대로 따라 해도, 이 아이에게는 전혀 소득 없는 일이 될 뿐이었다.

한번은 주일학교에 가다가 몇몇 못된 남자아이들이 돛단배를 타고 놀러 가려는 걸 보았다. 책에서 읽은 바로는 일요일에 배를 타고 놀러 나가는 아이들은 어김없이 물에 빠져 죽었기 때문에 제이컵은 화들짝 놀랐다. 그래서 그 아이들에게 경고를 하려고 뗏목을 타고 따라갔는데, 뗏목이 뒤집히면서 강물에 빠지고 말았다. 어떤 남자가 곧 그를 구해냈고 의사가 물을 토해내게 한 뒤 풀무로 숨을 불어넣어 살려냈다. 하지만 그 아이는 지독한 감기에 걸려 아홉 주 동안 아파 누워 있었다. 무엇보다 이해할 수 없는 점은 배를 타고 나간 못된 아이들은 하루 종일 신나게 놀았고, 믿을 수 없을 만치 멀쩡하게 돌아왔다는 사실이다. 그런 경우는 책에서 전혀 찾아볼 수 없었다고 제이컵 블라이번스는 말했다. 너무 기가 막혀 말이 나오지 않았다.

제이컵은 병이 나은 뒤 아무래도 좀 의기소침해졌지만 그래도 꿋꿋이 해나가겠다고 결심했다. 지금까지 자신이 한 일 중에 책에 실릴 만한 것이 없지만 아직 착한 남자아이들에게 주어진 일생과 비교해 시간이 남아 있으므로 그 시간이 다할 때까지 끈기 있게 해나가면 기록에 남을 수 있으리라 희망했다. 하는 일마다 실패하더라도 그에게는 임종 때 할 말이 남아 있었다.

권위 있는 그 책을 살펴보니 이제 자신이 배의 사환이 되어 바다에 나갈 때였다. 선장을 찾아가 배를 타고 싶다고 했다. 누구의 추천을 받았느냐는 선장의 질문에 그는 자랑스럽게 찬송가 책을 꺼내 그 안에 적힌 '사랑을 가득 담아 선생님이 제이컵 블라이번스에게'라는 말을 손으로 가리켰다. 그렇지만 선장은 거칠고 상스러운 인물이라 이렇게 내뱉었다. "아, 그 따위 건 집어치워! 그런 걸 봐야 그 놈이 설거지를 잘하는지 기름통을 잘 다루는지 어떻게 알아. 그런 놈 필요 없어." 이것은 지금껏 살면서 제이컵이 당한 가장 기이한 일이었다. 선생님이 찬송가 책에 적어주신 칭찬이 선장에게 한없이 따뜻한 마음을 불러일으키고 명예와 이득이 따르는 모든 직위로 나아갈 길을 알아서 열어주지 못한다니, 그런 일은 그가 읽은 어떤 책에서도 본 적이 없었다. 제이컵은 뭐가 뭔지 도무지 알 수가 없었다.

이 아이의 삶은 늘 힘겨웠다. 권위 있는 책에 나오는 대로 이루어지는 일이라고는 없었다. 그러던 어느 날 바로잡아줘야 할 못된 아이들이 어디 없나 두리번거리며 다니다가 오래된 철공소 안에서 남자아이들 무리가 열댓 마리의 개에게 장난을 치는 것을 발견했다. 개들은 줄줄이 묶여 있었고, 각각의 꼬리에 빈 니트로글리세린 깡통이 바투 매어져 있었다. 제이컵은 가슴이 아팠다. 그 아이는 깡통 하나를 깔고 앉아(그 아이는 해야 할 의무가 닥치면 기름이 묻는 것도 개의치 않았다) 가장 앞쪽의 개의 목줄을 잡고는 나무라는 눈길로 사악한 톰 존스를 쏘아보았다.

바로 그때 격분한 얼더먼 맥웰터가 나타났다. 못된 남자아이들은 어느새 다들 도망쳤지만, 자신이 결백하다는 사실을 잘 아는 제이컵 블라이번스는 앉았던 자리에서 일어나 한결같이 '오, 어르신'으로 시작하는 그 위풍당당한 주일학교 연설을 시작했다. 착한 아이든 못된 아이든, '오, 어르신'으로 말을 시작하는 아이는 전혀 없다는 사실은 완전히 무시하고 말이다. 하지만 얼더먼은 그 뒤로 이어지는 말은 들으려 하지도 않았다. 제이컵 블라이번스의 귀를 붙들어 올려 몸을 휙 돌리고는 손바닥으로 엉덩이를 대차게 후려쳤다. 그 순간 착한 남자아이는 지붕을 뚫고 솟아올랐고, 열다섯 마리 개를 조각조각 연 꼬리처럼 매단 채 태양을 향해 높이 날아갔다. 지구상에서 얼더먼이나 그 오래된 철공소의 표식을 찾아볼 수 없을 정도였다. 어린 제이컵 블라이번스로 말하자면, 임종 연설을 그렇게 애써 준비한 아이인데 그 말을 할 기회조차 갖지 못했다. 날아가는 새에게 하지 않는 다음에야 말이다. 왜냐하면 그의 몸 대부분은 이웃 마을의 나무 꼭대기에 안전하게 떨어졌지만 나머지는 마을 네 곳에 이리저리 흩어진 터라 그가 죽었는지 아닌지, 어쩌다 그렇게 되었는지를 밝히기 위해 다섯 번의 심리를 거쳐야 했기 때문이다. 한 아이의 몸이 그렇게 산산이 흩어진 건 유례가 없었다. (이 글리세린 일화는 항간에 떠다니는 신문 기사에서 따온 것이다. 기사 작성자의 이름을 알았다면 명시했겠지만 알지 못한다. ―마크 트웨인)

할 수 있는 한 최선을 다했던 착한 남자아이는 그렇게 생을 마감했고, 그의 삶은 책에 나오는 대로 이루어지지 않았다. 그가 하던 식으로 했던 다른 아이들은 모두 잘 살았는데 그만 예외였다. 그의 경우는 정말이지 예사롭지 않다. 아마 절대 해명할 수 없을 것이다.

끔찍한 독일어

약간의 지식으로 온 세상이 하나가 된다.

—잠언 32장 7절[1]

나는 전시된 진기한 물건을 구경하러 하이델베르크 성에 종종 갔다. 하루는 그곳 관리인에게 독일어로 말을 건넸더니 그가 깜짝 놀랐다. 오로지 독일어로만 말을 했더니 그가 상당한 관심을 보였다. 한동안 이어지던 내 말이 끝나자 그는 내 독일어가 아주 드문 독일어라고, 아마 '유일무이한' 독일어인 듯하니 자신의 박물관 목록에 넣고 싶다고 했다.

내가 그 기술을 익히느라 어느 만큼의 노고를 들였는지 그가 알았다면, 그걸 사겠다고 덤비는 수집가는 다들 파산할 거라는 사실도 알았을 것이다. 해리스와 나는 당시 몇 주 동안 독일

1 이 또한 트웨인이 지어낸 말이다.

어를 익히느라 무진장 애를 쓰고 있었다. 상당한 진전이 있긴 했지만, 그사이 우리를 가르치던 세 명의 선생님이 세상을 떠났기 때문에 보통 힘들고 골치 아픈 일이 아니었다. 독일어를 배워본 적 없는 사람은 그 언어가 얼마나 복잡한 언어인지 전혀 감을 잡을 수 없을 것이다.

틀림없이 그렇게 엉성하고 체계도 없고, 이해할 만하면 미꾸라지처럼 빠져나가는 언어는 세상에 또 없다. 그 속에서 너무나 무력하게 이리저리 쏠려 다닐 수밖에 없다. 대체로 정신 사나운 아수라장이라 할 열 개의 품사를 헤매다가, 자리를 잡을 만한 견고한 기반을 제공하는 규칙을 겨우 확보했나 싶으면, 다음 책장에서 이런 문장이 나온다. "다음 **예외**를 잘 기억하기 바랍니다." 아래를 쭉 훑어보니 그 규칙의 실례보다 더 많은 예외가 있다. 그렇게 다시 깊은 물속에 던져져 아라라트산을 찾아 헤매지만, 뭔가 찾았나 싶으면 여전히 흐르는 모래일 뿐이다.[2] 지금까지 내가 경험한 바가 그러했고 여전히 그렇다.

내가 통달한 복잡한 네 가지 명사의 격 가운데 하나를 드디어 제대로 썼구나 싶으면, 사소해 보이는 전치사 하나가 전혀 생각지도 못한 엄청난 힘을 장착하고 내 문장으로 난입하여

2 아라라트산은 『성경』에서 노아의 방주가 표류하다가 도착했다고 전해지는 산으로, 터키에서 가장 높은 산이기도 하다.

몽땅 허물어버린다. 예를 들어 교재에 어떤 새에 관해 알아보는 내용이 있다고 치자. (내 교재는 어디에도 전혀 쓸데없는 것들을 묻는 게 일이다.) "새는 어디 있나요?" 이 질문의 답—교재에 따르면—은 비로 인해서 새가 대장간 안에서 비를 긋고 있다는 것이다. 비가 온다고 그렇게 하는 새는 물론 없지만 일단 책이 시키는 대로 해보자. 그래서 난 독일어로 그 답을 만들어보기 시작한다. 응당 전혀 다른 순서로 시작한다. 독일어는 그런 식이니 말이다. 속으로 이렇게 따져본다.

"비라는 뜻의 단어 regen은 남성명사이니까—아니 여성명사인가, 아니 중성명사일 수도 있지, 찾아보기는 너무 귀찮은데. 찾아보면 알게 되겠지만 그 성에 따라 der Regen이거나 die Regen이거나 das Regen이겠지. 과학적 실험 정신으로 그것이 남성명사라는 가정하에 문장을 만들어봐야겠다. 좋아, 그럼 '비'는 der Regen이겠지.

상술이나 논의가 아닌 정지 상태에서 단순히 **언급되는** 거니까 주격을 써야지. 그런데 땅에서 벌어지는 일이 대개 그렇듯이 비가 움직인다면 분명 특정한 장소에 존재하고 **뭔가를 하고 있는** 거잖아. 그러니까 어떤 일이 일어나길 기다린다(독일어에서는 뭔가를 한다는 것을 이렇게 표현한다)고 한다면 여기서 비는 여격(與格)이 되니까 dem Regen이 되겠네. 하지만 비는 그냥 기다리는 게 아니라 **적극적으로** 뭔가 하는 거니까—아래로 떨어지니까, 아마 새를 방해하면서 — 그러면 동작을 나타내게 되니 목적격으로 바뀌어 dem Regen은 den Regen이 되어야겠다."

이렇게 문법의 별점을 다 쳐본 후에 자신만만하게 '비로 인해 wegen den Regen' 새가 대장간 안에 있다고 독일어로 말한다. 그에 선생님은 'wegen'이라는 전치사가 나오면 언제나 그 뒤의 명사는 결과와 상관없이 소유격이 된다는 상냥한 말로 내게 실망감을 안긴다. 이 새는 'wegen des Regens' 대장간 안에 있다는 것이다.

주의: 나중에 더 권위 있는 누군가에게 들은 바로는 어떤 특별하고 복잡한 상황에서는 'wegen den Regen'도 허용하는 '예외'가 있다고 한다. 그런데 그 예외는 **오로지** '비'와 함께 쓰일 때만 그렇다고 한다.

열 개의 품사가 있는데 모두 골칫거리다. 독일 신문에 나오는 평범한 문장도 황당하리만치 진기하다. 한 문장이 기사 한 단의 4분의 1은 차지한다. 열 개 품사가 모두 쓰이는데 그것도 일반적인 순서가 아니라 저마다 뒤섞여 있다. 글쓴이가 그 자리에서 바로 지어낸 합성어가 많은데 어떤 사전에서도 찾아볼 수 없다. 연결점이나 이음새도 없이, 그러니까 짧은 줄표도 없이 예닐곱 단어가 하나로 뭉쳐 있는 것이다. 열네댓 개 주어가 나오는데 모두 각자의 삽입구 안에 들어가고, 여기저기 여분의 삽입구가 또 있어서 우리 안에 또 우리가 들어 있다. 결국 그런 삽입구과 재삽입구가 모두 한두 개의 왕-삽입구 사이에 무리지어 모인다. 왕-삽입구 하나는 그 장대한 문장의 첫 줄에 자리를 잡고, 다른 하나는 마지막 줄 중간쯤에 자리를 잡는다. **그 뒤에 동사가 나온다.** 그제야 글쓴이가 무슨 말을 하려는지 처음으로 깨닫게 되는 것이다. 그리고 동사 다음에 — 나로서는 그저 장식용이라고밖에 생각되지 않는데 — 'haben sind gewesen gehabt haben geworden sein'[3]이나 그런 비슷한 뜻의 단어를 쏟아 붓고 나면 기념비 같은 작업이 종결된다. 마지막에 호들갑스럽게 붙은 단어는 서명에 쓰는 장식과 비슷한 성격이라고 본다. 그러니까 꼭 필요하지는 않지만 멋있게 보이라고 넣는 것이다. 독일어 책은 그걸 들고 거울 앞에 서거나 물구나무를 서면 쉽게 읽힌다. 문장 구조가 뒤집혀 있으니 말이다. 하지만 독일어 신문을 읽고 이해하는 일은 외국인에게는 도대체 가능하지 않은 일이라고 본다.

독일어 책 또한 삽입구 정신착란의 공격에서 자유롭지 않다. 대개는 몇 줄에 걸치는 가벼운 종류이긴 하지만 말이다. 그래서 마침내 동사에 이르렀을 때 앞선 내용이 아직 상당 부분

---

3 haben sind gewesen gehabt haben geworden sein은 각각 haben, sein, werden 등의 변형으로서, 여기서 트웨인은 독일어의 시제 및 성별에 따른 동사의 다양한 변화를 비꼬고 있다.

머리에 남아 문장이 얼마간은 이해가 된다. 훌륭하고 대중적으로도 인기 있는 독일 소설의 한 문장—약간의 삽입구가 들어간—을 인용해보겠다. 글자 그대로 번역을 하되, 독자의 이해를 돕기 위해 괄호와 짧은 줄표를 첨가할 텐데, 원문에는 그런 부호는 없기 때문에 독자는 저 멀리 떨어진 동사에 닿을 때까지 알아서 좌충우돌 나아가야 한다.

"하지만 그가, 거리에서, (최신-유행의-복장을-따라-이제-아주-거리낌없이-새틴-과-실크로-감싼) 시의원 부인을 **만났을 때**" 등등.

이는 마리트 부인의 『노처녀의 비밀』에 나오는 문장이다. 누구나 인정하는 모범적 독일어로 쓰인 문장이다. 그걸 보면 동사가 독자의 사령탑에서 얼마나 멀리 떨어져 있는지 알 수 있다. 하긴, 독일 신문에서는 아예 동사가 다음 장으로 넘어가기도 한다. 흥미진진한 서두와 삽입구를 한두 단에 걸쳐 줄줄이 이어가다가 갑자기 시간에 쫓겨 동사를 넣지 못한 채 인쇄에 들어갈 때도 있다는 말도 들었다. 그렇게 되면 당연히 독자는 잔뜩 힘만 들였을 뿐 얻는 것이 아무 것도 없게 된다.

우리 문학에도 삽입 병(病)이 있어서 우리 책과 신문에서 매일 찾아볼 수는 있다. 하지만 우리는 그것을 아직 숙달이 덜 된 작가나 사고가 흐릿한 사람의 특성이자 표시로 보는데, 독일에서는 그것을 숙달된 작가의 특성이자 표시로, 그들 사이에서는 명징함을 뜻하는, 어둠에서 빛을 발하는 지성의 안개를 소유한 표식으로 여긴다. 분명 그것이 명징함이 **아닐** 텐데 말이다. 명징함일 수가 없다. 배심원들도 그런 걸 알아챌 만큼의 통찰력은 있을 것이다. 어떤 남자가 거리에서 시의원의 아내를 만났다는 이야기를 하려는 작가가 이렇게 간단한 작업을 하다 말고 다가오는 사람을 멈춰 세워 한참 동안 여자의 복장에 대해 시시콜콜 늘어놓는다면, 그 작가의 머릿속은 상당히 혼란스럽고 무척 뒤죽박죽일 수밖에 없다. 누가 봐도 비상식적이니 말이다. 치과의사가 숨 가쁘고 급박하게 당신 치아를 집게로 단단히 고정을 한 뒤, 두려움에 떠는 환자의 치아를 잡아 빼지는 않고 지루한 일화를 느릿느릿 이어가는 것이나 마찬가지다. 문학작품에서나 치과에서나 삽입구는 똑같이 나쁜 취향이다.

독일어에는 또 다른 종류의 삽입이 있다. 동사를 둘로 쪼개어, 반은 흥미진진한 장의 맨 앞에, **나머지 반**은 그 끝에 놓는 식의 삽입이다. 그보다 더 혼란스러운 것을 도대체 상상할 수나 있는가? 그런 걸 '분리 동사'라고 부른다. 독일어 문법에는 그런 분리 동사가 수두룩하다. 그리고 두 부분이 멀리 떨어져 있을수록 그 범죄를 저지르는 저자는 더욱 흐뭇해한다. 다들 좋아하는 단어로 reiste ab이 있다. 떠난다는 뜻이다. 내가 소설의 한 대목을 발췌하여 영어로 옮겨보겠다.

"여행 가방이 다 준비되었으므로, 그는 떠- 모친과 누이들에게 입맞춤을 하고, 사랑하는 그레첸을, 소박한 흰색 모슬린

옷을 입고 윤기 흐르는 풍성한 갈색머리에 월하향 한 송이를 꽂은 채, 놀라고도 들뗬던 지난밤의 일로 여전히 얼굴엔 핏기가 없지만, 목숨보다 더 사랑하는 그의 가슴에 한 번 더 고통으로 욱신거리는 머리를 기댈 수 있기를 바랐던 그레첸을 한 번 더 가슴에 꼭 끌어안은 뒤, -났다."

그런데 분리 동사를 오래 따져보는 건 좋지 않다. 틀림없이 금방 열이 뻗칠 테니까. 미리 주의를 듣지 못한 채 주어에만 집착하다 보면 머리가 이상해지거나 뻣뻣해질 것이다. 독일어에서는 대명사와 형용사도 무척 성가신 존재이니 무시해야 한다. 예를 들어 발음이 같은 sie가 '너'도 되었다가 '그녀가'도 되었다가 '그녀를'도 되었다가 '그것'도 되었다가 '그들이'도 되었다가 '그들을'이 되기도 한다. 도대체 언어가 얼마나 빈약하면 한 단어에 여섯 가지 일을 시킨단 말인가. 게다가 겨우 세 글자로 이루어진 허약하고 불쌍한 것에게 말이다. 하지만 무엇보다 화자가 지칭하는 것이 그 가운데 어떤 것인지 도통 알 수 없는 짜증스러움을 생각해보라. 누군가 내게 sie라는 말을 꺼내기만 하면, 그가 모르는 사람일 경우 내가 어째서 상대를 죽이려 드는지 이해가 갈 것이다.

이제 형용사를 살펴보자. 여기에서야말로 단순함이 미덕이었을 것이다. 무엇보다 바로 그 이유로 이 언어를 발명한 자는 할 수 있는 한 그것을 복잡하게 만들었다. 계몽된 언어인 영어로 우리가 '좋은 친구, 혹은 좋은 친구들'이라고 말하고 싶을 때 우린 딱 하나의 형태만 고수하고 그와 관련해 어떤 곤란도 없고 불만도 없다. 하지만 독일어에서는 그렇지 않다. 독일인이 형용 사에 손을 대면 어형변화라는 걸 하는데, 변화를 하다하다 상식 이 다 빠져나갈 때까지 어형변화를 한다. 라틴어만큼이나 고약 스럽다. 예를 들면 이렇다.

단수

주격: Mein guter Freund 내 좋은 친구가

소유격: Meines guten Freundes 내 좋은 친구의

여격: Meinem guten Freund 내 좋은 친구에게

목적격: Meinen guten Freund 내 좋은 친구를

복수

주격: Meine guten Freunde 내 좋은 친구들이

소유격: Meiner guten Freunde 내 좋은 친구들의

여격: Meinen guten Freunden 내 좋은 친구들에게

목적격: Meine guten Freunde 내 좋은 친구들을

자, 정신병원 지원자에게 이 격변화를 암기하라고 시키면, 금방 뽑혀서 들어갈 수 있지 않겠나. 이 모든 수고를 들이느니

차라리 독일에서는 친구 없이 지내는 게 나을 것이다.

앞에서 보여준 것은 좋은 (남자) 친구의 어형변화가 얼마나 골칫거리인지였다. 이건 3분의 1일 뿐이다. 대상이 여성일 경우 익혀야 할 또 다른 다양한 형용사 격변화가 있고, 중성일 경우 또 다른 격변화가 있기 때문이다. 이 언어에는 스위스의 검은 고양이 수보다 형용사가 더 많은데, 그 모두가 앞에서 제시한 예처럼 복잡하게 어형변화를 한다. 어렵다? 골치 아프다? 그 정도 말로는 제대로 표현할 수가 없다. 하이델베르크에서 공부하는 캘리포니아 출신 학생이, 그것도 전혀 흥분하지 않은 상태였는데, 독일어 형용사 하나의 어형변화를 하는 것보다 술 두 잔을 거절하는 일이 쉽다고 말한 적이 있었다.

이 언어를 발명한 자는 생각할 수 있는 모든 방법으로 복잡하게 만드는 일을 즐겼던 것 같다. 예를 들어 무심코 집(Hous)이나 말(Pferd)이나 개(Hund)를 지칭할 때는 지금 적은 철자대로 쓴다. 그런데 만약 그 대상을 여격으로 지칭하고자 할 때는 쓸데없이 멍청하게 E를 덧붙여 House, Pferde, Hunde라고 쓴다. 그런데 E를 덧붙이면 영어의 S처럼 복수형이 되는 경우가 많기 때문에 처음 이 언어를 배우는 학생은 자신의 실수를 깨닫지 못한 채 한 달 동안 여격의 개를 쌍둥이라고 여기는 것이다. 그런가 하면 가뜩이나 형편도 어려운 다른 많은 학생들은 개 두 마리 값을 내고도 한 마리만 받는 일이 허다하다. 당연히 복수로 보았는데 사실 잘 모르고 여격 단수를 샀던 것이다. 이 경우 문법의 엄격한 규칙에 따라 당연히 법은 판매자의 편이라 그 돈을 찾겠다고 소송하는 일은 가능하지도 않다.

독일어에서 모든 명사는 대문자로 시작한다. 이건 좋은 방안이다. 이 언어에는 좋은 방안이란 워낙 드물어 눈에 띄기 마련이다. 명사를 대문자로 시작하는 이 방식을 좋은 방안이라고 보는 이유는 그 덕에 보자마자 명사를 알아볼 수 있기 때문이다. 이따금 실수를 하기는 한다. 사람 이름을 물건 이름으로 착각해서 그 뜻을 알아내느라 상당한 시간을 허비하는 일도 있기 때문이다. 독일인의 이름은 어떤 의미를 지닐 때가 대부분이라 특히 학생들이 잘 속아 넘어간다. 내가 하루는 이런 문장을 번역했다. "격분한 암호랑이가 우리에서 탈출하여 불쌍한 전나무 숲(Tannenwald)을 완전히 먹어치웠다." 이게 말이 되나 하고 정신을 차려보니 이 문장의 Tannenwald는 남자의 이름이었다.

모든 명사에는 성이 있는데, 성을 정하는 방식이 도대체 말도 안 되고 체계적이지도 않다. 그러니 각 명사의 성을 각각 암기하는 수밖에 없다. 달리 방법이 없다. 그러려면 거래장부 수준의 기억력이 필요하다. 독일어에서 젊은 여성은 성이 없는데 순무는 성이 있다. 이것이 순무에게 과도한 존중을 바치면서 젊은 여성에게 냉담한 무관심을 보이는 일이 아니면 무엇이겠나. 그런 걸 지면에 인쇄했을 땐 또 어떤지 한번 보라. 훌륭한 독일어 주일학교 책에 나오는 대화 한 대목을 번역해보겠다.

> 그레첸: 빌헬름, 순무 어디 있니?
> 빌헬름: 그녀는 주방으로 갔어.
> 그레첸: 재주 많고 아름다운 영국 숙녀분은 어디 있니?
> 빌헬름: 그건 오페라 보러 갔어.

독일어의 성과 관련해 예를 좀 더 들어보자면, 나무는 남성인데 나무의 새순은 여성이고 나무 이파리는 중성이다. 말은 중성인데 개는 남성이고 고양이 ―물론 수컷도 포함해서― 는 여성이다. 사람의 입, 목, 가슴, 팔꿈치, 손가락, 손톱, 발, 몸통은 모두 남성인데 머리는 어떤 단어를 쓰는가에 따라 남성이거나 중성이다. 그러니까 그 머리가 달린 개인의 성에 따라서가 **아니라**. 그래서 독일에서는 여성들이 모두 남성 머리나 중성 머리를 달고 있는 것이다. 사람의 코, 입술, 어깨, 유방, 손, 발가락은 여성이고, 머리칼, 귀, 눈, 턱, 다리, 무릎, 심장, 양심은 중성이다. 이 언어를 발명한 자는 십중팔구 양심에 관해 풍문으로 들은 것을 갖다 썼을 것이다.

자, 이 해부에 따르면 독일에서 어떤 남자가 자신을 남자라고 **생각**할 수는 있지만, 그 문제를 면밀히 따져보면 의구심이 들지 않을 수 없게 된다. 냉철한 사실에 따르면 그는 완전히 우스꽝스러운 혼합체이니 말이다. 어쨌든 적어도 이 뒤죽박죽 존재의 3분의 1은 남성적인 존재라며 이 문제를 종결할까 하지만, 그런 점에서라면 여자나 암소 역시 매한가지라는 굴욕적인 사실을 깨닫게 된다.

독일어를 발명한 자가 잠깐 정신을 파는 바람에 독일어에서 여자는 여성명사인데 부인(Weib)은 여성명사가 아니라는 것은 사실이다. 불행한 일이 아닐 수 없다. 부인은 성이 없다. 중성이다. 그래서 문법에 따르면 물고기는 '그'이고 비늘은 '그녀'인데 어부의 부인은 어느 쪽도 아니다. 부인을 무성으로 보다니 그건 미흡한 묘사라고 할 만하다. 그것도 참 안 좋은데 과도한 묘사는 확실히 더 나쁘다. 독일인은 영국 남자를 Englünnder라고 부른다. 성을 바꾸려면 끝에 INN을 붙인다. 그러니까 영국 여자는 Englünnderinn이다. 그 정도면 충분히 묘사가 되었을 것 같은데, 독일인들은 그 정도로는 성에 차지 않는다. 그래서 뒤이어 나오는 존재가 여성이라고 알려주는 관사를 그 앞에 또 붙인다. 그래서 'die Englünnderinn'이라고 쓰는데, 결국 '그녀-영국 여자'라는 뜻이 된다. 나로서는 참으로 과도한 묘사가 아닌가 싶다.

원문 정보

1부 나의 문학 조선소

내 인생의 전환점

The Turning Point of My Life, 1906

*What Is Man? and Other Essays*에 실린 글이다.

나의 문학 조선소

My Literary Shipyard, 1922

어린 시절

Early Days, 1907

마크 트웨인이 나중에 자서전을 출간할 생각으로(완성하지 못했고 생전에 출간되지 않았다) 써서 미리 발표한 글이다.

이야기하는 법

How to Tell a Story, 1895

*How To Tell a Story and Other Essays*의 1장을 옮겼다.

페니모어 쿠퍼의 문학적 과오

Fenimore Cooper's Literary Offenses, 1895

나의 첫 번째 거짓말, 그리고 어떻게 발각되지 않았나

My First Lie and How I Got Out of It, 1899

린치의 왕국 미국

The United States of Lyncherdom, 1901.

1901년에 쓴 글이지만 트웨인 사후인 1923년에 민감한 부분을 손본 형태로 *Europe and Elsewhere*에 실렸다.

모로 학살에 대하여

Comments of Moro Massacre, 1906

인간이란 무엇인가

What Is Man, 1906

*What Is Man? and Other Essays*에 실린 "What Is Man"의 4장을 옮겼다.

지구에서 온 편지

Letter from the Earth

마크 트웨인이 1904~1909년 사이에 썼다고 추정되는 글로 그의 사후인 1962년에 출간되었다. 서문과 열한 편의 편지로 이루어졌는데, 서문부터 네 번째 편지까지 옮겼다.

아담의 독백

Adam's Soliloquy, 1905

유머와 비탄의 거래

마크 트웨인 산문선

초판 1쇄 발행 2022년 1월 17일

지은이   마크 트웨인
옮긴이   정소영
펴낸이   박대우
펴낸곳   온다프레스
등록   제434-2017-000001호(2017년 10월 20일)
주소   24756 강원도 고성군 토성면 아야진길 50-3
전화   070-4067-8645
팩스   050-7331-2145
메일   onda.ayajin@gmail.com
인스타그램 @onda_press

ⓒ 정소영 2022
ISBN 979-11-972372-7-0 03840